우리고전 100선 19

일기를 쓰다 1— 흠영 선집

우리고전 100선 19

일기를 쓰다 1—흠영 선집

2015년 7월 20일   초판 1쇄 발행
2023년 10월 30일   초판 4쇄 발행

편역   김하라
기획   박희병
펴낸이   한철희
펴낸곳   돌베개
편집   이경아
디자인   이은정
디자인기획   민진기디자인
표지그림   전갑배(일러스트레이터, 서울시립대학교 시각디자인대학원 교수)

등록   1979년 8월 25일 제406-2003-000018호
주소   (10881) 경기도 파주시 회동길 77-20 (문발동)
전화   (031)955-5020
팩스   (031)955-5050
홈페이지   www.dolbegae.co.kr
전자우편   book@dolbegae.co.kr

ISBN 978-89-7199-678-2 04810
ISBN 978-89-7199-250-0 (세트)

우리고전 **100선 19**

일기를 쓰다 1

—

흠영 선집

유만주 지음·김하라 편역

돌베
개

지금 세계화의 파도가 높다. 현재 진행되고 있는 세계화는 비단 '자본'의 문제이기만 한 것이 아니라, '문화'와 '정신'의 문제이기도 하다. 그 점에서, 세계화에 어떻게 대응할 것인가 하는 것은 우리의 생존이 걸린 사활적(死活的) 문제인 것이다. 이 총서는 이런 위기의식에서 기획되었으니, 세계화에 대한 문화적 방면에서의 주체적 대응이랄 수 있다.

생태학적으로 생물다양성의 옹호가 정당한 것처럼, 문화다양성의 옹호 역시 정당한 것이며 존중되지 않으면 안 된다. 그럼에도 세계화의 추세 속에서 문화다양성은 점점 벼랑 끝으로 내몰리고 있는 것처럼 보인다. 하지만 문화적 다양성 없이 우리가 온전하고 행복한 삶을 살 수 있겠는가. 동아시아인, 그리고 한국인으로서의 문화적 정체성은 인권(人權), 즉 인간 권리의 문제이기도 하기 때문이다. 그래서 우리 고전에 대한 새로운 조명과 관심의 확대가 절실히 요망된다.

우리 고전이란 무엇을 말함인가. 그것은 비단 문학만이 아니라 역사와 철학, 예술과 사상을 두루 망라한다. 그러므로 일반적으로 알려져 있는 것보다 훨씬 광대하고, 포괄적이며, 문제적이다.

하지만, 고전이란 건 따분하고 재미없지 않은가? 이런 생각의 상당 부분은 편견일 수 있다. 그리고 이런 편견의 형성에는 고전을 연구하는 사람들에게 큰 책임이 있다. 시대적 요구에 귀 기울이지 않은 채 딱딱하고 난삽한 고전 텍스트를 재생산해 왔으니까. 이런 점을 자성하면서 이 총서는 다음의 두 가지 점에 특히 유의하고자 한다. 하나는, 권위주의적이고 고지식한 고전의 이미지를 탈피하는 것. 둘은, 시대적 요구를 고려한다는 그럴듯한 명분을 내세워 상업주의에 영합한 값싼 엉터리 고전책을 만들지 않도록 하는 것. 요컨대, 세계 시민의 일원인 21세기 한국인이 부담감 없이 '쉽게' 접근할 수 있는, 그러면서도 품격과 아름다움과 깊이를 갖춘 우리 고전을 만드는 게 이 총서가 추구하는 기본 방향이다. 이를 위해 이 총서는, 내용적으로든 형식적으로든, 기존의 어떤 책들과도 구별되는 여러 모색을 시도하고 있다. 그리하여 고등학생 이상이면 읽고 이해할 수 있도록 번역에 각별히 신경을 쓰고, 작품에 간단한 해설을 붙이기도 하는 등, 독자의 이해를 돕고자 하였다.

특히 이 총서는 좋은 선집(選集)을 만드는 데 큰 힘을 쏟고자 한다. 고전의 현대화는 결국 빼어난 선집을 엮는 일이 관건이자 종착점이기 때문이다. 이 총서는 지난 20세기에 마련된 한국 고전의 레퍼토리를 답습하지 않고, 21세기적 전망에서 한국의 고전을 새롭게 재구축하는 작업을 시도할 것이다. 실로 많은 난관이 예상된다. 하지만 최선을 다해 앞으로 나아가고자 한다. 그리하여 비록 좀 느리더라도 최소한의 품격과 질적 수준을 '끝까지' 유지하고자 한다. 편달과 성원을 기대한다.

박희병

여기 스물네 권의 오래된 일기장이 있다. 약 200년 전 서울 남대문 근방에 살았던 사대부 지식인 유만주(兪晩柱, 1755~1788)가 그 주인이다. 만 스무 살에 시작하여 서른네 살 생일을 며칠 앞두고 세상을 뜨기 직전까지 쓴 일기이니 길지 않은 그의 생애가 오롯이 담겼다 해도 과언이 아닐 것이다.

가로 22.5cm에 세로 35.8cm의 큼지막한 한지를 묶어 만든 두툼한 공책이 부족할세라 가늘고 단정한 한문 글씨로 13년의 시간을 촘촘하게 채운 이 일기의 젊은 주인은 그것을 '흠영'(欽英)이라 불렀다. '흠영'이란 '꽃송이와 같은 인간의 아름다운 정신을 흠모한다'는 뜻의 조어(造語)로, 유만주의 자호(自號)이기도 하다. 이와 같은 일대일대응에서 우리는 『흠영』이 단순한 일기장이 아니라 저자 유만주의 분신이자 또 다른 '나'임을 어렵지 않게 짐작할 수 있다.

이 일기에 남은 유만주는 사마천과 어깨를 겨룰 만한 위대한 역사가가 되길 소망하며, 그런 자신의 꿈을 믿고 정진한 젊은이였다. 그는 정사(正史)와 야사(野史) 및 소설에 이르기까지 인간의 일을 기록한 것이라면 무슨 책이든 몰두하여 읽고 논평한 열정적인 독서가였고, 당시 조선의 현실을 객관적인 태도로 주시하며 자신의 견문을 꼼꼼히 기록한 재야 역사가였다. 이에 공사(公私) 영역에 걸친 그의 경험이 구체적이고도 상세하게 재현된 그의 일기는 18세기 후반 조선이라는 시공과 그곳에 살았던 사람들의 모습을 상상하는 데 큰 도움을 주는 자료가 된다.

우리의 일기가 종종 그러하듯, 『흠영』은 저자의 내면의 일들을 털어놓는 외롭고도 풍요로운 창구였다. 행복할 때보다는 힘들고 우울할 때 일기를 찾게 되는 법이거니와, 『흠영』에는 죽을 때까지 자기 확신을 갖지 못한 청년의 답답하고 회의적인 마음이 넘치도록 일렁인다.

일기를 통해 현실의 불만과 결핍까지도 보상하려는 듯 유만주는 자신이 아는 모든 아름답고 이상적인 것들을 동원하여 스스로가 주인공인 허구 세계를 설계하고 채워 나가는 일에 집착했다. 이런 면에서 보자면 그는 하릴없는 퇴영적 몽상가지만, 상상으로 아로새긴 그의 세계는 유리로 세공한 듯 정교하고 빛이 나서 그 허망한 언어의 성(城)을 들여다보고 있노라면 슬픔이 깃든 기이한 아름다움이 느껴진다.

하지만 이 모든 것들은 『흠영』에만 남아 있을 뿐이다. 유만주는 살아 있는 동안 자신의 꿈을 이해받지 못하고 죽어서는 거의 기억되지 못했다. 그렇다면 그는 꿈만 꾸다가 병약하고 우울한 삶을 마치고 잊혀 버린 한 사람의 실패자에 불과할까?

이 질문과 관련하여 유만주의 말을 직접 들어 볼 필요가 있겠다. 스물한 살의 그는 첫해에 쓴 일기의 서문에서 이런 말을 했다.

사람이 세상에 태어나면 누구든 어떤 일을 겪게 된다. 그 일들은 한순간도 그치지 않고 언제나 나의 몸에 모여들기 때문에 날마다 다르고 달마다 다르다. 이처럼 내가 겪게 되는 일들은 시간이 얼마 지나지 않았을 때는 자세히 기억나지만, 조금 오래되면 흐릿해지고, 이미 멀어지고 나면 잊어버리게 된다. 그런데 일기를 쓰면 오래지 않은 일은 더욱 자세히 기억나고 조금 오래된 일도 흐릿해지지 않으며 이미 멀어진 일도 잊어버리지 않게 된다.

내가 글을 배운 이래 작년까지 3,700일 남짓이 지났다. 그런데 그 3,700일 동안 겪은 일들을 모두 기록하지 않았기 때문에 지난날을 돌이켜 보면, 꿈속에 또렷하던 것이 깨고 나면 아물아물하고,

번쩍 빛나는 번개가 돌아보면 사라져 없는 것처럼 좀체 떠오르지 않는다. 일기를 쓰지 않은 탓이다.

사람의 목숨은 하늘에 달린 것이므로, 당연히 그걸 늘이거나 줄일 수는 없다. 그러나 내가 겪는 일들은 나 자신에게 달린 것이므로, 그 경험을 상세히 기억하거나 간략히 덜어내는 것은 오직 내가 할 노릇일 따름이다. 그래서 나에게 일어나는 일들을 기록하는 것인데, 그 일들은 하루라는 시간과 이어져 있고, 하루는 한 달과 이어져 있으며, 한 달은 한 해와 이어져 있다. 이렇게 일기를 씀으로써 저 하늘이 나에게 정해 준 목숨을 끝까지 남김없이 살며 하나도 폐기하지 않으려는 것이다.

자신에게 생애로 주어진 시간을 하나도 버리지 않고 남김없이 사는 것은 그뿐만 아니라 우리 모두에게 주어진 과제일 것이다. 그런데 유만주는 자신의 경험을 기억함으로써 그 과제를 수행하려는 것이고, 여기서 일기 쓰기는 더없이 좋은 방편이 되어 준다. 시간은 경험이라는 모습으로 나에게 주어지고 나는 하루의 경험을 기록하는 것에서 출발하여 삶의 끝까지 그 글쓰기를 관철함으로써 나의 생애를 온전히 소유할 수 있게 된다. 결국 경험은 기록의 형태로 완성되고 나의 소유가 되는 것이다. 이렇게 기억을 통해 삶을 완성하고자 일기를 써 오던 유만주는 서른 살 무렵의 어느 가을밤 자기 집 뜰에서 벗에게 이런 말을 했다.

"어째서 사람들은 무엇도 기억하려 하지 않으면서 기억에 남는 이가 되려고만 하는 걸까?"

유만주는 바로 '기억하는 이'가 되는 데서 삶의 보람을 찾은 듯하다. 그래서 조선에 유통되는 다양한 책들을 읽고, 각계각층 사람들의 이야기에 귀를 기울이고, 날마다 발견하는 일상적이거나 비일상적인 풍경들에 눈을 주었던 하루를 기억하여 일기에 적음으로써 자신의 나날들을 완성하려 했을 것이다. 비록 사회적으로 인정받는 지위에 오르거나 눈에 띄는 위대한 업적을 남기지는 못했지만, 자신의 기억들을 사랑하여 그렇게 정성스레 일기를 쓰는 하루가 13년간 거의 빠짐없이 지속된 그의 삶이 불행하고 의미 없는 것이었다고는 생각되지 않는다.

　이 책은 유만주가 쌓아 올린 거대한 기억의 구조물인『흠영』중에서 오늘날의 우리에게도 의미가 있다고 판단되는 것들을 일부 뽑아 번역한 것이다. 이 책을 읽는 분들이 유만주의 낮은 목소리에 귀 기울이며, 낯설면서도 어디선가 본 듯한 조선의 풍경과 그 속의 사람들을 만날 수 있기를 바란다.

　이 책은 두 권으로 나뉘어 있다. 1권은 일기를 통해 자기를 응시하며 스스로와 대화를 나누는 한편, 책과 지식에 대한 무한한 열의로 자신의 한계를 극복하고자 했던 유만주 개인의 면모와 관련된 내용을 주로 수록했다. 2권은 18세기 조선의 아름답고도 비참한 면면을 가감 없이 기록한 글들을 모아 보았다. 유만주의 생애와『흠영』에 대해 상세한 설명을 담은 해설과 연보는 2권에 수록했다.

　한편『흠영』은 전근대의 역법에 따라 기술된 일기이므로 음력 날짜를 사용하고 있다. 이 책에 나온 번역 및 주석에서도 원래대로 거의 예외 없이 음력 날짜를 따랐음을 미리 밝혀 둔다.

2015년 7월
김하라

차례

나, 유만주

성균관을 배회하는 서른두 살의 거자

우주 간의 한 벌레

나를 위한 책 읽기

연꽃 같은 아이야

일기를 쓰다 1—흠영 선집

나, 유만주

오늘 처음 쓴 일기

1775년 1월 1일 맑음. 바람의 기운이 조금 사나웠다.

사당에서 시사(時祀)를 지냈다.

요(堯)임금의 갑진년(B.C 2357)으로부터 지금에 이르기까지 4132년이 흘렀고, 숭정제(崇禎帝)의 갑신년(1644)으로부터 지금에 이르기까지 132년이 흘렀으며, 강헌대왕(康獻大王: 조선 태조) 임신년(1392)으로부터 지금에 이르기까지 384년이 흘렀다.

『밀옹유고』(密翁遺稿: 김지행의 문집)를 읽었다. 정밀하고 빼어난 기운이 넘치며, 모두가 깎아지른 듯한 문장이다. 이를테면 "마음은 올바른데 일이 어긋나는 것은 군자가 되는 데 방해가 되지 않는다. 일은 반듯하게 하지만 마음이 엇나가 있다면 소인이 된다" 등의 구절은 선유(先儒)의 말을 부연한 것이지만 진부하거나 거칠지 않다.

저녁에 낙동(駱洞)에 가 뵙고 밤이 깊어서야 돌아왔다. 준주 형[1]이 준 「표인문답」[2] 10여 조목을 봤다.

금주령이 내려졌다.

1_ 준주(駿柱) 형: 유준주(兪駿柱, 1746~1793). 유만주의 6촌형이다. 유만주의 집이 있던 창동(倉洞: 서울 중구 남창동) 인근의 낙동(駱洞: 서울 중구 충무로)에 살며 가깝게 지냈다.

2_ 「표인문답」(漂人問答): 18세기를 즈음하여 중국 복건성(福建省) 등지에서 상인들이 조선으로 표류해 왔다는 기록이 종종 보이는데, 조선의 관원들이 외국의 표류인들과 주고받은 문답을 기록한 글에 '표인문답'이라는 제목을 붙인 경우가 여럿 있다.

유만주는 스물한 살 나던 해에 시작한 일기 쓰기를 서른넷으로 세상을 떠나기 한 달 전까지 거의 하루도 빠짐없이 지속했다. 이 글은 그 13년간의 일기 중 가장 먼저 쓴 것이다. 그가 일기를 쓰기 시작한 날인 1775년의 설날은, 요임금이 즉위한 해와 명나라가 멸망한 해, 그리고 조선이 건국된 해로부터 각각 다소간의 시간이 흘러 도달한 '오늘'이다. 요순시대를 계승하는 동아시아 역사의 전통, 명의 멸망과 청의 지배로 정의되는 당대 역사의 흐름, 그리고 그 안에 위치한 조선 역사의 진행이 '오늘' 일기를 쓰고 있는 '나' 유만주에게 수렴되어 그의 자아를 구성하고 있다.

통달의 정원

1775년 3월 3일 종일 바람이 크게 불었다.

사당에서 시제(時祭)를 지냈는데 새벽에 눈이 시큰거리고 아파서 참석을 못했다.

'통원'(通園)은 내가 정해년(1767)부터 써 온 자호(自號)다.

예전에 「통원공(通園公) 이야기」라는 글을 지어 스스로 조심하고 돌아보는 뜻을 나타낸 적이 있는데 그 내용은 다음과 같다.

'통'(通)이라는 글자는 창힐(倉頡)이 처음으로 만들었을 텐데, 그는 옛날 황제(黃帝) 헌원씨(軒轅氏)의 사관(史官)이었다. 그로부터 지금에 이르기까지 몇 천 년이 지나도록 천하에서는 그 글자를 참으로 빈번하게 사용해 왔다. 뜻을 풀이해 보자면, 『예기』(禮記)에서는 "비슷한 부류를 파악할 줄 알아 통달한다"고 했고, 또 "위로 통하니 곤란하거나 쪼들리지 않는다"라고 했다. 그리고 주공(周公)의 글에서는 "사계절 동안 정치가 통철된다"라고 했다.

'통'이란 편협하고 꽉 막힌 것의 반대이다. 통원공은 책을 읽으며 옛날의 '통'한 사람을 찾아보았다. 임금이 더러운 행실을 보임에도 부끄러워하지 않고, 관직이 하잘것없어도 사양하지 않으며, 사사(士師: 법관)의 자리를 세 번이나 그만두고도 아무 원망이 없었던 것은 바로 유하혜[1]가 '통'한 방식이다. 세상이 어지러워지자 남양

1_ 유하혜(柳下惠): 노나라 때의 벼슬아치. 맹자는 그를 몹시 화(和: 잘 어울림)한 인물로 평가했다.

(南陽)에서 농사를 짓다가, 어느 날 문득 유비가 찾아와 눈비를 맞아가며 돌아보는 데 감동이 되어, 중원을 경략하며 죽음을 무릅쓰고 그 뜻을 이어 나갔던 것은 바로 제갈량이 '통'한 방식이다. 곧장 팽택현령(彭澤縣令) 벼슬을 내던지고 고향인 심양(潯陽)으로 되돌아와 술을 마시며 유유자적했던 것은 바로 도연명(陶淵明)이 '통'한 방식이다. 통원공은 평소에 이런 분들을 흠모했다.

저 혜강이며 필탁이나 왕연² 같은 이들은, 저 스스로는 '통'했다고 자부하는지 모르겠으나, 통원공이 보기에는 '통'한 사람이 아니다.

통원공은 성격이 편협하고 꽉 막혀서, 어떤 상황에 대처하거나 사람들 사이에서 처신할 때 대체로 틀에 얽매여 '통'하지 못하기 때문에, 남들이 간혹 성격상의 결함으로 여기기도 한다. 따라서 그런 성격을 각고의 노력으로 교정하여 '통'한 사람이 되고 싶다는 마음이 있기에, '통원'이라는 호를 스스로 지어서 돌아보고 생각하려는 것이다. 그러나 옛날의 '통'한 사람처럼 되기란 어렵고, 저 혼자 '통'했다고 자부하며 혜강이 그랬던 것처럼 스스로를 검속하지 않기는 쉬우니, 이 점을 조심하지 않으면 안 된다.

진년 여름의 일흔일곱째 날,³ 통원공은 흠고당(欽古堂)의 오른쪽 방에서 쓴다.

2_ 혜강(嵇康)이며 필탁(畢卓)이나 왕연(王衍): 진(晉)나라 때 죽림칠현(竹林七賢)으로 일컬어진 고사(高士)들이다.

3_ 진년(辰年) 여름의 일흔일곱째 날: 1772년 6월 17일이다. 당시 유만주는 열여덟 살이었다.

유만주는 열세 살에 이미 '통원'이라는 자호를 붙였다고 한다. 자신의 편협하고 꽉 막힌 천성을 극복하고 툭 트인 사람이 되려는 의지를 이름에 투영하는 한편, 죽림칠현의 자유분방함은 경계하고 사회적으로 좋은 평가를 받은 인물들을 지향하고 있는 데서, 온건하고 모범적인 학구파 소년의 진지함이 느껴진다. '흠고당'(欽古堂)은 '옛것을 흠모하는 집'이라는 뜻으로 그가 소년 시절 자신의 서재에 붙인 이름이다.

책 속의 아름다운 이들을 흠모하여

1780년 4월 10일

선비로서 시작부터 끝까지를
책 없이 어떻게 끌어 나가랴.
농사꾼이 농사짓듯
장사꾼이 장사하듯 해야 하리.
아름다운 문장을 크게 빛내고
천고의 역사를 두루 살피려네.
성대하여라 내 흠영당(欽英堂)이여
책들이 여기 모였네.
옥황상제 장서각의 신비를 밝히고
하늘나라 도서관을 온전히 본받겠네.
붉은 전서(篆書) 글씨로 책갑(冊匣)에 표시하고
상아 책갈피로 책들을 분류하리.

**1782년 2월 12일 땅이 얼어붙고 물도 얼었다. 겨울처럼 혹독하게 춥
다. 많이 흐렸다. 밤에는 또 눈이 내리고 바람이 불었다.**

시험 보는 기술에 있어서만은 거의 최하급 바보라 할 수 있다.
그런데 혹자는 능력이 있다고 일컫거나 위대하다고 인정하면서, 그
말이 공정한 것이지 아부가 아니며 정말이지 거짓말이 아니라고 맹
세까지 한다. 나는 그저 잘 모르겠다.

대체로 과거 시험의 문장을 쓰는 방식에는 본디 한 줄기 희미한

길이 있다. 그것을 깨우치면 몇 편만 쓰고도 벌써 합격하지만, 그 길을 잘 모르면 1만 번을 써도 그저 책문 아닌 책문과 표문 아닌 표문이 될 따름이다.[1] 어린 나이에 단번에 쉽게 그 방식을 터득하여 합격하는 경우는 재주 있는 것이 아니면 운명이라 하겠다.

이렇게 도서를 편찬하다 보니, 먼지로 뒤덮인 투식들을 하찮게 내려다보게 된다. 언덕과 골짜기 한 곳에 은둔지를 정돈하고 싶어 하다 보니, 머리 깎은 승려들이 거처하는 곤궁한 산골짝을 돌아보게 된다. 가슴에 도사리고 심장에 응축된 것은, 내가 예전의 아름다운 이들[前英]을 흠모한다는 사실이다.

1782년 5월 1일 더웠다. 오후 늦게 갑자기 바람이 일었다.

뿔과 이빨을 동시에 부여받은 자[2]가 얼마간 있다 보니, 시종일관 한없이 두렵다. 현재의 뛰어난 영웅이 되지 못하고, 그저 과거의 위대한 영웅[鴻英]만을 마음속에 품고 있다.

책에서 만나는 아름답고 훌륭한 이들을 흠모한다는 뜻의 '흠영'(欽英)은 열정적인 독서인으로서 유만주의 정체성을 가장 잘 보여 주는 이름이다. 또한 '흠영'은, 복고적 지향을 담은 '흠고'(欽古)에서 한 걸음 더 나아가 자신의 성향과 기호를 더욱 구체화하고 있는 이름이기도 하다.

1_ 책문(策文) 아닌~따름이다: 과거 시험에 적합한 글쓰기를 하지 못한다는 뜻이다. 책문과 표문(表文)은 과거 시험 답안에서 요구되는 몇 가지 글쓰기 형식 중 대표적인 것인데, 전자는 국가 정책 등에 대한 논설문이고 후자는 임금께 올리는 형식의 글이다.
2_ 뿔과~부여받은 자: 여러 재능을 동시에 가진 자. 원래 하늘이 동물을 태어나게 하면서 한 동물에게 단단한 이빨을 주고 동시에 뿔까지 주는 일은 없다 하여, 만물은 완전무결하지 못하다는 점에서 평등하다는 취지의 말이 있는데, 유만주는 이 말에 동의하기 어렵다고 한다.

정체성

1778년 10월 1일 맑게 개어 환했다. 바람이 밤까지 불었다.

사람은 반드시 무언가에 마음을 몰입하게 된다. 위대한 것에 몰입하면 마음도 따라서 위대해지고, 사소한 것에 몰입하면 마음도 따라서 사소해진다. 반듯한 것에 몰입하면 마음도 따라서 반듯해지고, 기묘한 것에 몰입하면 마음도 따라서 기묘해진다. 맑은 것과 탁한 것, 예스런 것과 비속한 것의 경우도 모두 그러하다. 비속한 것에 몰입하면서 마음이 예스럽게 되는 경우는 없고, 사소한 것에 몰입하면서 마음이 위대하게 되는 경우도 없다.

내 스스로 생각해 보면 위대하고 반듯하고 맑고 예스런 것에 언제나 마음을 두고 있다 하겠는데, 내가 하는 일들을 보면 위대하지도 반듯하지도 맑지도 예스럽지도 못하다. 왜 그런 걸까? 마음이 견고하지 못해서다.

그러나 다행히도 잡스러운 부류의 사람들과 사귀거나 바둑을 즐기거나 주색에 빠지거나 과거 시험 공부에 골몰하는 일 등은 면하고 있다. 다행히 이 네 가지로부터 벗어나니 평소에 하는 일이라곤 글쓰기라는 한 길을 가는 것이 아닐 수 없다. 비록 애써 자신을 단속하고 격려하며 분발 정진하고 있지는 못하지만 그래도 그 네 가지는 면했으니 이 한 길을 가는 것이다.

이렇게 하여 거칠게나마 책을 엮고 글을 고르는 법을 터득했으니, 남이 건성으로 보는 것을 나는 깊이 응시하고, 남이 아무렇게나 버리는 것을 나는 때로 신중히 모은다. 그 가운데서 글의 정밀하고 오묘한 뜻을 이해할 수 있고, 책을 엮어 내는 데 기준이 되는 범례를 정할 수 있는 것이다. 나 혼자 생각으론, 이렇게 함으로써 수백 권의 새로운 총서(叢書)를 이루어 내고 경사자집(經史子集) 네 분야의 책들을 총망라하여, 천고의 역사를 포괄할 수 있을 것 같다. 그렇게 한다면 살아 있는 동안 마음이 의지하여 돌아갈 곳이 있게 되고 죽은 다음에는 이름을 남길 수 있으리니, 나의 이 삶을 헛되이 보내지 않게 될 것이다.

위대하고 반듯하고 맑고 예스런 것을 간절히 향하지만 실제로는 그런 이상에 다가가지 못하고 있는 자신의 현상태를 돌아보는 이 일기에서 우리는 청년기 특유의 이상주의와 자아 성찰의 태도를 읽을 수 있다. 나의 생애가 어떻게 보람을 찾을 수 있을까 하는 의미심장한 물음에 대한 답으로 유만주는 남들과 구별되는 자기만의 눈으로 책을 읽고 글을 쓰는 길을 찾아냈다. 이후 그의 생애는 오롯이 그 길을 따라가게 된다.

나의 본분

1782년 1월 30일 아침에 흐렸고 종일 비가 내렸다. 밤에는 눈이 내렸다.

의복과 장신구는 많이 쌓아 둘 필요가 없고, 만나는 벗은 많이 알아 둘 필요가 없다. 거처하는 곳은 반드시 잘 정돈해 두어야 한다. 일상생활의 기물들은 반드시 소박하고 검소한 것을 써야 하니, 꼭 유행을 따르고 시속의 관습에 맞추려 노력할 필요는 없다.

서적의 경우에 있어서는, 비록 이단의 학설이나 소설이라 할지라도 반드시 도움이 될 만한 점을 찾아봐야 하며 그저 박식(博識)을 위한 구실이 되는 데 그쳐서는 안 된다.

어떤 일을 할 때는, 그 일이 비록 등불을 켜고 변소를 청소하는 것이라 할지라도 반드시 규정과 제도를 세워서 해야 하며, 그저 말만 일삼고 말아서는 안 된다.

1782년 5월 27일 비는 오지 않고 많이 더웠다. 오늘은 소서(小暑)다.

결국에는 삼나무와 측백나무로 에워싸인 무덤 속으로 돌아갈 뿐이라는 것을 인간의 귀결점으로 삼는다면 세상에는 할 만한 일이 애초에 없을 터이니, 또한 너무 허무하다 하겠다.

양웅[1]의 글에서 하늘의 일과 땅의 일과 인간의 일에 통달한 사람이 선비라 했으니, 선비라는 칭호는 본디 가볍게 붙일 수 있는 것

1_ 양웅(揚雄): 한(漢)나라 때의 걸출한 학자이자 문인이다. 『태현경』(太玄經), 『법언』(法言) 등의 저술을 남겼다.

이 아니다. 그리고 사람이 태어나서 마땅히 알아야 할 일들 중에 100분의 1도 알지 못한 채 돌아가게 된다면, 저승의 삼라전(森羅殿) 아래 염라대왕 앞에 서게 될 적에 의지할 만한 게 아무것도 없어 안타깝지 않겠나.

또 생각해 보면 인생은 얼마나 되는가? 옛사람 중에는 한가롭고 느긋하게 노닐면서 일생을 마친 이들이 있었다. 이런 이들을, 아무 식견 없이 열 길이나 되는 세속의 티끌 속에서 애면글면 살아가느라 얻고 잃는 데 마음을 태우고 영예와 치욕으로 육신이 메말라가는 자들과 비교한다면, 무엇이 옳은지 그른지가 대단히 또렷이 나뉜다. 다만 확고히 세운 뜻이 없다는 것이 나 같은 사람의 큰 병폐이니, 어찌 노력하지 않겠는가.

1782년 10월 9일 흐리고 싸늘하더니 오후에 개었다. 아침에 칠간정(七艮亭: 해주의 한 정자)에 올랐더니 안개 기운이 아슴푸레했다.

천하의 일은 쉽고 어렵고 크고 작고를 막론하고 저마다 하나의 큰 조리와 법도가 있다. 만약 이것을 따라 해 나가면 절로 올바른 데로 나아가게 된다. 올바르게 된 다음에야 평정이 되고 평정이 되고 나서야 어지러워지지 않는다.

바람과 햇빛이 싸늘하고 맑았다. 칠간정에서 해 지는 난간에 기대어 동쪽으로 수양산(首陽山: 해주 서북쪽에 있는 산)을 바라보고 서쪽으로 공해대(控海臺: 해주의 한 누대)를 바라봤다. 늙은이와 어린이들이 즐겁게 노닐고 길 가는 행렬은 끊일 듯 이어진다. 물고기 비늘처럼 빼곡히 자리 잡은 집들은 저녁 연기에 에워싸여 있다. 정돈이 잘 되어 있다는 생각이 든다.

인간에게 가장 귀한 것은 품격을 지닐 수 있다는 점이다. 한번 파리하게 시들어 버리면 궁상맞게 찌든 자가 되고, 한번 유들유들하게 굴면 시정잡배가 되며, 한번 방탕하게 굴면 불량소년 부랑배가 되고, 한번 거칠고 조잡하게 굴면 촌놈이 된다.

1783년 3월 9일

과거에 응시하는 선비가 되면 품격을 순전히 잃게 되고, 현달한 벼슬아치가 되면 품격을 완전히 잃게 된다. 옛날, 과거에 응시한 선비로서 품격을 지녔던 이는 오직 유분, 문천상, 나홍선²⁻ 같은 분들이 있고, 현달한 벼슬아치로서 품격을 지녔던 이는 오직 사안³⁻과 소식(蘇軾), 왕양명(王陽明) 같은 분들이 있을 뿐이다. 지금은 이런 분들을 어디서 볼 수 있나? 그럭저럭 꾸려 왔던 허다한 일들이 모조리 공허하고 쓸데없는 것으로 귀결되고 결국에는 하나도 제대로 갖춰진 게 없게 될 것 같다. 그저 나의 본분으로 돌아가야지.

극도로 생각해 보면 모든 것이 하나의 웃기는 세계다. 곁가지로 벋어 난 상념들을 물리치고 미친 말과 망령된 이야기를 끊어 버리는 것, 이것이 결국 나 같은 사람의 본분일 터이다.

좌절감 속에서 스스로 품격을 지키며 살아가려는 노력이 드러나 있는 자성적인 글이다. 자신을 지킨다는 것은, 자신의 본분을 알고 그것을 지키는 것이기도 하다.

2_ 유분(劉蕡), 문천상(文天祥), 나홍선(羅洪善): 유분은 당나라 때의 학자이자 문인으로, 과거 시험의 답안에 환관의 전횡을 비판하는 글을 썼다가 낙방한 일로 유명하다. 문천상은 남송의 정치가이자 시인으로, 송나라가 멸망한 후 원나라의 회유를 거절하고 처형되어 충절의 상징이 된 인물이며 20세 때 진사시에 수석 합격한 수재로도 알려져 있다. 나홍선은 명나라 때의 학자인데 진사시에 수석하여 한림수찬을 제수받았으나 얼마 뒤 관직을 내놓고 학문에 몰두하여 왕양명의 학설을 계승했다.

3_ 사안(謝安): 동진(東晉) 때의 명재상. 손꼽히는 서예가로도 알려져 있다.

내가 좋아하는 것들

지도

1780년 7월 18일 더웠다.

땅이 끝나는 경계에는 오직 하늘만이 가 닿을 수 있을 뿐, 사람은 그럴 수 없다. 그러므로 비록 중화의 서하객[1]이나 서양의 이마두(利瑪竇: 마테오 리치)라 할지라도 끝내 못 가 본 곳이 있다. 하물며 그 행적이 자기 나라에 국한된 사람임에랴. 내가 일찍이 이런 말을 했다. 실제로 널리 관찰하지 못할 바에야, 차라리 지도 공부를 하는 것이 전혀 모르는 것보다 나을 것이라고.

1783년 5월 7일 흐리고 더우며 비가 올 것 같았다. 밤에 비가 왔다.

『동국여지지』(東國輿地志: 유형원이 편찬한 우리나라 지리서)에서 산음현[2]을 찾아봤다. 산에 둘러싸여 있고 강물이 굽이쳐 흐르는 곳인데 풍속은 질박하고 간소한 것을 숭상한다. 서울에서 839리 떨어져 있으며, 지리산이 현의 서쪽 30리 되는 곳에 있다. 객관 서쪽에 환아정(換鵝亭)이 있는데, 강물을 굽어보는 위치에 있으며 정자 앞에는 도사관(道士觀)이 있다. 『여지도』(輿地圖)를 살펴보니 산음현은 단성, 함양, 거창, 삼가(三嘉: 합천)와 경계를 접하고 있으며

1_ 서하객(徐霞客): 서굉조(徐宏祖, 1586~1641). 명말(明末)의 지리학자. 하객은 그의 호. 중국 각지를 두루 여행하고 『서하객유기』(徐霞客遊記)라는 뛰어난 여행기를 남겼다.
2_ 산음현(山陰縣): 경남 산청(山淸)의 옛 이름. 영조 때 안의현(安義縣)이라 개칭하기도 했다.

영남 우도(右道)에 속한다.

누군가가 물었다.

"나도 여도(輿圖: 지도)를 제법 모으고 있는데, 여기 비한다면 당신은 어떻습니까?"

이렇게 말했다.

"내겐 여도에 대한 벽(癖: 집착에 가깝게 좋아하는 것)이 있어, 편작(扁鵲)과 화타(華陀)도 불치병이라며 포기하고 떠나 버릴 지경이랍니다."

1784년 4월 18일 아침에 흐리고 비가 뿌리더니 오후 늦게는 더웠다.

갑자기 준주 형과 함께 우리 동네의 여도학자(輿圖學者)를 만나 보게 되었다. 그는 여도 10여 본을 꺼내어 보여 주었다. 들자니 그는 『경모궁의궤』[3]를 편찬하여 바친 사람이라 한다.

1785년 11월 21일 날씨가 싸늘했다.

우연히 벽에 걸린 지도를 보고 나도 모르게 세 번 빙그레 웃었다. 천하는 크다. 어찌 '나'라는 존재가 있다 할 수 있겠는가. 하물며 이 좁고 자질구레하고 하찮으며 구차한 하나의 모퉁이에서 금세 생겼다 소멸하는 존재임에랴. 누가 알아주겠는가.

3_ 『경모궁의궤』(景慕宮儀軌): 사도세자의 사당인 경모궁의 연혁 및 그곳에서 치르는 각종 제사 의식 절차를 정리한 책이다. 경모궁 건물과 여기서 사용한 제기, 제복, 악기 등의 그림이 실려 있다.

1785년 11월 27일 쌀쌀하게 추웠다.

고요한 밤에 책 읽는 것은 대단히 즐거워할 일이다. 내 모습이 메마르고 초췌한 것 같다면, 『삼강』(三綱: 유만주가 편찬하고자 했던 중국 통사)으로 문식(文飾)을 더하고, 지도를 보며 마음을 툭 트이게 하고, 보검(寶劍)을 보며 기운을 펼치고, 좋은 향을 피워 정신을 맑고 신령하게 할 일이다.

밤에 계묘년(1783)에 쓴 『흠영』을 읽었다. 지금 당장에는 다행히 아픈 데 없이 우선 편안하게 지낸다. 자기가 편안하다는 걸 알고 나면 근심 번뇌를 않게 된다.

역사책

1776년 5월 13일 흐리고 비가 약간 뿌렸다. 오후 무렵에는 날이 개고 더웠다.

역사책을 보는 것은 사람의 마음을 가장 상쾌하게 한다. 인류가 치란(治亂)과 흥망을 이어가는 것을 보노라면, 내가 마치 오랜 세월을 보내며 존재한 금동선인[4]이 된 것 같다. 그리고 천고의 역사를 보며 누가 선하고 악했는지 무엇이 옳고 그른지 터득하게 되면, 내가 마치 송사를 맡은 관리가 되어 판결을 내리는 것 같은 기분이 든다.

4_ 금동선인(金銅仙人): 한무제(漢武帝)가 장안의 건장궁(建章宮)에 금과 구리로 만들어 세운 신선 모양의 조형물. 오랜 시간이 흐른 다음 새로운 왕조인 위나라의 궁전에 옮기려고 철거해 수레에 싣자 이 동상의 얼굴에서 눈물이 줄줄 흘러내렸다는 이야기가 전해진다.

역사책을 보는 것은 사람의 마음에 가장 이롭다. 선한 행위를 보면 흠모하고 감탄하며 따르려는 마음이 들고, 악한 행위를 보면 몹시 분개하여 응징하고자 하는 의지가 생겨난다.

1778년 7월 18일 가끔 비가 뿌렸다.

당나라의 절도사(節度使)처럼 황제의 특명을 받아 창칼과 비단 등롱(燈籠)의 호위를 받고 깃발을 휘날리며 군수품을 잔뜩 실은 수레와 말과 기녀와 음악 연주자 등으로 구성된 행렬을 이끌고 위풍당당하게 나아가는 것은 역시 인생의 한 가지 즐거움일 것이다.

그렇지만 이건 어떨까? 역사책 수만 권, 글씨 잘 쓰는 사람 수십 명, 공책 수백 권을 모으고 붓과 먹을 갖추고 술과 음식도 준비해 둔 다음에 내가 계획한 역사책인 『춘추합강』(春秋合綱)을 정돈하여 편찬한다. 내가 강(綱: 개요가 되는 사건들)을 총괄하고, 역사에 통달한 빼어난 선비들을 초청하여 그들에게 일곱 시대를 나누어서 세부 항목을 정리하여 서술하게 한다. 커다란 집에 모여서 10년을 기한으로 삼아 초고를 작성한다. 그렇게 차근히 이루어 한 부(部)의 역사책이 완성되면 삼신산5-에 보관하고 부본(副本)은 서울에 둔다. 이 또한 인생의 한 즐거움일 것이다.

1778년 10월 11일

『자치통감강목』6-을 대하고 있으면 마음이 절로 좋아진다. 왜 그런지 나도 모르겠지만.

5_ 삼신산(三神山): 원래는 중국 전설 속 세 개의 신비한 산을 뜻하는 말인데 우리나라에서는 금강산과 지리산, 한라산을 가리키는 말로 쓰인다.

1784년 5월 21일 몹시 더웠다.

반드시 신기하고 특이한 글을 찾으려 하는 이유가 그저 시름을 떨치고 세월을 그럭저럭 보내려는 데 있다면, 안으로는 몸과 마음에 아무 도움이 되지 않고, 밖으로는 문장에 합당하지 않으니, 이것이 병통이다.

역사책을 읽다 보면 더욱 더 마음에 열이 난다. 이처럼 마음에 열이 나면, 1만 가지 욕망이 멋대로 펼쳐지고 싹터서 형편없는 사람이 되어 버린다. 이런 경우는 옛사람이 역사책을 읽은 것과 다르지 않겠는가.

먹은 게 체하여 아팠다.

1785년 3월 23일

치통 때문에 계속 괴로워서 밥을 못 먹었다.

잠깐 정원에 올라갔다. 푸르게 우거진 나무들이 사랑스러웠다. 복사꽃이 갓 피어나고 가벼운 바람이 불고 새가 운다. 평상에 기대어 누군가와 유쾌하게 이야기 나누면 딱 좋겠다.

진(晉)나라의 두예7_는 『춘추좌씨전』(春秋左氏傳)에 대한 벽(癖)이 있었다는데, 나에게도 『자치통감강목』에 대한 벽이 있어 마멸시킬 수가 없다.

6_ 『자치통감강목』(資治通鑑綱目): 송나라 주희(朱熹)가 편찬한 역사서이다. 전국시대(戰國時代)부터 송나라가 건국된 때까지의 중국 역사를 정통과 비정통을 분별한다는 관점에서 서술했다. 형식상으로는 역사적 사건을 대요에 해당하는 강(綱)과 세부사항에 해당하는 목(目)으로 나누어 기술했다는 특징이 있다.

7_ 두예(杜預): 서진(西晉) 때의 학자이다. 중국 고대 역사서 『춘추』(春秋)의 해석서인 『춘추좌씨전』을 좋아하고 잘 알아 이 책에 대한 주석 및 해석서를 집필했다.

주렴

1782년 5월 9일 가끔 흐렸다.

객(客)이 물었다.

"창을 열고 주렴으로 가리는 건 어째서인가?"

이렇게 대답했다.

"두예에게는 『춘추좌씨전』에 대한 벽이 있었고, 왕제(王濟)에게는 말[馬]에 대한 벽이 있었고, 육우(陸羽)에게는 차(茶)에 대한 벽이 있었고, 예찬(倪瓚)에게는 결벽(潔癖)이 있었고, 나에겐 주렴에 대한 벽이 있는 걸세."

1784년 5월 21일 지극히 더웠다.

대문을 닫고 주렴을 드리우고 높다란 평상에서 둥근 부채를 부치며 누워서 전겸익[8]의 『초학집』(初學集)과 『유학집』(有學集)을 찬찬히 읽고 있다. 이 고요한 정취를 남김없이 다 말한다면 남들은 나를 비난하겠지만 나는 이 자체로 편안하다.

1784년 6월 12일 흐리고 비바람이 쳤다. 오후 늦게 가끔 개었다.

누군가 인생에서 가장 상쾌한 일이 무엇인지 묻는다면 몸에 병이 하나도 없는 것이라 하겠다. 그다음은 뭐냐고 묻는다면 몸에 일이 하나도 없는 것이라 하겠다.

어머니가 식체로 배가 아프다고 하셔서 밤에 산강차(蒜薑茶:

8_ 전겸익(錢謙益): 명말 청초의 대문호이자 정치가이다. 그러나 명과 청 두 왕조에서 벼슬을 한 처신 때문에 특히 조선에서 경멸을 받았다.

마늘과 생강으로 만든 차) 한 사발에 향유[9]를 약간 첨가하여 드시게 했다.

맑은 달빛이 주렴 틈새로 비쳐 든다. 뜰과 마루가 말갛게 밝은데, 마주앉아 이야기를 나눌 만한 품격 있고 마음 통하는 사람이 없어 아쉽다.

자기 전에 빨간 안약을 가져다가 젖에 섞어 눈에 찍어 넣었더니 눈 속이 시원한 게 마치 청심환을 머금은 느낌이다.

1787년 3월 10일 더웠다.

소거[10]가 주렴 하나를 보내준 데 대해 감사하는 편지를 아침에 썼다. 한(漢)나라의 선비가 사물의 명칭을 풀이한 글을 상고해 보니 "금(琴: 거문고)은 금(禁)이니 사특한 것을 금지한다는 말이고, 검(劍)은 검(檢)이니 자기 몸을 검속한다는 말이며, 염(簾: 주렴)은 염(廉)이니 염치를 알아 스스로 가린다는 말이다"라고 되어 있다. 나는 타고난 본성이 주렴을 몹시 사랑하는데, 이는 단지 바람을 차단하기 위해서만은 아니다.

여행

1780년 11월 23일

세상은 맑고 평화로우며 사람들은 박식하고 고상하다. 한창 장

9_ 향유(香薷): 노야기. 약초의 일종으로 소화제 및 해열제로 쓰인다.
10_ 소거(素居): 유만주의 이웃으로, 성명은 미상이다.

성한 나이에 쓸 밑천도 넉넉히 있다. 물러나서는 깊은 산골짝을 잘 정돈하여 정원과 숲을 만들어 두고, 나와서는 바다와 산에 머물며 여러 누대(樓臺)를 노닌다. 꽃과 달에 마음을 두니 사계절이 선물이고 벗들과 세상일을 평론하니 사해(四海)가 형제다. 끝없이 샘솟는 문장으로 옛사람을 문안하고 멋지게 행장(行裝)을 꾸려 지금의 풍속을 찾아다니며 물어본다. 이렇게 하는 것도 덧없는 생에서 맘에 맞는 일일 텐데.

1783년 7월 11일 흐리고 비가 뿌렸다.

아침에 출발했다. 오늘은 말복인데 서늘한 것이 마치 가을 같다. 30리를 가서 벽란강[11]에 이르렀다. 벽란강의 물결이 지금 한창 사나워 아직 건널 때가 안 되었다는 말을 듣고, 결국 강가의 주막으로 가서 수박과 점심밥을 먹었다.

사람이 태어나면 어디서든 살 수 있다. 그리고 자신이 사는 곳에서 풍토와 민풍요속(民風謠俗)을 관찰하고 세계가 어떠한지 체험해야 한다. 우물 안 개구리처럼 눈과 귀를 막고 살아서는 안 된다.

송도(松都: 개성)에서 사천[12]의 급류를 건너면서 20리 길을 갔다. 홍수를 겪은 판문천[13]을 지나, 석양을 등에 지고 길을 갔다. 땅에 어린 만물의 그림자가 유독 신이한 느낌을 준다. 그런데 동쪽에서 뭉게구름이 한창 솟아오르더니 컴컴하게 몰려들어 하늘을 가린

11_ 벽란강(碧瀾江): 벽란도(碧瀾渡: 황해도 개풍군을 흐르는 예성강의 한 나루터) 근방의 강인 듯하다.
12_ 사천(沙川): 황해도 벽성군 상림리 서북쪽에 있는 개울. 지금은 '모라내' 혹은 '모래내'라 부른다.
13_ 판문천(板門川): 황해도 장풍군 용호산에서 발원하여 판문군 판문점리까지 흐르는 하천.

다. 오래지 않아 또 큰비가 내리겠다.

저물녘에 장단(長湍: 경기 장단군)에 도착해서 묵었다. 오늘은 110리를 갔다. 송도에서 가져온 단향[14]을 피워 주막 방의 냄새를 가시게 했다.

사람들은 여행을 괴롭게 여기지만 나는 여행이 편하다. 이 점에 대해서는 지자(知者: 많이 알고 사리에 밝은 사람)와 더불어 이야기 할 수 있을 것이다.

다래

1784년 7월 6일 아침에 안개가 끼고 몹시 더웠다. 밤에 비가 왔다.

증광시(增廣試: 나라의 경사를 기념하는 과거 시험)가 있을 거라 한다.

요사이 날이 더운 게 정말 찌는 듯하다는 말을 했다.

다래를 실컷 먹어 볼 요량으로, 저녁에 광주[15]에서 온 사람과 의논을 했다. 가을이 깊어지면 값을 치르고 서너 말을 사다가 그곳 산골의 과일 장수에게 약속하여 보관해 두기로 했다.

14_ 단향(檀香): 단향목에서 채취한 향. 신경 안정의 효능이 있어 종교 의식에 많이 사용된다.

15_ 광주(廣州): 지금의 하남시 상산곡동이다. 이곳 개지동(開芝洞)에 할아버지 유언일(兪彦鎰)의 묘소가 있었다.

1785년 6월 24일 아침 바람에 가을 기운이 있어 그다지 덥지 않더니 오후가 되자 더웠다.

저본[16]을 보니 오늘 인각(寅刻: 새벽 4시)에 함인전(涵仁殿)에서 임금이 친히 도목정사[17]에 임했는데 이명식이 이조판서에, 조시준이 병조판서에 지명되었다 한다.

광주에 사는 일가붙이가 부채 서른아홉 개를 가지고 나갔다. 그에게 부채를 각각 나누어 전해 달라고 시켰다. 그리고 가을이 되면 다래와 마를 맛보게 해 달라고 미리 부탁해 뒀다.

1785년 8월 12일 흐리고 비가 오려 했다. 느지막이 개었다.

남의 말로 내 나름의 규칙을 바꾸지 말고, 여럿이 떠들어대는 소리로 내 품격을 바꾸지 말자. 옳고 그른 것을 판단할 때는 스스로를 믿고, 얻고 잃는 데 대해서는 스스로 분별할 뿐이다.

석원[18]에 미(美: 유만주의 지인)가 왔다 하여 부르기에 가 보았다. 나무숲 아래 홀로 서서 정선의 『작비암일찬』[19]을 읽었다.

광주 선산의 산지기가 다래 몇 말을 가지고 왔다.

16_ 저본(邸本): 저보(邸報). 서울과 지방 사이의 연락 기관인 경저(京邸)에서 각 고을에 소식을 전하는 문서인데, 오늘날의 신문과 비슷한 구실을 했다.

17_ 도목정사(都目政事): 조선 시대에 매년 시행하던 인사행정. 관리의 성적을 평가하여 인사이동을 실시했다.

18_ 석원(石園): 유만주 지인의 집.

19_ 정선(鄭瑄)의 『작비암일찬』(昨非庵日纂): 정선은 명나라 때의 관료문인이고 '작비암'은 그의 자호로 어제의 잘못을 돌아본다는 뜻이다. 『작비암일찬』은 인생에 대한 성찰을 주제로 한 필기류의 저술이다.

1786년 윤7월 17일

아침에 옷을 갈아입었다.

정재륜의 『공사문견록』[20]을 읽었다.

다래를 먹었다. 광주 개지동에서 온 것이다.

1786년 윤7월 21일 가끔 흐렸다.

아침에 큰어머니[21]가 통증이 심하다 하셔서 의원 김 씨를 불러 진맥을 하게 했다. 계묘년(1783)의 처방을 보여 주며 거기다 더하고 빼도록 했는데 약의 이름은 마찬가지로 노강양위탕[22]이다.

의원의 말이 다래는 성질이 차기 때문이 많이 먹으면 안 된단다. 위채에 갖다 두었던 다래를 두 말 가량 가져와서 옮겨 보관하고, 집의 종들에게 대략 나눠주었다. 그리고 때맞춰 필요할 때 쓰도록 남겨 두었다.

1786년 8월 15일

아침에 소를 타고 안[23]과 함께 개지동 선산에 올라가 묘소 두 군데에 가서 절을 했다.

추석 차례를 지내고 내려와 묘지기의 집에 돌아가서 아침밥을 먹었다. 또 신원(新院)[24]의 친척이 보내준 통닭을 대접받았다. 내려

20_ 정재륜(鄭載崙)의 『공사문견록』(公私聞見錄): 효종의 부마 정재륜이 궁궐을 드나들며 보고들은 것을 적은 일종의 야사이다.

21_ 큰어머니: 유만주의 큰어머니 청주 한씨(淸州韓氏, 1721~1809). 남편 유한병(兪漢邴, 1722~1748)이 요절한 뒤 조카인 유만주의 양어머니가 되어 그의 집에서 함께 살았다.

22_ 노강양위탕(露薑養胃湯): 학질 치료약의 일종. 찧은 생강을 하룻밤 밖에 내놓아 이슬을 맞힌 것으로 만든다.

23_ 안(安): 유만주의 친인척 가운데 한 사람인 듯하다.

와서 신원 친척집에 이르니, 일가붙이들이 다투어 다래를 가져다주었다. 날이 늦어서야 서울로 출발했다.

유만주가 좋아하는 것 다섯 가지 가운데 지도와 역사책은 공간과 시간의 차원에서 자유를 얻게 해 주는 도구로서 의미를 가진다. 좁고 복잡한 18세기 후반 조선의 서울이라는 국한된 시공간을 벗어나 더 넓은 세계를 거침없이 밟아 볼 수 있게 하고, 인간의 시간을 훌쩍 초월하여 천고의 역사를 투시할 수 있게 하는 것이 바로 지도와 역사책인 것이다. '여행이 편하다'고 한 것 역시 지도와 역사책을 좋아한 것과 비슷한 맥락에서 이해될 수 있다. 여행자가 되어 길 위에 선 순간 자유를 얻는 것이다.

안과 밖을 구분하고 외부의 시선을 차단하는 도구인 주렴에 대한 애착은 무얼 의미할까? 아마도 자신의 고유성을 지킬 수 있는 내면 공간을 갈구하던 심적 상태를 보여 주는 것이 아닐까.

다래를 몇 말[斗]씩 비축해 둘 궁리를 하는 모습이라든가 친척들이 다래를 다투어 선물한 일을 적고 있는 것은 일견 지리멸렬한 느낌을 주기도 한다. 비록 다래를 좋아한다는 표현을 직접적으로 하지는 않지만 이것에 대해 해마다 빠짐없이 적고 있는 것을 보면 이 과일이 유만주의 중요한 기호식품 중 하나였음을 알 수 있다. 다래에 대한 기호 역시 사소하나마 그의 취향과 개성을 보여 주는 하나의 단서라고 여겨진다.

24_ 신원(新院): 경기도 하남 근방의 지명이다. 이곳에 유만주 집안의 선산을 돌보는 묘지기가 거주하고 있었다.

나의 특별한 욕망

1778년 8월 13일

사람에겐 다섯 가지 큰 욕망이 있으니, 맘에 드는 남녀를 만나는 것, 맛있는 음식을 먹는 것, 과거에 합격해 벼슬아치가 되는 것, 재물을 많이 얻는 것, 맘에 맞는 취미 생활을 하는 것 등이 그것이다. 나는 이 다섯 가지 욕망에 대해서는 거의 다 담담하지만 유독 이 다섯 가지보다 더 큰 욕망이 하나 있다. 그러나 세상에서는 이런 걸 욕망으로 여기지 않을 터이다.

멀리 환인씨(桓因氏)로부터 가까이 지금 임금의 조정에 이르기까지 관료와 백성들의 자취를 오직 전(傳)으로 쓰되 다음과 같이 38가지 인물형으로 나누려 한다.

1. 통달한 선비
2. 현명한 재상
3. 유학에 정통한 어진 선비
4. 절의를 지킨 사람
5. 명신(名臣)
6. 암혈(巖穴)에 은둔한 사람
7. 정직한 신하
8. 행적이 맑은 사람
9. 특정한 당파에 소속된 사람
10. 훌륭한 역사가
11. 청렴한 벼슬아치

12. 나라에 공훈을 세운 사람

13. 문장가

14. 용감한 무인(武人)

15. 유능한 신하

16. 왕족 중의 빼어난 사람

17. 부마 중 이름난 사람

18. 효성스러운 사람

19. 굳세게 정절을 지킨 사람

20. 행실이 고상한 사람

21. 기이한 재능을 지닌 사람

22. 기예(技藝)를 지닌 사람

23. 호걸과 협객

24. 비범한 기상을 지닌 사람

25. 방외인(方外人: 속세를 초탈하여 사는 예외적 인간)

26. 이인(異人)

27. 신승(神僧)

28. 숨어 있는 신선

29. 척신(戚臣: 외척인 신하)

30. 편당을 짓는 사람

31. 탕평을 이룬 사람

32. 임금을 도와 왕권을 정립한 사람

33. 범용한 신하

34. 음란한 여자

35. 소인배

36. 왕의 총애를 받고 권력을 농단한 사람

37. 권세를 누린 간신배

38. 반란자

이렇게 하여 일가(一家)를 이룬 역사서를 천고(千古)에 전하는 것, 이것이 나의 커다란 욕망이다.

그런데 나는 전(傳)만 쓸 예정이고 본기(本紀), 표(表), 지(志) 같은 것은 시도할 생각이 없다. 어째서인가? 본기나 표나 지를 갖추게 되면 엄연히 국사(國史)가 될 터인데, 내 어찌 감히 그렇게 할 수 있겠는가?

아! 이 욕망이 이뤄질 날이 올지 알 수 없다.

앞서 유만주는 유익하거나 가치 있는 일이어서가 아니라, 자신이 좋아하고 마음이 즐거워지는 일이기 때문에 역사를 공부한다고 했다. 이와 유사하게 자신이 좋아하는 일을 업으로 삼아 일가를 이루는 것, 즉 역사가가 되는 것을 자신의 '욕망'이라 정의하고 있는 점이 주목된다. 자신에게 기대되는 직분이 아니라 자신의 기호가 자기 존재의 보람과 이어지고 있는 것이다.

내 마음을 밝히는 역사

1777년 6월 20일 아침에 안개가 끼었다. 가끔 흐렸다.

내가 철이 든 이후, 언제나 마음을 가로지른 채 꺼지지 않는 불빛처럼 간직되어 잊지 못하는 일이 한 가지 있다. 그것은 바로 사학(史學)이다. 오늘날 세상의 선비들 중에는 사학에 대해 호언장담하는 자들이 많지만, 사학은 끝내 쉽게 말할 수 있는 것이 아니다.

나는 일찍이 이렇게 논한 적이 있다. 공정한 마음과 공정한 눈을 갖추고 나서야 사학을 할 수 있고, 더 나아가 참된 사학을 할 수 있다고. 마음과 눈이 공정하지 않으면서 사학을 할 수 있는 자는 없다. 그러나 예로부터 공정한 마음과 눈을 가진 사관(史官)은 얼마 되지 않는다. 만약 지금 세상에 살면서 옛날 사관의 공정한 마음과 눈을 환히 깨달은 이가 있다면 그는 반드시 훌륭한 사관이 되기에 충분하리라.

내가 스스로 판단해 보면 옛사람에게 미치지 못하는 것이 다섯 가지 있으니, 그것은 역사가의 재능, 역량, 식견, 폭넓은 학식, 안목 등이다. 이 다섯 가지가 없는 사람이라면 아무리 의지가 있다 한들 어떻게 역사가가 될 수 있겠는가?

비록 그렇지만 세상에서는 견문이 적은 조무래기들이 얄팍한 식견과 재주로 팔뚝을 휘두르며 역사책을 논하고 제멋대로 내용을 편집하고 경솔하게 역사적 사건을 평가하고 있다. 이런 자들은 사학이 어떤 학문인지 알지 못하니 옛날의 역사가가 보면 부끄러워할 것이다. 나 또한 그들을 보면 부끄러운 마음이 든다.

옛날과 지금, 중국과 우리나라를 막론하고 사학을 하는 사람에게 없어서는 안 될 것이 네 가지 있다. 역사를 고찰하여 바로잡는 데 자료가 되는 서적, 함께 역사를 공부하며 토론할 수 있는 동지, 역사가로 살 수 있는 관직, 역사서를 엮을 수 있는 문장력이 그것이다. 서적이 다양하지 않으면 소략하여 의혹이 많게 되고, 함께 공부하고 토론할 사람이 없으면 식견이 고루해지며, 사관이 아니면서 역사를 편찬한다면 경솔하고 분수에 넘치는 행동이 되고, 문장력이 넉넉하지 못하면 말이 궁하고 구차해지기 때문이다.

1779년 4월 9일 비바람이 쳤다.

옛말에 "차라리 내가 남을 제어할지언정 남이 나를 제어하도록 하지 말라"고 했다. 내가 역사책을 교감하고 편찬하게 되면, 왕공(王公)과 장상(將相), 영웅과 썩은 선비, 현인(賢人)과 간사한 인간 등 모든 역사적 인물들은 자신들의 공과(功過) 여부에 대해 나의 평가를 받게 될 것이다. 이것이 곧 '차라리 내가 남을 제어한다'는 것이다. 그리고 과거 시험을 봐서 벼슬을 얻으려는 생각을 끊어 버리면 당대의 인재 선발과 감찰을 맡은 관리 및 관찰사와 어사 등이 편당(偏黨)을 짓고 은혜와 원한을 따지며 나를 발탁하거나 내쫓거나 하려 해도 그럴 길이 없게 된다. 이것이 곧 '남이 나를 제어하게 하지 말라'는 것이다.

그러나 이른바 과거 시험을 봐서 벼슬하는 것을 빈궁한 서생의 명줄로 여기는 상황에서 누가 벗어날 수 있겠으며, 역사책과 같은 것은 촌학구(村學究: 시골뜨기 책상물림) 나부랭이나 주워섬기는 것이라고 간주하고 있으니 누가 선뜻 나서서 정돈할 수 있겠는가.

이런 까닭에 평생을 범용한 무리에게 앞자리를 내주는 일을 당하고 생전 쾌활한 일이라곤 찾지 못하면서 나이가 먹도록 진부한 글과 좋지 못한 일에 정기를 소모하느라 이 구역 안에서 중대한 영향력을 행사하지 못하니 어찌 안타깝지 않겠는가.

역사가를 꿈꾸며, 그 꿈을 실현할 길을 구체적으로 모색하고 있다. 사료(史料)와 학문적 동료, 전문적 능력에 걸맞는 직업, 역사서를 집필하기에 충분한 문장력 등 그가 역사가에게 필요하다고 여긴 네 가지는 지금의 관점에서도 의미가 있다고 여겨진다.

재야 역사가의 임무

1783년 7월 30일 흐리고 어둑했다. 오후 늦게 개고 더웠다.

왕조가 바뀐 초기의 국사(國史)는 고증하기에 충분하지 않고, 당론(黨論)이 정해진 후에 편찬된 야사(野史)는 믿을 수 없다. 그렇지만 당론이 정해진 후의 야사가 정권이 바뀐 초기의 국사보다 외려 낫다 하겠다.

1785년 8월 1일

상상해 보면 사마천(司馬遷)은 뜻하지 않게 잠실(蠶室)에 갇혀 궁형(宮刑)을 받았고 유폐된 채로 일생을 마쳤으니, 그 마음이 진정 극도로 불쾌했을 터이다. 그런데 그 때문에 이처럼 극도로 장쾌한 문장을 쓰게 되었으니, 이 또한 조물주가 부린 하나의 중대한 조화라 하겠다. 이분은 그와 같은 조화의 거센 흔들림과 맞닥뜨렸던 것일 따름이다. 운명이다. 운명인 거다.

역사 편찬의 임무를 짊어지는 것은 세상사를 짊어지는 것보다 더욱 더 어려운 일이다. 오직 역사에 대해 깊이 이해한 이후에야 이 점을 알 수 있으니, 또한 역사를 깊이 이해한 사람과 함께 이야기 나눠야 하리라.

1786년 12월 20일 오후 늦게 가끔 흐렸다.

민경속¹이 왔기에 『수독』²을 보여 주고 이런 말을 했다.

"문장이라면 옛사람이 벌써 다 썼다 하겠으니 나는 이제 다시는 훌륭하고 의미 있는 일을 보태지 못하겠지요. 그게 아니라면 한 가지 방법이 있긴 합니다. 몇 권의 좋은 책을 만들면 그래도 후세의 사람에게 혜택을 줄 수 있을 겁니다. 이런 생각을 했습니다. 우리나라의 역사 문헌을 수집하여 다만 정밀하게 선택하고 해박하게 기재해 두기만 할 뿐, '내가 상고해 보니'라든가 '내가 판단하기에'라 하면서 해당 사실에 대해 평가하는 군더더기 말은 쓰지 않습니다. 그리고 그렇게 만든 역사서를 천백 년 뒤의 훌륭한 역사가를 위해 남겨 두어 그들이 스스로 공정하게 시비를 가릴 수 있도록 먼저 길을 열어 두는 것입니다. 마치 『속자치통감장편』[3]-이나 『동도사략』[4]- 같은 역사서처럼 말입니다. 그러면 좋겠지요."

이런 말도 했다.

"섣달 그믐밤도 그냥 밤일 따름인데, 이날 밤이 되면 문득 몹시 서글퍼집니다. 왠지 모르게 후회스럽고 왠지 모르게 안타깝습니다. 이날 밤에는 참으로 마음을 가누기 어렵습니다."

1_ 민경속(閔景涑): 1751~1794. 유만주의 교유 인물. 그는 조선의 이름난 장서가 민성휘(閔聖徽)의 7대손으로 집안에 책이 많았고, 그 자신도 대단한 독서광이었다. 민경속은 이런 점에서 유만주와 의기투합하여 함께 책을 읽고 논평하며 교유를 지속했다.

2_ 『수독』(誰讀): 유만주가 엮은 책으로, 훌륭한 문장가임에도 높은 평가를 받지 못했던 작가들의 선집이다. '누가 읽는가?'라는 뜻이다. 지금 전하지는 않는다.

3_ 『속자치통감장편』(續資治通鑑長編): 남송(南宋) 때 이도(李燾)가 편찬한 편년체 역사서. 북송대를 다루었다. 사실(史實)에 충실하고, 왕안석(王安石)의 신법당(新法黨)에 대해서도 폄하하지 않고 공정하게 서술했다.

4_ 『동도사략』(東都史略): 남송 때 왕칭(王偁)이 편찬한 기전체 역사서. 북송대를 다루었다. 장방평(張方平)과 같은 위인(偉人)의 허물에 대해서도 꺼리지 않고 언급하는 등 공정하게 서술했고, 역사적 고증에 참고가 될 만한 자료를 풍부하게 제시했다는 등의 이유로 좋은 역사서라 평가받았다.

1787년 3월 11일 바람 불고 흐리고 더웠다. 오후가 되자 비가 뿌리더니 바람이 어지러이 불고 소나기가 내렸다.

준주 형이 들렀는데 근래에 30여 권으로 된 야사 한 질을 얻었다고 한다. 제목이 『국조편년』[5]이라는데, 나누어 등사해서 집에 보관해 둘 생각이다.

밤에 사관(史官)이 되는 꿈을 꾸었다.

유만주는 역사가에게 중요한 것이 객관적이며 공정한 시각이라 한다. 정권 교체 후 정당화의 수단으로 기술된 국사나 특정 당론을 표방한 야사를 준신할 수 없다고 한 이유도 그것이 공정한 시각에서 기술된 역사가 아니라는 인식에서다. 하지만 그는 더 나아가, 집권 세력을 정당화하는 국사와 집권층에서 밀려난 당파를 대변하는 야사 가운데 후자의 것, 즉 정치적으로 주변부에 속한 집단의 목소리가 더 믿을 만한 것이라 했다. 중심부에 있는 승자의 역사보다는 소외된 패자의 역사에 주목하는 태도라 하겠다. 한편, 인생의 말년에 이르러 '사관이 되는' 꿈을 꾸고 있는 그의 모습이 인상적이다.

5_『국조편년』(國朝編年): 기존의 여러 야사에서 기사를 모아 연도별로 엮은 역사서이다. 고려 말부터 조선 인조 시기까지를 다루었고 편자와 편년은 미상이다.

오뇌와 풍경

1779년 8월 11일 아침에 흐리고 오후에 갰다.

자기 몸이 홀로인 것은 인간 세상에서 가장 무거운 형벌이며 천하의 지극한 고통이다. 서늘한 바람이 나뭇가지를 흔들어 우수수하는 소리가 어지러이 일어나니 이미 가을의 상념을 금할 수 없다. 게다가 달그림자가 비스듬히 창에 비치니 초가집은 더욱 적막하기만 하다. 가을의 풍경과 밤의 소리 가운데서 그저 홀로 앉아 생각하노라니, 1만 봉우리 깊은 곳의 외로운 암자에 있는 늙은 승려의 모습이 눈앞에 떠오른다. 그의 황량하고 적막한 처지도 아마 나의 이런 상황과 마찬가지겠지. 밤은 이처럼 맑고 좋으며, 풍경은 이처럼 그윽하고 툭 트여 있건만, 어째서 마음의 실마리는 이렇게 무료한데다 처량하고 쓸쓸하기까지 한 걸까? 어째서?

1779년 8월 18일 맑음. 저녁에 비가 내리더니 밤까지 계속되었다.

건넌방의 도배를 마쳤다. 집의 무너지고 낡은 곳을 대략 수리했다.

'무아'(無我 : 자기의 존재를 잊는 것) 두 글자를 터득하는 것이 곧 위대한 학문이다. 고금에 있어 '무아'를 이룬 사람이 몇이나 될까? '무아'를 이룰 수 있는 자가 바로 진정한 대영웅이다.

바람이 불면 더욱 쓸쓸하고, 달이 비치면 더욱 외롭고, 빗소리 들리면 더욱 시름겹다. 어찌해야 바람 불면 상쾌하고 달빛에 마음이 흥성스럽고 빗소리에 기뻐할 수 있을까.

1780년 1월 7일 맑음

밤에 가느다란 초승달이 참으로 환하고, 별들은 찬란하게 빛났다. 초가집의 사방이 온통 맑고 환하게 눈으로 덮여 한 점 찌꺼기도 없다. 정원의 삼나무 그림자가 완연히 한 폭의 신령한 그림이다.

황량하고 텅 비고 적요한 사이로 조용히 걷노라니 송기(宋祁: 송나라의 역사가)가 성도(成都)에서 역사책을 엮은 일과 왕휘지(王徽之)가 산음(山陰)의 눈 오는 밤에 벗을 방문한 일이 떠오른다. 이 두 가지는 본디 얻기 어려운 일이다.

높다란 누각에서 초나라의 음악을 연주하는 이는 어떤 사람이며, 화려한 집에서 술추렴하는 사내는 어떤 사람일까? 그처럼 떠들썩하게 논다고 해서 오뇌(懊惱)가 사라질 수 있을까?

그저 어두운 등불 아래 낡은 책을 읽으며 이처럼 좋은 밤의 아름다운 풍경을 보내고 있을 따름이다.

맑고 아름다운 밤 풍경 가운데 마치 이물질이 된 것처럼 어울리지 못하는 자신을 응시하는 시선이 몹시 황량하다. 오뇌란 지난 일을 괴로워하고 번뇌하는 감정이다.

모멸감의 근원

1783년 6월 6일 몹시 더웠다.

　생각해 보면 시골 농가의 아낙네들은 거칠고 초췌하고 피부도 시커멓지만 이는 그들이 처음 태어났을 때의 본모습이 아니다. 서울이나 읍내의 관아에서 부리는 여종이나 기생들은 반질반질하니 예쁘고 곱지만 이 또한 그들의 타고난 본모습이 아니다. 그저 꾸미느냐 꾸미지 않느냐에 따른 것이다. 주룩주룩 내리는 장맛비와 내리쬐는 뙤약볕 속에 일하면서 어찌 누추하지 않을 수 있겠으며, 머리 빗고 화장하고 단단히 몸단장을 하는데 어찌 어여쁘지 않을 수 있겠는가? 대체로 사람들은 그저 흘긋 보고는 모두 저쪽은 업신여기고 이쪽에 대해서는 눈이 홀리게 되는데, 눈앞의 것만 보았기 때문이다.

　대체로 사람이 세상에 태어나서 가장 받지 말아야 할 것이 하나 있다. 바로 모멸이다. 사람들은 때로 가난한 탓에 멸시받고 짓밟히는 경우가 있지만 이는 내가 말하는 모멸이 아니다. 어떤 사람의 처지와 행위에는 저절로 모멸을 받을 만한 일종의 규모가 있는바, 한번 이런 데 발을 들여놓는다면 그 품격은 알 만한 것이다. 옛날에는 아주 신분이 높은 귀족으로부터도 모멸을 받기를 달가워하지 않는 자가 있었는데, 하물며 노비나 소인(小人) 같은 하찮은 부류로부터 모멸을 받는다면 어떻겠는가?

　하지만 모멸을 받지 않는 방법을 스스로 터득한다면 누가 감히 모멸하려 들겠는가? 나는 이제야 알겠다. 아랫사람들로부터 모멸을 받는 자는 그런 모멸을 스스로 초래한 것이다. 아랫사람을 어찌 탓

하겠는가?

　　주변의 속물적 시선에서 느낄 법한 환멸감이 잘 드러나 있다. 나는 가난하고 추루한 촌부(村婦)도 아니건만 왜 인간관계에서 이토록 모멸감을 느끼는 걸까? 심지어 아랫사람들조차 나를 업신여기는 것은 왜일까? 유만주는 자신이 타인의 모멸적 언사를 초래하는 어떤 특성을 지니고 있는 것은 아닌가 돌아보고 괴로워하면서, 당당하지 못하고 쉽게 모멸감에 휩싸이는 스스로를 다잡고 있다.

『흠영』이 없으면 나도 없다

1780년 6월 21일 아주 더웠다.

나는 평소 옛사람의 시문을 옮겨 적는 걸 지겨워하고, 과거 시험의 답안지 베끼는 것을 혐오한다. 그리고 학구파가 늘상 갖는 공부 부담 같은 것은 애초부터 갖고 있지 않다. 다만 한 가지 집착하는 버릇이 있어, 그것은 아직 버리지 못했다. 공적인 저술로는 정돈되지 않은 『춘추합강』의 초고가 책 상자에 넘쳐나고, 사적인 저술로는 자잘한 글씨로 쓴 『흠영징류』가 한 권을 채웠다.[1] 『흠영징류』를 써서 나의 일생을 정리하고, 『춘추합강』을 써서 만고의 역사를 살펴 검토했으면 한다.

그러나 통달한 자의 관점에서 본다면, 『흠영징류』는 없어도 그만이고 『춘추합강』 역시 없어도 그만일 것이다.

1783년 6월 26일 덥고 가물었다.

아침을 먹고 나서 동백[2]을 데리고 해주의 서쪽 성문으로 나와 신광사[3]로 향했다. 회사입정문(回邪入正門)을 지나서 광명전(光明殿)에서 잠깐 쉬고 금불상을 거듭 찾아가 보았다. 만세루(萬歲樓)에 올라 더위를 식히고, 돌아와 광명전에 앉아 점심을 먹었다. 응진전

1_ 『춘추합강』(春秋合綱)의~채웠다: 『춘추합강』은 유만주가 기획해 쓰고 있던 중국 역사서의 제목이고, 『흠영징류』(欽英徵流)는 그의 일기 『흠영』을 가리킨다. 이 무렵 그는 흐르는 시간을 기록하여 수습해 둔다는 의미의 '징류'(徵流)라는 말을 일기의 다른 이름으로 쓰고 있었다.

2_ 동백(桐柏): 유만주가 해주에서 알고 지낸 사람이다.

3_ 신광사(神光寺): 황해도 해주시 신광리 북쪽에 있던 절이다. 지금은 터만 남아 있다.

(應眞殿)에 들어가 보니 규모가 28간(間)쯤 된다. 수풀이 우거진 오솔길을 따라 가마를 타고 안양암(安養庵)으로 갔다. 암자는 새로 창건하여 금빛 글씨로 편액을 써 두었다.

어떤 늙은 스님이 있었다. 자호가 용암(龍巖)이라는데 불경을 제법 잘 알고 있었다. 대략 이야기를 나누어 보고 이 절에 머물러 공부하기로 계획을 세웠다.

이 세상도 세계이고, 이 세상을 벗어난 곳도 세계이다. 저쪽도 세계이고, 이쪽도 세계이다. 해주 관아도 세계이고, 신광사의 암자도 세계이다. 번화한 곳도 세계이고, 쓸쓸하게 메마른 곳도 세계이다.

비로소 매미 소리가 들렸다.

경산⁴의 기이한 책들을 판각할 생각을 했다.

하는 일 없이 먹고 무심히 잠이 드는 이 스님이야말로 쾌활한 남자다.

티끌세상에서 미혹되어 괴로울 적엔 경산의 글로 치유하면 된다.

선승(禪僧)이 닭을 잡지 말라기에 그 말대로 따라 주었다.

밤에 선승과 마주 앉아 개에게 불성이 없다고 한 이야기⁵에 대해 물어보았다.

4_ 경산(徑山): 종고(宗杲). 남송 때의 선승(禪僧)으로, 간화선(看話禪: 화두를 들고 좌선하여 깨우치는 것)을 제창하여 선종(禪宗) 불교의 발달에 큰 영향을 끼쳤다.
5_ 개에게~이야기: 당나라 때 한 수행승이 조주(趙州) 선사에게 "개에게도 불성(佛性)이 있습니까?" 하고 물었을 때 "없다"고 한 것을 말한다. 선종에서 해탈을 위한 방편으로 드는 대표적인 화두 가운데 하나다.

1783년 6월 27일 아침에 일어났는데 비가 내리려는가 싶더니 어느새 해가 났다. 가끔 흐리고 더웠다.

나는 글을 잘 쓰지 못하지만 나의 글은 『흠영』에 있고, 나는 시를 잘 쓰지 못하지만 나의 시는 『흠영』에 있으며, 나는 말을 잘 못하지만 나의 말은 『흠영』에 있다. 나는 하나의 땅에서 경세제민(經世濟民)하는 일을 할 수 없지만, 내가 어떤 한 땅에서 경세제민하고자 한 것은 『흠영』에 있다. 『흠영』이 없으면 나도 없다.

산 위에서 우거진 나무들의 우듬지를 굽어보노라니, 수많은 나뭇잎들이 발아래로 촘촘히 엇갈리고 두터운 대지는 눈앞에서 가려진 채 숨어 있다.

오늘 고을에서는 기우제를 지낸다.

선승이 석이버섯 냉면6_을 대접해 주었다. 위7_가 보내 준 닭 삶은 국물과 함께 먹었다.

서리 고 씨8_가 올라왔기에 저녁밥을 더 지으라고 말했다.

갑작스레 '원님'이라는 칭호를 듣고 깜짝 놀라고 두려운 마음이 들었다. 이미 세간을 벗어나지 못하니 역시 곳곳에서 곤란하다.

경산의 오묘한 깨달음을 읽으니 절로 한 가지 생각이 떠오르고, 육유9_의 짧은 사(詞)를 읽으니 절로 한 가지 생각이 떠오른다. 이 생각들을 어디에 부칠까?

오성각(悟性閣)에서 경산의 글을 읽었다.

6_ 석이버섯 냉면: 석이버섯 채친 것을 고명으로 얹은 냉면이다.

7_ 위(衛): 유만주의 집에서 일을 도와주던 사람이다.

8_ 서리(書吏) 고 씨: 유만주의 부친 유한준이 부임해 있던 해주 관아의 아전 가운데 한 사람이다.

9_ 육유(陸游): 남송 때의 시인. 이 시기 최고의 서정시인이자 애국시인으로 일컬어진다.

석양이 질 때 선승에게 이것저것 묻고 논난(論難)했다. 『선문염송』[10]— 30권을 가져다 읽었다.

1785년 11월 10일 눈이 왔다. 종일 어둑하게 흐리고 으슬으슬하게 추웠다.

저쪽이 잘 풀리면 이쪽은 안 풀리는 것이 고금의 속일 수 없는 이치인 것을. 따뜻한 온돌에서 열심히 공부할 때에는 뭐든 맘에 맞고 마땅하다 생각했는데, 춥고 많이 아프니까 되레 이렇게 걱정이 생긴다.

'무구어세'(無求於世: 세상에 구하는 바가 없다) 네 글자는 마음의 평안과 즐거움을 얻기 위한 선가(仙家)의 부적이다. 아아! 덧없는 인생 동안 참고 견뎌야 할 고통이 얼마간 생기게 되는 이유는 뭔가 바라고 구하는 바가 있어서 끊임없이 애를 쓰기 때문이다. 만약 무얼 하든 세상에 대해 구하는 바가 없다면 편하고 자유롭게 지내며 느긋하게 소요할 수 있으리니, 100년을 산들 안 될 일이 무엇 있겠는가? 다만 그렇게 할 수 없기 때문에 세계는 견뎌야 할 무엇이 되고 사람은 결함 많은 세계에서 슬퍼해야 하는 것이다.

해주에서 가져온 연월묵(烟月墨: 먹의 일종)을 서부[11]의 초록 벼루에 갈아, 『흠영』의 초고 열 여남은 단락을 해선병풍[12] 아래에서 쓰고 있다. 이렇게나마 하여, 입으로 내뱉지 못한 생각들을 펼쳐

10_ 『선문염송』(禪門拈頌): 고려 후기의 승려 혜심(慧諶)이 중국 선종 고승들의 법문을 엮은 책으로 우리나라 선문의 기본 학습서였다.

11_ 서부(西府): 전당(錢塘). 지금의 중국 항주시에 해당한다.

12_ 해선(海仙)병풍: 유만주의 언급에 따르면 영조(英祖)가 직접 그렸다는 〈해선도〉(海仙圖)를 입수하여 병풍으로 만들어 집에 소장하고 있었다 한다.

내고, 움츠렸던 기운과 마음을 쭉 펴 본다. 이 일이 없었더라면 정말 어디에 이 심회를 부쳤을지 모르겠다.

애초에 나의 일생을 정돈하기 위해 쓰기 시작한 일기는 어느덧 나의 전부가 되었다. 으슬으슬하게 추운 겨울밤 아픈 몸으로 먹을 갈아 정성껏 일기를 쓰며 '이 일이 아니었더라면 내 마음을 어디에 의지했을까?' 하고 우울하게 중얼거리는 유만주의 모습이 처량하다. "『흠영』이 없으면 나도 없다"고 한 1783년 6월 27일의 일기는, 과거에 연거푸 낙방한 뒤 시험공부에 몰두하기 위해 찾아간 해주의 산사(山寺)에서 쓴 것이다. 자신이 속한 세계에서 제자리를 찾지 못한 채 서른 살을 앞두고 있는 청년의 좌절감이 정돈되지 않은 상념들 가운데 스며 있다.

담배가 싫은 몇 가지 이유

1779년 1월 12일 흐리다 가끔 개었다. 저녁 무렵에는 비가 약간 뿌렸다.

책방[1]에서 아침에 들으니, 담배라는 이름은 옛날의 약방문에는 실려 있지 않다가 명말(明末)에 비로소 약재로 들어가게 되었다고 한다. 담배를 피우면 안개와 이슬의 습기로 인한 풍토병 등을 막을 수 있어 이익은 많고 해로움은 적다고 한다. 담배는 지금 세상에서 기호품으로서의 수요가 거의 주식(主食)을 넘어설 지경에 이르렀다.

1780년 5월 10일 더웠다.

담배와 술, 바둑과 투전(鬪牋: 도박의 일종)이라면, 보통 사람들 중에 못하는 이가 없을 것이다. 그런데 나처럼 그런 것을 할 줄 모르는 사람에 대해서는, 혹은 재미없는 사람이라 조롱하고, 혹은 깔끔하고 면밀한 사람이라 인정하기도 한다. 나는 언젠가 남에게 이렇게 말했다.

"담배와 투전은 안 하는 게 좋다고 생각하지만 술과 바둑은 좋은 점도 많다. 그러나 이 때문에 마음이 어수선해지고 정신을 못 차리게 되지 않을 정도라야지, 그렇지 못하다면 하지 말아야 한다. 그런 일을 면치 못하면서까지 억지로 술이나 바둑을 할 필요는 없다. 되레 무슨 걱정이겠는가."

1_ 책방(冊房): 여기서 책방은 관아에 딸린 서재를 가리키는 말이다. 당시 유만주는 부친이 재임한 군위현(軍威懸) 관아의 책방에 거처하고 있었다.

1781년 6월 15일 몹시 덥고 가끔 흐렸다.

담배가 광해군 임술년(1622)에 통용되기 시작했다는 말이 『일월록』2- 에 나온다. 지금에 이르러서는, 밥은 굶어도 담배는 못 끊는다는 것이 이미 풍속이 되어 버렸다.

1782년 2월 25일

밤에 『좌계부담』3- 2책을 읽었다.

윤격(尹格)은 광해군 때 사람으로 점술에 밝았는데 자기 운명이 기박하다는 것을 헤아리고는 일찌감치 과거 공부를 접고 세속에 물들지 않고 살았다. 폐모론4-이 일어나자 가솔을 이끌고 떠나 황해도 배천[白川]에 임시로 거처했는데 의지가지없이 쓸쓸하여 거친 밥으로도 끼니를 잇지 못했다. 한번은 5언절구 한 편을 벽에다 적었는데 그 내용은 다음과 같다.

밭 갈며 대낮을 소일하고
약초 캐며 청춘을 보낸다.
산 있고 물 있는 곳에
영예도 치욕도 없는 사람이어라.

2_ 『일월록』(日月錄): 『춘파일월록』(春坡日月錄). 조선 중기의 학자 이성령(李星齡)이 조선 초·중기의 역사를 편년체로 정리한 야사다.

3_ 『좌계부담』(左溪裒譚): 작자 미상의 필기류 저술이다. 광해군 때부터 영조 연간까지 사회적으로 이름난 관료 및 문인과 학자들에 대한 일화를 주로 수록했다.

4_ 폐모론(廢母論): 왕이 왕대비를 그 지위에서 물러나도록 하려는 논의인데, 여기서는 광해군이 인목대비를 폐위시키려는 것을 말한다.

그런데 그가 이런 말을 한 적이 있다 한다.

"명종 말년과 선조 초년에 남초(南草: 담배)가 처음 나오더니 결국에는 임진란이 있었다. 광해군 말년과 금상(今上: 지금 임금. 여기서는 인조) 초년에 앞다퉈 마고자를 입었으니 이는 북쪽 오랑캐가 닥쳐올 징조가 아니겠는가?"[5]

얼마 있지 않아 과연 그 말대로 되었던 것이다.

1782년 9월 5일

혹자의 말에 따르자면 관동(關東)과 관서(關西) 지방에서 생산되는 연초(煙草) 가운데는 높이가 한 길이나 되는 것도 많다고 한다. 그 잎은 파초만큼 큰데, 약성(藥性)이 오르면 진액이 끈끈하게 엉기며 그 맛도 끝내준다는 것이다.

담배라는 풀은 옛사람의 글에는 언급되어 있지 않은데, 역시 백성의 삶을 썩어 문드러지게 하는 물건이기 때문일 터이다.

1783년 10월 4일 아침에 흐리고 비가 오려 했다.

사람의 상황에 대해 해명할 수 있어야 하늘의 이치에도 부합할 수 있다. 만약 사람의 상황에 대해 해명할 수 없다면, 하늘의 이치에도 부합하지 못할 것이다.

독이 되는 것을 생겨나게 하기로는 우리나라 사람을 따라올 자가 없다. 대체로 술을 두고 '감로'(甘露: 단 이슬)라 하고 담배를 두

---

[5] 명종~아니겠는가: 남초의 성행이 임진왜란의 징조가 되었던 것처럼, 마고자의 성행은 만주족이 침략할 징조가 된다는 말이다. 남초는 남만(南蠻)의 풀이라는 뜻인데, 일본에서 수입되었기에 이렇게 불렸다. 마고자는 원래 만주족의 복식이다.

고는 '서초'6_라고 하는데, 이 물품들은 모두 독성이 높아서 만약에 중국인들에게 마시거나 피우게 한다고 해도 동시에 담배를 피우며 술을 마실 수 있는 자는 당연히 없을 것이다.

듣기로 중국의 차나 담배에는 본디 입맛을 끄는 힘이 없어서, 이른바 큰 사발로 벌컥 들이키는 차나 수놓은 주머니에 보관한 담배 같은 것을 우리나라 사람에게 마시거나 피우게 한다면 되레 맛이 없다 할 것이라고 한다.

1785년 5월 4일 흐리고 비가 왔다. 개었다가 가끔 흐렸다. 오후가 되어서는 날씨가 쾌청하고 유려했다. 다만 바람이 있었다.

아침에 층층 정원의 작약꽃을 보았다. 새하얀 꽃은 시들고 짙붉은 꽃이 한창이다.

『설령』의 『구강일지』7_를 보니 "절강성(浙江省)의 동쪽에는 차가 많이 난다. 차의 효능이라면 비린내와 기름기를 제거하고 번뇌를 없애 주며 혼미하고 산란한 생각을 물리치게 하고 소화불량을 해소해 주는 것을 들 수 있으니, 담배를 피우는 것보다 훨씬 낫다"라는 말이 있다.

우리나라 사람들은 담배는 모여서 피우곤 하는데, 차를 모여서 마시는 일은 없으니 이는 또 어째서일까?

6_ 서초(西草): 서쪽에서 온 풀. 중국을 통해 들어온 담배를 일컫는 말이다.
7_ 『설령』(說鈴)의 『구강일지』(甌江逸志): 『설령』은 중국 청나라의 오진방(吳震方)이 청나라 초기 작가들의 견문록이나 여행기, 일기, 잡록 등을 모아서 편찬한 총서이다. 그 가운데 노대여(勞大與)의 『구강일지』라는 책도 있는데, 중국 절강성 남서부를 흐르는 강인 구강(甌江) 인근 지역에 대한 기록이다.

1786년 7월 15일 아주 더웠다.

갑아[8]_가 토하고 설사를 하여 소합환[9]_ 한 알을 먹였다. 석원에서 『동의보감』(東醫寶鑑) 한 책을 빌려와 구토 설사 증세에 대한 처방을 찾아보았다. 이윽고 갑아가 회충을 토했다. 별도로 사과차(楂瓜茶: 아가위와 모과 및 생강으로 만든 차)를 먹였다.

세상에 전하기로, 담배가 널리 퍼지고부터 사람들에게 급성 질병이 줄어들고 풍창(風瘡: 옴 등의 피부병)이 없어졌다 한다. 횟배앓이도 고칠 수 있고 더럽고 나쁜 기운도 쫓아낼 수 있으니 효능이 한둘이 아니라는 것이다.

내 생각에 담배라는 것은 효능은 미미하지만 해독은 엄청나니, 풀 중의 요물이고 먹거리 중의 잉여에 해당한다. 왕의 지위에 있는 이가 그것을 금지하기란 손바닥 뒤집듯 쉬울 것이니, 술을 금지하는 것처럼 어렵지 않을 터이다.

1786년 윤7월 26일

저본을 보았다. 중국 사신의 행차가 임박하여 병조판서 이성원(李性源)이 관반사(館伴使: 외국 사신의 접대를 담당한 관직)를 맡았다 한다.

술은 조상의 제사를 지내고 손님을 접대하는 중대한 업무와 관련되어 있으므로 나라님이라 할지라도 금지할 수 없다. 담배의 경우라면 저 변방 오랑캐의 땅에서 중국으로 유입되었다가 다시 우리나

8_ 갑아(甲兒): 유만주의 맏딸. 1781년생으로 당시 여섯 살이었다.

9_ 소합환(蘇合丸): 위장약의 일종. 사향(麝香), 주사(朱砂) 등을 빚어 만든 환약이다.

라로 내보내진 것으로 그 용도는 술에 비할 바가 못 되며 없어서는 안 될 물건이 아니다. 이 담배 때문에 좋은 밭이 못 쓰게 되고 온통 독한 기운으로 가득 차니 백해무익하다 하겠다. 의심의 여지 없이 마땅히 금지해야 한다. 어떤 사람들은 오늘날 세상에서 담배는 비록 나라님이라도 금지할 수 없다고 하는데, 참으로 어처구니없는 논의이다.

    유만주의 동시대인 가운데 담배를 찬미한 이는 정약용(丁若鏞), 이옥(李鈺) 등 적지 않지만 담배에 대해 이렇게 뚜렷한 혐오감을 표한 경우는 찾아보기 어렵다. 술 담배를 좋아하지 않는 사람은 교유 관계에서 그다지 환영받지 못한다고 한 유만주의 말로 보건대 담배는 그저 기호식품일 뿐 아니라 남성성을 인정받는 하나의 수단으로도 간주되었던 것 같다. 유만주가 일관되게 담배에 대한 혐오를 표하고, 심지어 금연을 국시(國是)로 삼아야 한다고까지 말한 것은, 단순한 취향이나 호오의 문제가 사람됨을 판단하는 잣대로까지 작용하고 있는 상황에 대한 모종의 반감이나 울분에서 비롯되지 않았을까.

세상에 나오지 못하는 호랑이

1785년 11월 9일 쌀쌀하게 춥고 가끔 흐렸다.

밖에 나갈 일을 줄이는 것이 참으로 이득이 될 것이다. 잘 하느니 못 하느니 하는 지겨운 이야기가 귀에 들지 않고, 촌스럽기 짝이 없는 모습들이 눈에 닿지 않으며, 재주도 없고 지혜도 없는 진부한 내 몰골을 드러내지 않아도 될 테니 말이다.

그리하여 스스로 의취 있는 일을 고요히 찾아 나간다면 무한히 좋을 것이다. 내 본성은 고요한 것과 잘 맞는다. 본성에 어울리지 않는 것을 억지로 해서는 안 될뿐더러 배워서 잘할 수도 없다.

나를 아는 이들은 대부분 나더러 빈틈이 많고 오활하다고 평가한다. 오활하다는 것은 일의 실정에 대해 잘 모른다는 말이고, 빈틈이 많다는 것은 일을 할 때 허술하다는 말이다. 어떤 사람은 내일도 어제와 같을까봐 걱정하고, 어떤 사람은 지금 벌써 해가 진 것이나 마찬가지로 늦은 거라고 지적한다.

나 스스로도 날은 저물었는데 길은 멀다고 생각하고 있으며, 이에 잘 되고 못 되는 것은 기회를 얻는 데 따르는바, 일부러 어떻게 해서 이룰 수 있는 게 아니라고 응수해 보기도 한다.

고상하고 심원한 사람이 되면 손해일까? 맑고 준엄한 사람이 되면 손해일까? 대체로 이 두 가지 미덕을 갖고 있다면 세상의 척도에 부합하기 어렵다.

스스로 돌아보고 헤아려 보아도 이미 어긋버긋하고 두루뭉술하고 물정을 몰라, 나긋나긋하고 세련되게 꾸미기를 요구하는 세상의 규율에 너무나 맞지 않는다는 걸 알겠다. 숲에서 나오지 않는 사

나운 호랑이[1]가 되어야 할 따름이다.

뚜렷하게 이룬 것 하나 없이 서른 살을 훌쩍 넘긴 자신을 돌아본다. 나를 걱정하는 이들은 내가 주도면밀하지 못하고 그런 자신을 고쳐 나갈 의지도 보이지 않는다고 하며, 시간이 그리 많이 남지 않았으니 서둘러 노력해야 한다고 충고한다. 나는 내가 세상의 척도에 맞지 않는 것처럼 세상도 나의 기준에 못 미친다고 여기며 스스로를 소외시키는 것으로 얼마 안 되는 위안을 삼는다. '숲에서 나오지 않는 호랑이'란 마지막 남은 한 조각 알량한 자존심의 다른 이름이다.

1_ 숲에서~호랑이: '맹호출림'(猛虎出林: 사나운 호랑이가 숲에서 나온다)이라 하여 용맹하고 성급한 성격을 일컫는 말이 있는데, 이 말을 조금 바꾸어 썼다.

자신을 속이지 마라

1780년 8월 17일

종이 위에 쓰는 글자가 있고 입에서 나오는 말이 있다. 이 둘을
정성스럽고 참되게 할 수 있는 이가 바로 성인(聖人)이다.

1781년 2월 26일 가끔 흐렸다. 오늘은 춘분이다.

맹교(孟郊: 당나라의 시인)의 시에 "냉이 먹어도 속 쓰리고, 억
지로 부르는 노랫소리 즐겁지 않네. 문만 나서도 뭔가 가로막는데,
천지가 넓다고 누가 말하나?"라는 것이 있다. 소철(蘇轍: 송나라의
문장가)은 이에 대해 "맹교는 강직한 선비라, 비록 천지가 크다 하여
도 자기 몸이 용납될 곳을 찾지 못하여 먹고 사는 데 걱정근심이 있
었고, 죽을 때까지 곤궁했다. 당나라 사람은 시를 쓰는 데는 솜씨가
있었지만 도(道)를 깨닫는 데는 이처럼 비루하였다"라고 평가했다.

내 생각은 이렇다. 마음속이 어지럽고 시끄러운 사람이 말은 몹
시 광달(曠達: 달관한 듯 툭 트인 것)하게 하는 경우가 있는데, 이런
사람은 맹교에 비하면 되레 못하다.

1783년 5월 8일 종일 흐리고 가랑비가 내렸다.

얼굴 가득 속이고, 온 마음으로 속인다. 남을 속이는 것도 외려
안 될 일이거늘, 자기를 속이다니. 무엇이 이보다 심하겠는가.

1784년 5월 29일 아침에 흐리고 아주 더웠다.

연지분을 바를 필요 없다. 차라리 본디 얼굴을 그대로 두어라.

1784년 9월 9일

새벽에 시제에 참석했다. 제사가 거의 끝나갈 무렵에 비가 한 차례 내렸다. 아침이 되자 비바람이 치고 어두컴컴해졌다. 아침나절에 바람이 어지럽게 불더니 갑자기 개었다.

사람이 교만한 데에는 두 가지 단서가 있다. 하나는 남을 업수이 여기며 교만하게 구는 것이고, 다른 하나는 지나치게 겸손하고 공손한 태도로 교만하게 구는 것이다. 남을 업수이 여기는 교만함은 교만함 중에 얕은 것이다. 겸손하고 공손한 태도의 교만함이 교만함 중에서도 재앙에 해당된다.

1785년 12월 21일 엄혹한 추위다. 오늘은 대한이다.

남을 속이는 데 과감하고 자신을 속이는 걸 달가워한다. 옛사람이 말하지 않았던가? 정직뿐이라고.

진실하지 못한 것이 가장 큰 병이고 극단적인 단점이다. 이러고서야 인간의 상황에 대해 어떻게 사색하고 탐구할 수 있겠으며, 만물의 이치에 대해 어떻게 자세히 터득할 수 있겠으며, 글로 쓴 것들을 어떻게 헤아려 생각할 수 있겠는가?

드러나게 남을 업신여기는 것보다 짐짓 자신을 낮추는 태도를 더 비난하며 '재앙에 해당되는 교만'이라 일컬은 것은 그 겸손에 깃든 위선을 감지했기 때문이다. 이처럼 유만주는 위선을 혐오하며 그 반대편에 있는 참된 어떤 것을 갈구하고 있다. 그의 일기가 지닌 호소력의 근원 가운데 하나인 당황스러울 정도의 솔직함은 그런 참된 것에 대한 갈구와 관련이 있을 것이다.

72

바람에 나부끼는 마음

1782년 1월 14일

강철심장이란 강인하다는 말이고, 목석간장(木石肝腸)이란 잔인하다는 말이다. 지금 강인하지도 못하건만 또한 강철과 같고, 잔인하지도 못하건만 또한 목석과 같은 자가 있는데, 결국 이 인생도 별난 폐장(肺腸: 마음)을 지니고 있다 하겠다.

누군가 '세상에서 가장 큰 게 무언가?'라고 묻는다면 나는 '마음'이라 말할 것이다. '세상에서 가장 무거운 게 무언가?'라고 묻는다면 나는 '마음'이라 말할 것이다. '세상에서 가장 곤란한 건 무언가?'라고 묻는다면 나는 '마음'이라 말할 것이다. 마음이 확고하면 세상에 못할 일이 없다.

옛날에는 수많은 난제가 가슴을 채우고 있었는데 이제는 망상이 가슴을 채우고 있다. 옛날에는 수많은 의문들이 뱃속에 가득했는데 지금은 헛된 헤아림만 뱃속에 가득하다. 이 몸을 텅 비워 황량한 채로 방치해 두고, 이 마음을 종잡을 수 없이 나부끼는 채로 내버려두고 있다. 이룬 것은 무엇이며 이루지 못한 것은 무엇인가?

1782년 2월 3일 아침에 추웠다. 맑고 환하다가 가끔 흐렸다.

오늘날 세상에서 벗 사귐의 도(道)라는 것을 알 만하다. 하루 만나지 않으면 보고 싶은 이가 누가 있나? 헤아려 보면 결국 모두 공허하고 하릴없다.

그저 평범한 마음이다. 그저 소인배의 마음이고 그저 진부한 선비의 마음이며 그저 촌스러운 성정(性情)일 따름이다.

내 어찌 남의 위에 있을 만한 사람이겠는가? 본디 그런 경지에 이를 수 없다면 역시 남의 아래에 있다 하겠거니와, 이 수준과도 같아지기 어렵다.

그저 나가서는 여러 사람들 앞에서 신세한탄이나 하고 들어와서는 또 저 혼자 탄식을 한다. 우유부단하고 나약하고 산만할 뿐 끝내 삶에 아무런 박자가 없다. 옛사람은 이런 걸 두고 '뜻을 세우지 못하는 병'이라는 이름을 붙였다.

1782년 12월 27일

계사년(1773)부터 임인년(1782)까지 벌써 10년이다. 10년 동안 세상일은 있지 않은 것이 무엇이었으며, 사람의 일 또한 있지 않은 것이 무엇이었던가? 모두들 분주히 변하고 옮겨가는 중에 부끄러운 것이 있다면 그저 예전과 다름없는 내 모습일 뿐이다.

1783년 2월 18일 맑고 쌀쌀했다.

겉으로는 고상하고 빛나며 맑고 준엄한 것 같지만, 내실은 둔하고 나약하며 속이 텅 비고 엉성하다. 이런 점에서 온 나라에 너와 맞먹을 자 누구겠는가?

1783년 3월 4일

항상 품격 이야기를 하지만, 찬찬히 살펴보면 스스로도 어긋난 것이 많다. 입에서 무슨 말이 튀어나온 뒤에는, 야비한 말을 했다고, 너무 연약한 소리를 했다고, 경박하고 허황된 말을 했다고, 군더더기 같은 말을 했다고 번번이 후회하는 것이다.

1783년 4월 5일 메마른 바람이 거세게 불었다.

돌아가는 노비 편에 편지를 보내고, 『사문유취』[1] 83책도 부쳤다. 어디가 아프지도 않은데 신음이 나오고, 누구와 이별한 것이 아닌데도 외롭고, 힘들게 일하지도 않았는데 노곤하다.

1784년 11월 20일

소인의 마음으로 군자의 일을 하고, 범용한 사내의 마음으로 학자의 일을 하며, 진부한 선비의 식견을 지니고 영웅의 말을 입에 담고, 무뢰배의 소견을 지니고 품격 있는 말을 운위한다. 참으로 얼룩덜룩하기가 오추마[2] 같고 표범 같다. 이런 자는 온 천지 가운데 딱 한 사람만 있을 거다.

1785년 12월 16일

마음속에 세운 뜻은 너무 유약하고, 바깥으로 치달리는 생각들은 지극히 망령되다.

시간이 멈춘 듯 괴괴하여 마치 아무 일도 없는 것 같다. 쓸쓸하고 고요한 가운데 한 해의 끝이 닥쳐오고 있다. 그렇지만 이런 게 큰 행복임을 알게 된 연후에야 내 삶을 받아들이는 보람이 있게 되겠지.

마음은 가장 높은 곳에 있는데, 몸은 가장 낮은 곳에 있다.

1_ 『사문유취』(事文類聚): 송나라 축목(祝穆) 등이 편찬한 유서(類書). 세상의 사물과 사건을 부(部)로 분류하고 그 아래 각각의 항목을 두어 그것과 관련된 문구 및 고사, 용례 등을 상세히 인용했다.
2_ 오추마(烏騅馬): 검은 털과 흰 털이 섞여 난 말.

1787년 3월 28일 가끔 흐리고 비가 오려 했다. 변함없이 가물었고, 더웠다.

식욕(食慾)과 색욕(色慾)에서 벗어난 사람이 바로 영웅이다.

마음은 옛날의 영웅이고 박사(博士)인데, 몸은 현재의 진부하고 맥 빠지고 하찮고 졸렬한 인간이다. 이는 과연 내가 타고난 별자리의 운명일까? 아니면 조물주가 나를 망가뜨리고 기뻐하고 있는 걸까?

자신의 연약함과 평범함과 모순을 들여다보는 눈길이 가차 없이 싸늘하다.

어디에도 없는 나라

1781년 11월 14일 훈훈하고 흐렸다.

석숭[1]은 아름다운 여종이 1천여 명이나 있었고, 양간[2]이 형주(衡州)에서 북쪽 사신들에게 연회를 베풀 적에는 여종 100여 명이 황금꽃으로 장식한 촛대를 들고 시중을 들었다. 어홍[3]에게는 시첩(侍妾)이 100여 명이나 있었는데 그들은 감당도 못할 정도의 금과 비취 장신구를 착용하고 있었고, 양소[4]의 뒤뜰에는 비단 옷자락을 끌고 다니는 기생첩이 1천 명이나 되었다. 이창기(李昌夔)가 형주(荊州)에서 사냥을 할 때 그의 아내 독고씨(獨孤氏)도 함께 나왔는데, 그 뒤를 따른 여자 기수(騎手) 1천 명은 모두 수놓은 붉은 비단 외투를 맞춰 입고 있었고, 장자[5]의 모란꽃 모임에서는 노래하는 기생 수백 명이 일렬로 서서 손님을 전송했다. 이런 것들은 극도로 사치하다 할 만하다. 여기에 비하면 내가 쓰고 있는 홍도[6]의 이야기는 책상물림의 티를 내는 것이 아닐까 싶다.

1_ 석숭(石崇): 서진(西晉)의 문관. 항해와 무역으로 큰 부자가 되어 매우 사치스러운 생활을 하던 이로, 부자의 대명사로 여겨졌다.

2_ 양간(羊侃): 남조(南朝) 양(梁)의 무관. 음률에 조예가 있었다 한다.

3_ 어홍(魚弘): 남조 양(梁)의 무관. 몹시 사치스러운 생활을 한 것으로 알려져 있다.

4_ 양소(楊素): 수(隋)나라의 무관. 양견(楊堅)을 좇아 천하를 평정하고 수나라를 세우는 데 공이 컸고 이후 권신이 되었다.

5_ 장자(張鎡): 남송의 문관. 재산이 많아 호수와 정원을 건축해 호사스런 생활을 했다.

6_ 홍도(鴻都): 유만주가 상상한 이상향에 붙인 이름이자 그 자신의 호다. 원래 한(漢)나라 때 설치된 장서각의 이름, 한나라 때 설치된 학교의 이름, 신선이 산다는 어떤 곳의 이름 등이 '홍도'인데, 여기서 따 온 것인 듯하다. 신선 세계를 동경하고 공부와 책을 사랑한 유만주의 면모가 이 이름에 반영되어 있다.

다음 이야기에 「홍도학사기」(鴻都學士記)라는 제목을 붙인다.

옛날에 홍도학사가 바다 밖 먼 곳을 노닐다가 텅 비고 툭 트여 살기 좋은 땅을 발견했다. 그 땅은 둘레가 90리 남짓, 혹은 100리 남짓이라고도 하는데, 기후가 맑고 온화하여 풍토병도 없고, 벌레나 뱀처럼 해독을 끼치는 것들도 없었다. 그곳에는 수많은 큰 나무들이 땅에서 우뚝 솟아 하늘에 기대어 있고, 커다란 시냇물이 주위를 에워싸고 있었다.

홍도학사가 말했다.

"복된 땅이다!"

곧 거기 들어와 살 사람들을 모집했는데 1천 가호(家戶)를 채우자 멈추었고, 들판을 구획하여 밭을 만들었는데 1천 이랑을 채우자 멈추었다. 커다란 나무를 베어 오고, 산에서 바위를 캐어 오며, 흙을 구워 벽돌을 만들고, 오동나무와 대나무를 무역하여 철(鐵)을 구해 와서, 시냇물을 마주하고 언덕을 등진 곳에 집과 정원을 조성했다. 그리고 호수를 파서 시냇물의 물길을 끌어 들이고, 호수 안에 섬을 쌓고, 그 섬에는 준훈사(遵訓寺)라는 절을 만들어 고승(高僧)이 거처하도록 했다.

조성한 집과 정원의 면적은 4×3리(도합 12리)이며, 벽돌로 쌓아 회반죽으로 하얗게 칠한 담장은 높이가 두 길이다. 북쪽의 높다란 절벽 밖으로는 위성류(渭城柳)를 심고, 사통팔달하는 길을 닦아 두었다. 그 길의 왼쪽에는 획일(畫一)이라는 집이 있고, 오른쪽에는 지과(止戈: 전쟁을 멈춘다)라는 집이 있다.

시냇물을 건너 조금 가면 거처하는 곳이 나온다. 이 공간의 구조는 『주역』의 효(爻)를 본떴으며, 그 가운데 보물 같은 글이며 비장의 서책, 오래된 제기(祭器) 같은 희귀한 골동품, 화초, 수석(壽石) 등이 채워져 있다.

부리는 사람들도 『주역』의 효에 따라 충원했는데, 그 항목은 다음과 같다.

시녀 12명, 안살림 담당 30명, 차 마실 때 시중드는 여종 12명, 요리 담당 여종 30명, 음악 연주 담당 120명, 안팎의 잡무 담당 10명, 가까이에서 시중드는 여종 6명, 청의동자(靑衣童子: 심부름 하는 남자아이) 12명, 글씨 쓰는 사람 30명, 그림으로 장식한 창을 든 경호원 30명, 순찰 담당 30명, 인쇄 출판 담당 12명, 무장한 병사 40명, 수레 담당 2명, 말을 돌보는 사람 8명.

1천 문(文: 푼. 돈의 단위)으로 가호를 편성하되 한 집이 한 이랑의 밭에 연계되게 했다. 한 이랑의 밭에서는 대체로 해마다 200섬의 곡식이 나는데, 홍도학사가 그 가운데 10분의 1을 거두어 간다. 거두어 간 것은 모두 획일에다 쌓아 놓고 달마다 지출할 비용으로 삼는다. 여섯 개의 주(洲: 대륙)를 구분하고, 아흔아홉 개의 산봉우리를 표시하며, 열두 군데의 만(灣)을 정해 두어 무역선이 오가도록 한다. 벽오동나무 2천 그루, 큰 대나무 3만 포기, 매화나무 1천 그루, 귤과 유자 10만 개, 파초 2천 포기 등을 빠짐없이 잘 관리한다. 호수에서는 해마다 금붕어 및 예쁜 물고기 2천 마리를 잡아 올린다. 그 나머지 일상생활에 필요한 물품과 취미 활동에 쓰이는 물품들은 모두 북쪽의 육지를 통해 마련한다.

객(客)이 부의 규모가 얼마나 되는지 묻자 이렇게 대답했다.

"1년 수입이 햇곡식 3만 섬입니다."

하는 일은 무엇인지 묻자 이렇게 대답했다.

"경사자집(經史子集) 네 분야의 책들을 읽고 평론하는 것과 만고의 역사를 포괄하는 것, 뭐 이런 정도의 일밖에 없습니다."

홍도란 유만주의 상상이 일구어 낸 허구의 공간이다. 그는 먼 바다 너머 기후가 온화
하고 풍광이 아름다우며 경제적으로도 풍요로운 어떤 나라의 주인인 홍도학사가 되어 생
계 걱정 없이 읽고 싶은 책을 다 읽고 역사서를 집필하는 꿈을 꾼다. 그가 공들여 적은 하
릴없는 백일몽을 보노라면 황량한 현실에서 그가 느꼈을 결핍감이 전해져 온다.

아무것도 아닌 사람

1783년 5월 13일 가끔 흐렸다. 오후에 갑자기 비가 뿌리다가 곧 그쳤다.

축축한 도랑이 주변에 둘러 있고 지저분한 변소가 있는 곁에다 거의 한 말 크기도 되지 않게 얽어 놓은 것이 그의 방이다. 구멍 난 곳에 나뭇조각을 덧대고 저잣거리에 파는 그림을 붙여 놓았으며 냄새가 나고 먼지투성이인 것이 그의 잠자리다.

항아리 속의 곡식을 들여다본다는 말[1]도 있거니와, 과연 가난에 찌든 자가 일반적으로 보여 주는 행태를 면치 못하고 있다.

사는 곳이 그의 품격을 보여 준다는 말이 이런 걸 두고 하는 말이겠지.

1784년 윤3월 18일 맑고 따뜻했다.

얼굴 생김새는 지극히 졸렬하고, 몸가짐과 옷매무새는 지극히 보잘것없으며, 말하는 품새는 지극히 아둔하고, 마음 쓰는 것은 지극히 어긋버긋하다. 게다가 한 푼어치의 재주도 없고, 아울러 털끝만큼의 능력도 없다. 이러고도 자고자대(自高自大)하는 자는 이제껏 있은 적이 없다.

1_ 항아리~말: 집이 가난하여 자꾸 양식이 떨어지니 단지 속에 남은 곡식이 얼마나 있는지 들여다본다는 말. 소식(蘇軾)이 도잠(陶潛)의 「귀거래사」(歸去來辭)를 읽은 후, 도잠의 가난한 삶에 대해 이렇게 표현한 바 있다.

1784년 윤3월 26일

아침에 일어나자마자 평양 갈 채비를 했다.

갑자기 큰바람이 불어 모래가 날리고 검은 구름이 사방에 잔뜩 끼더니 비가 점점이 뿌리다 소나기가 쏟아졌다. 내헌(內軒)에서 투호를 하며 날이 개기를 기다리고, 해주의 닭을 고아 만든 계고[2]를 복용했다. 이윽고 갑자기 바람이 멎고 비가 그치며 구름이 개어 하늘이 나왔다. 마침내 동쪽 성문으로 나왔다. 멀리 해문(海門)이 보이고 곁으로는 산길이 있다. 들판과 두둑은 초록으로 가지런히 뒤덮였고 언덕 역시 고운 초록빛이라 높고 낮은 곳이 하나같이 초록의 세계다.

풍도[3]는 스스로를 '재주도 없고 덕도 없는 어리석고 아둔한 늙은이'라 칭했는데, 나는 어쩌면 '재주도 없고 덕도 없는 서툴고 허술한 젊은이'라고 자칭할 수 있겠다.

1784년 5월 21일 몹시 더웠다.

사람에게는 마땅히 한 가지의 귀신같은 능력이 있어야 한다. 귀신같은 용병술이란 예로부터 있던 말이거니와, 귀신같은 용기, 귀신같은 의술, 귀신같은 힘, 귀신같은 관상술, 귀신같은 활솜씨, 귀신같은 말솜씨 등등이 있으면 모두 뭔가 작용을 할 수 있다. 사람이 태어나서 가장 슬픈 것은 한 가지 재능도 없다는 점이다.

2_ 계고(鷄膏): 닭의 살코기만을 모아 고은 것인데 허중(虛症)에 쓰이는 처방이다.

3_ 풍도(馮道): 오대십국(五代十國) 시대 후당(後唐)의 정치가. 재상으로 취임한 후 5조(朝) 8성(姓) 11군(君)을 섬겼다. 요(遼)의 태종 야율덕광(耶律德光)이 풍도에게 무상하다고 꾸짖으며 "너는 어떠한 늙은이인가?"라 묻자 "재주도 덕도 없는 어리석고 아둔한 늙은이입니다"라고 대답했다.

1784년 6월 7일 흐리고 더웠다. 오늘은 중복이다.

고려 충렬왕 때 태사(太史: 천문을 관장하는 관리)였던 오윤부(伍允孚)는 길흉을 점치는 데 정밀하여, 언제나 재이(災異)가 일어나면 흐느껴 울며 잘못된 정치에 대해 아뢰곤 했다. 오윤부는 외모가 추하고 말수와 웃음이 적은 사람인데, 충렬왕은 "오윤부는 나에게 최호4_처럼 유능한 신하니, 외모가 비록 추하지만 버릴 수 없다"고 한 적이 있다. 그는 관직이 첨의찬성사(僉議贊成事: 고려의 정2품 관직)에 이르렀다.

대체로 최호의 재주나 오윤부의 능력이 있다면 외모가 추한 것이 걱정거리가 아니겠지만, 만약에 재능이 없는 자가 추하고 못생기기까지 하다면 참으로 무슨 일을 하기가 어려울 것이다.

1784년 6월 23일 대단히 더웠다. 종일 동풍이 불었다.

재주도 없고 덕도 없는 어리석고 아둔한 늙은이. 이는 풍도가 스스로를 칭한 말이다. 예로부터 자기를 일컫는 말 가운데 이처럼 기이한 것은 없었다. 누군가가 나 자신에 대해 묻는다면 열 가지가 없는 낭자(浪子)라 하리니, 이는 운명, 외모, 재주, 세련된 태도, 재능, 재산, 집안, 언변, 필력, 의지 가운데 어느 것도 없다는 말이다. 그리고 내가 말한 낭자는 허랑히 늙은 인간이라는 뜻이다.

4_ 최호(崔浩): 북위(北魏) 시대의 관료. 명문 한인 가문 출신으로 유학·사학·천문·술수(術數) 등에 뛰어났다.

1784년 9월 6일 아침에 안개가 잔뜩 끼었다.

헛된 명예를 무릅쓰느라 실질적인 재앙을 입게 된다. 어째서 이렇게 오활한 행동을 하여 문득 남의 입길에 오르내리게 되고 저런 무리에게 주절주절 끊임없는 얘깃거리가 되기에 이르렀을까? 참으로 피곤하다.

초승달이 나지막이 떠올랐다. 가느다란 달이지만 그 빛 때문에 그림자가 어린다. 뜰로 난 들창이 그윽하고 훤하여 별들을 쳐다보았다. 이때 밤은 춥지 않고 그저 황량하고 텅 비어 고적할 뿐이었다. 우연히 도잠과 소식의 글이 떠올라 "지난 잘못 어쩔 수 없단 걸 깨닫노니 앞으로 바른 길 좇으면 된다는 걸 알았다네",[5] "잠깐뿐인 우리 생을 슬퍼하고 끝없는 장강을 부러워하네"[6] 하고 읊조렸다. 마침 기러기가 어지러이 우짖는 소리와 쏴아 하는 가을의 소리가 들려왔다.

나는 고상한 데도 비속한 데도 해당되지 않는다. 그저 비썩 메마른 처지를 견딘다. 세상사의 변화를 잘 알면 뭔가 긴요한 작용을 할 텐데 그런 변화를 잘 모르므로 작용을 할 줄도 모른다.

사람들의 말은 염려할 것 없다는 것도 옛말이다. 지금은 더욱더 남들의 요설(饒舌)을 견딜 수 없다.

사람들은 모두 자기 자신을 좋게 생각할 수 있다. 나는 이들이 얼마나 대단한 역량의 소유자인지 알 수조차 없다. 열 가지가 없고 네 가지가 없는 상황7에서 또 무슨 수로 그런 생각을 할 수 있겠는가 말이다.

5_ 지난~알았다네: 도잠의 「귀거래사」에 나오는 말이다.
6_ 잠깐뿐인~부러워하네: 소식의 「적벽부」(赤壁賦)에 나오는 말이다.

1785년 6월 17일 더웠다. 오늘은 대서(大暑)다.

글을 쓰는데 붓만 대면 도도한 물결마냥 삽시간에 1천 글자를 써 내려 가고, 시를 지으면 칠언시(七言詩)건 고체시(古體詩)건 절구시(絶句詩)건 할 것 없이 시상(詩想)을 억눌렀다 드날렸다 비약했다 꺾었다 하며 사람의 감정을 움직인다. 글씨를 쓸 때는 삽시간에 초서를 휘갈기길 몰아치는 비바람 속에 용과 뱀이 변신하여 날아오르 듯 한다. 이럴 수 있다면 역시 부질없는 삶 가운데 한 가지 유쾌한 일이 될 텐데.

1785년 11월 27일 쌀쌀하게 추웠다.

'언제나 오두마니 앉아 글 읽으며 한 해를 다 보낸다'는 이 말은 책상물림의 썩어 빠진 행태를 잘 형용했다. 그렇게 시간을 보내고 나면 '죽음'이라는 단어가 당도해 있다가 눈 돌릴 새도 없이 데리고 가는 거다. 이에 관 뚜껑을 덮어 땅에 묻고 나면 결국엔 일개 썩어 빠진 선비의 무덤이 되는 것으로 끝이다.

1785년 12월 1일 아침에 간혹 흐리고 쌀쌀하게 추웠다.

초하룻날 제사에 청어를 올렸다.

참고 견뎌야 하는 세계이고 괴로운 생애이며 나쁜 인연이고 졸렬한 공부다. 사람으로 한평생 살면서 썩어 빠진 선비가 된 것이 부

7_ 열 가지가~상황: 열 가지는 1784년 6월 23일의 일기에서 언급한 '운명, 외모, 재주, 세련된 태도, 재능, 재산, 집안, 언변, 필력, 의지' 등을 가리키는 것으로 보인다.(이 책 83면) 그리고 네 가지가 없다는 것은 1784년 9월 4일의 일기에서 언급한 '눈, 귀, 입, 마음이 저마다의 직분을 상실한' 상황을 말하는 것으로 짐작된다.(이 책 159면 참조)

끄럽다.

1785년 12월 2일 몹시 추웠다.

『길 잃은 영웅의 이야기』(英雄失路之言)라는 책을 엮으려 한다. 고금의 이야기 가운데 절실하게 마음을 격동시키고 슬픔의 감정을 일으키는 것을 모을 것이다.

어찌 그저 남들만 무섭다 하겠는가? 나도 내가 무섭다.

아무리 머리를 써도 과거 시험의 이치에는 파고들지 못하고, 생각하는 것은 시속의 유행과 순전히 반대된다. 이와 같은 현재의 상황에서 무얼 바라기가 허망할 뿐이라는 게 이치상 당연하다.

1786년 2월 16일 눈이 내리고 으슬으슬했다. 저녁 무렵 눈발이 날리다 간혹 그쳤다.

과거 응시생이라는 명목을 취하지 않으면 한미한 딸깍발이로 손가락질을 받고, 조금 구두를 떼어 읽을 줄 아는 정도라면 촌학구라는 비웃음을 받으며, 가난하여 의지할 데 없으면 파락호[8]라는 지목을 받는다. 그런데 이 세 가지는 나 말고 다른 사람을 가리키는 칭호가 아닐 터이다.

1786년 9월 25일 어젯밤 내린 눈이 조금 쌓여 있는 것을 아침에 보았다. 오후에는 찬바람이 사납게 불었다.

면천(沔川: 충남 당진)에서 난 붉은 감을 먹었다.

8_ 파락호(破落戶): 행세하는 집안의 자손으로 허랑방탕하여 아주 결딴난 사람을 일컫는 말.

저녁 무렵, 방이 어둑해지고 나서야 『삼사소진』9_을 교정하기 시작했다. 붉은 먹을 사용했다.

밤에 진미공(陳眉公: 진계유)의 『피한부』(辟寒部: 추위를 피하는 법)를 읽었다. 한겨울에 매화의 꽃눈을 따다가 눈과 섞어 동그랗게 덩어리를 만든 것을 석청(石淸)에 담갔다가 다식판에 찍어 내어 잔칫상에 올리면 역시 맑고 조촐한 대접이 될 만하다. 또 좋은 숯으로 가루를 낸 것을 침향과 용뇌향에 섞어 한 말 크기의 틀에 찍어 내는데, 두께는 주척(周尺)으로 두세 치 되게 한다. 그리고 그 앞면에다 금을 녹인 물감으로 '난향제'(暖香劑: 따스하고 향기롭게 하는 약)라는 새로운 이름을 적는데, 전서(篆書)나 해서(楷書) 혹은 행초(行草) 글씨로 쓸 수 있다. 이런 것을 눈 쌓인 섣달그믐 같은 때에 서로 선물할 수 있다면 특별한 일이 될 것이다. 옛날에 호화롭고 사치하게 살았던 양수10_가 어마어마한 비용을 써 가며 숯가루로 동물 모양의 연탄을 빚어 술을 데워 먹은 일 같은 것은, 여기 비하면 촌스러울 뿐이다.

예전에 두 가지 한스러운 일이 있었다. 한 번은, 누가 나를 부르러 종을 보냈는데, 그 종이 '만주'라고 내 이름을 부르며 나를 찾은 적이 있었다.11_ 그때 나는 단순히 농담이라 받아들이고 따지지 않았다. 또 한 번은 낙동에 세배를 하러 가서 완자를 대접받았는데,

---

9_ 『삼사소진』(三事遡眞): 명나라 이예형(李豫亨)의 글로, 진계유(陳繼儒)의 소품문 선집인 『비급』(秘笈)에 실려 있다.

10_ 양수(羊琇): 서진(西晉)의 고관. 석숭 및 왕개(王愷)와 함께 낙양 3대 부호로 유명했다.

11_ 누가~있었다: 당시의 문화적 맥락에서 보자면 자나 호가 아닌 이름을 부르는 것은 몹시 무례한 태도로 간주되었다. 따라서 벗이 보낸 종이 자기 이름을 함부로 부르는 소리를 들었을 때 유만주는 대단히 당황스럽고 불쾌했을 것이다.

먹는 법을 몰라 어물거리다가 양껏 다 먹지 못하고 돌아왔다. 지금 생각해 보면 먼저의 일은 그 함부로 한 행동을 분명히 꾸짖고 엄하게 다스려서 창피한 줄 알도록 해야 마땅했고, 나중의 일은 그 방법을 제대로 물어보아 구차히 허겁지겁 먹지 말았어야 마땅했다. 이러니 '열 가지가 없는 허랑한 인간'이라 하는 것도 마땅하다.

　　유만주는 스스로를 모멸하고 비하하는 별명을 붙인 적이 간혹 있는데 '열 가지가 없는 허랑한 인간'(十無浪子)도 그중 하나다. 내가 여기에 있어야 하는 필연적인 이유도 모르겠고, 얼굴이 잘 생긴 것도 아니고, 인간관계에서는 세련되지 못하고 서툴기만 하고, 특별한 재능도 없고, 무슨 재주가 있는 것도 아니고, 집에는 돈도 없고, 한다 하는 뼈대 있는 가문 출신도 아니고, 말을 잘하는 것도 그렇다고 글을 잘 쓰는 것도 아니다. 그리고 무엇보다 이와 같은 아홉 가지 부정적 상황을 딛고 일어날 의지가 없다. 이로써 그는 '아무것도 아닌 사람'으로 자신을 그려 내고 있는데, 이런 그에게 '자신을 좋게 생각할 수 있는' 능력이야말로 무엇보다 간절한 것이었을 터이다.

우울과 몽상

1784년 5월 19일 흐리고 몹시 더웠다. 오늘은 소서(小暑)다.

옛날의 지각 있는 이들은 음주의 즐거움과 단잠의 아름다움에 대해 지나치다 싶을 정도로 말한 바 있다. 이는 다름이 아니라 술에 취하면 세상을 잊을 수 있고, 깊이 잠들면 '나'를 잊을 수 있기에, 이런 이유로 즐겁고 아름답다 여긴 것일 뿐이다. 그저 고상하고 심원한 사람처럼 보이게 꾸미려고 술이나 잠이라는 명분을 가져온 것이 아니다.

아아! 이 세계를 두고 불가(佛家)에서는 감인세계[1]라 하고 잠깐 머무는 여관이라고 한다. 명예와 이욕(利欲)은 끝내 떨쳐 초탈하기 어렵고, 임기응변과 권모술수는 끝내 깨끗이 지워 버리기 어렵다. 그런 것들을 잊어버리면 조금은 시원해질 터인데. 잊으려면 어찌해야 하나? 오직 취향(醉鄉: 술의 세계)이 있고 오직 수향(睡鄉: 잠의 세계)이 있을 뿐이다. 이런 까닭에 죽을 때까지 술의 미덕을 찬송하는 자가 있고, 술에 취해 드르렁드르렁 코 골고 자면서 자기 생을 마치고 싶어 하는 자들이 있게 된 것이다. 그리고 결국에는 죽어서 극락으로 가게 되니 그것을 이름 하여 '휴식'이라 했다. 휴식이라는 말은 피로함의 반대말이요 바쁨의 반대말이다. 지각이 조금이라도 있는 자라면 바쁜 것을 지겨워하고 피로한 것을 혐오하게 마련이다. 그러니 지금 이미 휴식하게 된 것은 애달파하지 않아도 될 일

1_ 감인세계(堪忍世界): 참고 견뎌야 할 번뇌와 고통이 많은 세계. 사바세계(娑婆世界)의 번역이다.

이리라. 그렇다면 무하향²_이나 화서국(華胥國: 꿈속의 이상향. 잠)은 인생의 조그만 휴식일 것이다.

1786년 6월 2일 흐리고 가끔 비가 왔다.

아침에 동부학당³_에서 통문을 보내 왔는데, 문효세자의 약을 조제한 여러 의원들의 죄를 성토⁴_한다고 되어 있었다.

언젠가 취향보다 수향이 더 편안하고 맘에 든다는 말을 한 적이 있다. 한번 취향에 들어가면 아무 말이나 어지럽게 늘어놓아 입이 제 구실을 못하고 정신은 흐리멍덩해지고 목은 바싹바싹 타며, 곧이어 병이 뒤따른다. 그리하여 안으로는 아내의 훈계를 면치 못하고 밖으로는 세상 사람의 비난을 막기 어렵다. 그런데 수향에 들어가면 사지육신이 모두 안정되고 다섯 감각이 전부 멈추어지니, 바로 이때야말로 황제(黃帝)와 순임금의 태평성대요 신선과 부처만이 능히 이를 수 있는 경지인 것이다. 그렇다면 화서국이 무하향보다 훨씬 낫다 하겠다. 이런 이야기는 잠의 맛을 아는 이와 함께 할 수 있으리라.

1786년 11월 13일 바람이 몹시 불고 추웠다.

아침에 장작 값으로 6푼을 썼다. 큰어머니 방을 따뜻하게 하기

2_ 무하향(無何鄕): 원래는 아무것도 없는 텅 비고 자유로운 공간이라는 뜻인데, 여기서는 술을 마셔 도달하게 된 이상향을 가리키는 말로 쓰였다.

3_ 동부학당(東部學堂): 조선 시대에 도성 내의 유생을 가르치기 위하여 세운 중등교육기관인 사부학당(四部學堂) 가운데 하나다. 지금은 그 자리에 이화여대부속병원이 있다.

4_ 문효세자(文孝世子)의~성토: 문효세자는 정조가 의빈 성씨에게서 얻은 아들로 순조에게는 형이 되는 인물인데, 이 일기를 쓰기 20여 일 전인 1786년 5월 11일에 다섯 살 나이로 병사했다. 의원의 죄를 성토한다는 것은 문효세자를 치료하는 데 실패한 책임을 묻는 것이다.

위해서다.

　대체로 몸과 마음이 잠의 힘을 이기지 못하는 것은 역시 도무지 즐겁고 살맛나는 일이 없어서 게을러지기 때문일 것이다. 한밤중에 잠에서 깨었을 때를 생각해 본다. 눈에 보이는 것이라곤 칠흑 같은 어둠뿐이고 귀에 들리는 것은 아득한 정적뿐이다. 상상해 보면 이런 시간은 유독 태곳적과 같아, 참고 견뎌야 하는 이 세상 가운데 별도로 존재하는 하나의 세계라 하겠다. 이런 시간에 몸을 뒤척이며 생각해 보면 내가 했던 말들이 혼돈과 순수함의 사이에서 또렷이 떠오르는데, 여기에 참으로 무한한 의취와 맛이 있다. 그러니 해가 떠서 허다한 일들이 일어나고 번뇌가 밀려들어 나에게 들러붙게 되는 때보다 훨씬 낫다. 이런 까닭에, 맘이 탁 트인 사람들이 영원한 쉼을 즐거운 일로 여긴 것도 본디 깊은 뜻이 있었다 하겠다.

1787년 3월 16일 흐리고 비 내리다 저녁에 개었다.

　어쩌면 흐리고 비 내리는 때가 볕이 나고 맑을 때보다 나은 것 같다. 그리고 고요하고 캄캄한 밤이 벌건 대낮보다 나은 것 같다. 무언가 의미 있는 행동을 하고 세계에 영향을 미쳐야 한다는 생각이 없기에 그런 듯한데, 이처럼 아무런 작용이 없기 때문에 벌건 대낮과 볕바른 맑은 날씨를 버려두게 되는 것이다. 반면 비 내리고 흐린 날이나 고요한 밤에는 온통 어둠침침하고 모호하여 '나'와 내가 노닐 수 있다. 그러니 이런 시간이 더 낫다.

　　우울증의 대표적 증상 가운데 하나로 꼽히는 것이 수면장애인데 이는 불면증뿐만 아니라 과다수면증도 포함한다. 잠과 우울증의 관련에 대해 유만주는 "몸과 마음이 잠의 힘을 이기지 못하는 것은 역시 도무지 즐겁고 살맛나는 일이 없어서 게을러지기 때문일 것"

이라고 나름의 해석을 했다. 세상살이의 피로감에 압도되어 오로지 잠을 희구하는 우울증 환자로서 할 법한 말이다. 우울한 한밤중에 깨어나 소리도 형상도 없는 태고의 시공(時空)을 홀로 마주하고, 그 완벽한 '무'(無)의 가운데 명멸하는 자신의 언어를 그려 내고 있는 유만주의 형상이 인상적이다.

노자를 닮았다고?

1780년 1월 15일 흐림

예로부터 가장 얻기 힘든 것이 마음을 알아주는 사람이다. 영의정 같은 높은 벼슬과 1만 금의 큰돈은 노력하면 그래도 얻을 수 있겠으나 백아와 종자기, 완적과 완함[1]처럼 서로를 이해해 주는 사람을 얻는 것은 운명이다. 그러니 이제부터 문을 닫고 '나'와 내가 마음의 사귐을 하고자 한다.

1780년 5월 7일 아침에 흐렸다. 가끔 비가 왔다.

속이 비어 허술하고 게으르고 둔하기로, 세상에 나 같은 자도 별로 없을 것이다. 그런데도 모르는 사람들은 간혹 그릇된 칭찬을 하기도 한다. 가끔 남들이 나에게 실질을 넘어서는 이름을 붙여 주는 경우를 당할 때마다, 깜짝 놀라 되돌아보게 되며 두렵도록 부끄러운 마음이 든다. 억지로 그렇게 하려고 하지 않아도 그렇게 되는 것이다. 그런데 약간 재치가 있고 조금 글을 쓸 줄 안다는 세상 사람들은 저마다 고개를 뻣뻣이 치켜들고 버젓이 잘난 척을 하니, 나는 그들이 무슨 마음으로 그러는지 잘 모르겠다.

1_ 백아(伯牙)와~완함(阮咸): 백아는 전국시대 초(楚)나라의 음악가이고, 종자기(鍾子期)는 백아의 음악을 가장 마음 깊이 이해해 준 벗이다. 완적(阮籍)은 동진(東晉)의 명사(名士)이고 완함은 그의 조카인데 둘 다 죽림칠현의 일원으로 서로 뜻이 맞았다.

1783년 2월 11일 하늘이 환히 맑았다.

아침에 옷을 갈아입었다.

신상(身上)의 허다한 근심 걱정을 떨칠 도리가 없어 공허한 헤아림을 일삼으며 그저 묵은 종이철만 뒤적거린다.

좋은 배우자를 얻는 것은 본디 운명에 달린 것이니 어찌 쉽게 말할 수 있겠는가? 하물며 산골 출신의 평범한 여자²에게 지체 높은 명문가 규수와 같기를 바라는 것은 본디 도리가 아니다.

옛사람의 '나와 내가 노닌다'는 이 말이 유독 신기하다. 나를 알아주지 않는 자를 따라다니며 아무렇게나 같이 노닐고자 한다면 어찌 그저 탐탁지 않을 뿐이겠는가? 바로 나의 품격을 무너뜨리는 것이니 참으로 두려운 일이다.

1783년 3월 23일

아침에 옷을 갈아입었다.

마음이 담박한 사람을 나는 아직 못 봤다. 나부터도 담박하지 못한데, 세상에 다시 담박한 자가 누가 있겠는가?

물어봤는데 아무 답이 없다. 후회한들 무슨 소용이랴? 아쉬운 소리를 하지 않았던들 어찌 이처럼 모멸을 당했겠는가?

나 같은 사람이 언제 교만하게 굴었다는 것인가? 또 내가 무어 잘났다고 무얼 믿고 교만하게 군단 말인가? 말하기 좋아하는 사람들은, 자기가 쓴 글을 모아 정리하는 데서 교만함의 징후를 찾을 수

2_ 산골~여자: 유만주의 후처 반남 박씨를 가리킨다. 이 여성은 경기도 여주가 고향이다. 한편 유만주의 전처 해주 오씨는 서울의 명문가 출신이다.

있다는 얘기를 하기도 하는데, 그렇다면 맞는 말일지도.

1784년 5월 21일 몹시 더웠다.

누군가 말하길, 나의 도(道)가 노자(老子)에 가깝다고 했다. 그런데 그는 노자를 아무런 작용도 하지 않는 이로 알고 그런 말을 한 것이다. 어허! 노자에 대해 참으로 얕게 알고 있다 하겠다. 천하에 기지(機智)와 임기응변을 노자보다 심하게 부린 이는 없으니, 기지와 임기응변을 심하게 부린다면 얼마나 많은 작용을 했겠는가 말이다. 저쪽은 동시대에 살고 있는 나를 알지 못하거늘 또 어떻게 저 먼 옛날의 노자를 알 수 있겠는가?

1785년 12월 21일 엄혹한 추위다. 오늘은 대한이다.

겹겹이 방어적이고, 칡넝쿨처럼 꼬여 있으며, 무슨 행위도 하지 않는 것을 능사로 삼고 있다는 말을 들었다. 그리고 어떤 문제에 대해 거듭 되밟고 다시 찾아가서 매복하고 있는 것처럼 뒤끝이 길다는 말도 들었다. 어허! 위에서 내려다본다면 졸렬하다. 졸렬하다는 것은 재능과 지혜가 없다는 말이다. 아래에서 올려다본다면 썩어 빠졌다. 썩어 빠졌다는 것은 아무런 복분(福分)이 없다는 말이다. 마음을 알아주는 건 고사하고 이렇게 모욕적인 평가를 한다. 특별한 사람으로 여기는 건 고사하고 이렇게 비웃는 이야기를 한다. 인생은 역시 몹시도 참고 견뎌야 할 것이며 대단히 가소로운 것이 아니겠는가.

내가 살아가는 방식은 역시 이와 같다. 다만 나를 알아주는 이가 없기 때문에 이럭저럭 얼버무리며 살아가는 것을 면치 못한다. 이렇게 얼버무리는 것을 어떻게 그만둘까.

1786년 7월 16일 아침에는 잠깐 가을 기운이 있더니 금세 더워졌다. 오후에는 가끔 흐렸다.

아침에 옷을 갈아입었다.

영남 지방에서 돌아온 이에게 안부 인사를 하러 석원에 갔다. 누가 나더러 내 사는 방식이 노자의 도라고 하기에 별도로 다음과 같이 대답했다.

"노자의 도가 어찌 쉽게 말할 수 있는 것이겠소? 대저 옛날에 노자의 도를 스스로 행했다고 할 수 있는 이는 유후와 업후[3] 같은 사람밖에 없소. 할 수 없는 곳에 이르러서는 수수방관하며 남에게 양보하지만, 할 수 있는 곳에 이르러서는 되레 한 치도 남에게 양보하지 않으면서 눈을 빛내고 손을 재빨리 놀리고 결단을 내리는 데 허술하거나 어리바리하게 굴지 않으니, 이것이 참으로 이른바 노자의 도일 따름이오. 나와 같은 자는 그저 아무 재능도 없어서 문을 닫고 저 혼자 내키는 대로 하고 있을 뿐이니 어떻게 나에게 노자의 도가 있다는 말을 받아들일 수 있겠소?"

1786년 8월 10일 오후에 더웠다.

만약에 한 사람이라도 내 마음을 알아줄 수 있다면 나로서는 이미 큰 행복이라고 생각한다. 그러나 친밀한 사람도 나를 몰라주는데, 감히 서먹한 사람에게 바랄 수 있겠는가? 관계가 멀지 않은 사람도 나를 잘 모르는데, 하물며 먼 사람에게서 바랄 수 있겠는가?

3_ 유후(留侯)와 업후(鄴侯): 한나라 때의 장량(張良)과 당나라 때의 이필(李泌)이다. 이들은 천하의 대업을 이루는 데 큰 공을 세웠으나 이내 물러나 은거함으로써 자신을 지켰다.

1786년 9월 8일

난동[4]에서 내일 새벽에 시사(時祀)를 지내는데 가지 말아야겠다.

나는 아직까지 진정으로 좋아하고 따를 만한 사람을 만난 적이 없을뿐더러, 나를 알아주고 내 마음을 비춰 주는 사람을 본 적도 없다. 이건 내가 현명하고 유능하기 때문에 남들이 끝내 나를 몰라준다는 말이 아니다. 비록 그 누군가가 현명하거나 유능하지 않다 하더라도 그를 알아주고 그의 마음을 비춰 줄 방법은 본디 있지 않겠는가마는, 이런 것은 본디 옛사람의 일에서나 들을 수 있을 뿐이고 요즘 사람에게서는 찾아볼 수 없다.

저들은 이미 나를 알지 못하니 난들 어찌 저들을 알겠는가?

남이 나를 알아줄 수 있다면 이것이 바로 옛사람이 말한 지기(知己)라는 것이다. 포숙아가 관중에게 지기가 되어 주었고, 범식이 장소에게 지기가 되어 주었다.[5] 아아! 오늘날 세상에 어찌 이런 이들이 있겠는가?

돌아와서 붓을 점검해 보았더니 남은 것이 모두 500자루 남짓이다. 붓대롱에 채색이 된 것 200개는 별도로 보관해 두었다.

치질이 갑자기 심해져서 다시 소금 찜질을 시도했다.

4_ 난동(蘭洞): 서울 중구 회현동2가에 있던 마을. 유만주의 종형제인 유춘주(兪春柱) 일가가 이곳에 살았다.

5_ 포숙아(鮑叔牙)가~주었다: 포숙아와 관중(管仲)은 춘추전국시대의 인물로서 이들의 우정은 '관포지교'라는 말로 유명하다. 범식(范式)과 장소(張邵)는 후한(後漢) 때의 인물인데 평생 서로에게 신의를 지키는 좋은 친구였다.

나는 그저 속이 비어 허술하고 게으르고 둔한 사람일 뿐인데, 나의 이런 모습이 남들에게는 노자의 무위자연(無爲自然)쯤으로 보이나 보다. 그들은 나에 대해 잘 모를 뿐만 아니라 노자에 대해서도 제대로 알지 못하고 있다. 기실 노자의 사상이란 주도면밀한 임기응변과 권모술수를 무위자연으로 가장하고 있는 고도의 정치술일지도 모른다. 이에 반해 나의 무위(無爲)란 그저 공허한 상태일 따름이다.

서른 살

1784년 8월 23일 날이 환하게 개고 조금 더웠다.

사람이 태어나서 환갑까지 산다면 이미 장수한 것이며, 이 나이를 넘어서길 바라기는 어렵다. 그렇다면 아직 오지 않은 31년은 장차 어떻게 지나가게 될까? 나에게 주어진 복이 어떠할는지는 알 수 없지만, 큰 잘못 없이 유유자적할 수 있다면 그걸로 족하겠다.

남은 남답고 나는 나다운 경지가 대단히 좋은 것이다. 이미 고상하고 심원한 마음의 동류(同類)를 얻지 못한 바에야 차라리 '나'와 내가 노니는 것이 괜찮을 것이다.

1784년 9월 3일 오후에 바람이 일었다.

햇빛이 동창에 드리운 주렴에 비치는데 조용히 누워 있었다. 늦게까지 그렇게 있노라니 새소리가 어렴풋이 들려 왔다.

이제 벌써 자기의 품격을 잃었는데, 게다가 나이는 또 지긋하게 먹었고, 일의 보람은 이룬 것이 없으며, 저 바다 너머 먼 나라에 대한 마음의 계획은 하나같이 헛된 상상으로 귀결되었다. "나는 다시는 성대한 덕을 이루는 일을 하지 못할 것이다"라는 환원자[1]의 자포자기적인 말이 나에게 어울리겠지.

1_ 환원자(桓元子): 진(晉)나라의 권신(權臣)인 환온(桓溫).

1784년 9월 8일 맑고 환하더니 오후에는 가끔 흐렸다.

인간관계에서는 물정을 몰라 오활하고, 일처리는 어긋버긋하고, 일을 계획할 때는 텅텅 비어 허술하고, 마음 쓰는 것은 소홀하다. 이런 식으로 해서는 반드시 후회가 있을 줄 명확히 알겠다. 이에 '그냥', '아무렇게나', '남들 가는 데 섞여' 등의 말을 쓸 수 있겠다.

만 리 멀리 지는 석양에도 가을빛이 있고, 작은 뜰의 단풍과 국화에도 가을빛이 있다. 크고 작은 것 할 것 없이 슬픔과 기쁨에 매여 있다.

이미 지나간 30년을 생각해 보면 정말 몹시 부끄럽고도 가소롭다. 아직 오지 않은 30년은, 다른 식으로 무언가 해 내어, 볼만하고 기뻐할 만한 삶이 될 수 있으려나?

1784년 10월 11일 가끔 흐렸다.

모양새는 매번 남들로 하여금 절로 비웃게 하고, 나이는 매번 남들로 하여금 절로 돌아보게 한다. 정말 죽도록 괴롭다.

한국의 시인 최승자는 「삼십 세」라는 시에서 "이렇게 살 수도 없고 이렇게 죽을 수도 없을 때/서른 살은 온다"고 했다. 보람된 일 하나 이룬 것 없는 자신의 서른 살을 괴로워하며 불안한 미래를 조심스레 타진해 보고 있던 유만주의 말과 비슷한 울림이 전해 온다.

성균관을 배회하는
서른두 살의 거자

거자일기(擧子日記)

1779년 9월 7일 맑음. 밤에 비가 왔다.

시험 답안을 쓸 종이를 준비하고 인찰[1]을 만들었다.

1779년 9월 8일 맑고 바람이 일었으며 간혹 흐렸다.

밤에 시험 답안용 종이에 확인 도장을 받고 달빛을 받으며 돌아왔다.

1779년 9월 9일 맑음

아침에 시제(時祭)를 지냈다. 국화를 올렸다.

남부학당[2]에서 응시생 호적 대조를 하려 했으나 결국 하지 못하고 돌아왔다.

1779년 9월 10일 아침에 흐리고 비가 올 것 같더니 오후 늦게 개었다.

파루 때 일어나 촛불을 켜고 밥을 먹고 시험장으로 갔다. 해가 뜬 후 문이 열렸다. 들어가려는 자들이 몰려들어 밀치고 버티고 하는 통에 한참 뒤에야 비로소 시험장 문으로 들어갈 수 있었다. 이조 참의 이병모(李秉模) 및 유의(柳誼), 박우원(朴祐源) 등이 시험관이

1_ 인찰(印札): 백지에 가로와 세로로 선을 그어 칸을 만든 것. 글씨를 가지런하게 쓰기 위해 종이 밑에 받치고 쓰는 종이다.

2_ 남부학당(南部學堂): 사부학당의 하나로 서울의 남쪽 구역에 있었다. 중구 남학동이 바로 여기서 유래한 지명이다.

었다. '강회에서 조운선을 출발시키는 날에 동남(東南) 백성들의 힘이 고갈된다는 말을 하였다'[3]는 주제로 시를 짓는 문제가 나왔다. 압운자를 '민'(民), '호'(湖), '노'(老) 자로 하여 썼다.

시험 답안지를 제출하고 오시(午時: 오전 11시부터 오후 1시 사이)에 나왔다.

국화와 달을 보니 마치 오래된 친구를 마주하는 것 같다.

성균관에서 실시한 과거는 정원시(鄭元始), 심환지(沈煥之), 임도호(林道浩) 등이 감독을 했다 한다.

시험장으로 들어가다가 어떤 거자가 다쳐서 죽었다고 한다.

거자(擧子)란 과거 시험의 응시생을 일컫는 말이다. 요즈음으로 말하자면 고시생이나 수험생이다. 거자인 유만주는 시험을 보기 며칠 전부터 종이와 책받침을 만드는 등 준비를 하고 시험 당일에는 새벽밥을 먹고 시험장으로 간신히 들어가 답안을 써 내고 돌아온다. 자신이 간신히 들어가고 있을 때 누군가는 다쳐서 목숨을 잃었다고 했다. 어떻게 지나갔는지도 모르게 하루가 지나간 후에 마당에서 국화와 달을 보니 옛 친구를 만난 것 같다는 말에서 시험에 시달린 끝의 피로와 안도감이 고스란히 느껴진다.

3_ 강회(江淮)에서~하였다: '강회'는 중국의 강소성과 안휘성 일대를 가리키는 말이고, '백성들의 힘이 고갈된다'는 말을 한 사람은 송나라의 재상인 왕단(王旦)이다. 그는 강회로부터 물산을 실어 내는 것이 민력을 고갈시킬까 경계하여 이런 말을 했다. 이 시험문제는 이런 역사적 사실에 대해 알고 있는지 확인하려는 것이다.

생원시 합격만이 성취인가

1777년 3월 25일 가끔 흐리고 조금 더웠다.

『문헌통고』[1]의 「선거고」(選擧考: 인재를 뽑는 것에 대한 고찰)
를 읽었다.

옛날에 학교에서 인재를 양성하는 방법은 바로 학문에 있었다.
1년이 지나면 경전의 구두를 떼고 뜻을 분별하는지를 보고, 3년이
지나면 공경하는 마음으로 학업을 하는지와 교우 관계가 원만한지
를 보며, 5년이 지나면 박식하게 익히는지와 스승과의 관계를 보고,
7년이 지나면 학문을 논하는 것과 벗을 선택하여 사귀는 것을 보았
으니, 이 요건이 충족되면 '소성'(小成)이라 했다. 지금 우리나라 풍
속에서는 생원시와 진사시에 합격하기만 하면 '소성'이라 하여, 그런
이들에게 묘갈명이나 묘지명과 같이 돌에 새겨 후세에 전하는 글을
쓰게 하기조차 하면서 그것을 당연한 일로 여긴다. 아아! 지금의 소
성은 어째서 옛날의 소성과 다른 것일까?

1785년 9월 16일

해질녘에 남산에 올라 단풍을 보았다. 세계는 참으로 이와 같
은 것이다. 무엇이 크고 무엇이 작으며 무엇이 슬프고 무엇이 기쁜
것이겠는가.

1_『문헌통고』(文獻通考): 송나라 말 원나라 초의 학자 마단림(馬端臨)의 저서인데, 제도와 문물사
  (文物史)를 해박하게 다루었다.

인생은 다만 이처럼 우스운 것이다. 죽을 때까지 번듯한 기와집과 초라한 초가집 가운데서 어수선하게 살아갈 따름이다. 참으로 이른바 대과 급제가 '대성'(大成)이 되고, 이른바 생원시와 진사시 급제는 '소성'(小成)이 될 뿐이다. 인생의 성취라는 것이 다만 이뿐인가!

학이 연잎을 쪼는 모습을 지켜보았다. 이윽고 달이 떠서 휘영청 밝았다. 크건 작건 간에 무슨 일이든 오직 내 마음대로 할 수 있어야만 제대로 이루어 낼 수 있다. 그렇게 하지 못하니 고달프다.

양반 사대부인 자신에게 기대되는 인생의 성취란 오직 과거 시험에 합격하는 것 말고는 없어 보인다. 이 말은 아무리 공부를 열심히 해도 시험에 합격하지 못한다면 인간 취급을 받지 못할 수도 있다는 뜻이다. 그런 성취의 여부는 자연의 눈으로 보자면 하잘것없어 보인다. 그러나 현실 속 실패자인 자신을 돌아보았을 때 세상의 시선에 구애받지 않기란 결코 쉬운 일이 아니다.

시골 선비의 시험 고생

1778년 7월 24일 맑게 개고 바람이 불었다. 오후에는 더 맑게 개었다.

과거란 얼마나 골치 아픈 일인가. 서울 유생은 그나마 편하다. 지방의 선비는 감히 과거에 목숨을 걸지 않을 수 없으니, 역시 부득불 과거를 보아야 한다. 장마와 더위를 무릅쓰고 진흙탕과 험한 곳을 지나 객점에서 고단히 묵으며 길을 가는 것이 멀게는 1천여 리고 가깝게는 수백 리다. 그래서 합격한 사람은 또한 몇이나 되겠는가? 아! 역시 괴로운 것이다.

사람이 갑작스레 사나운 운수에 봉착하면 역시 어쩔 도리가 없다. 남쪽의 가난한 선비 서너 명이 과거를 보러 상경하다가 밤에 주막에 묵었다. 한밤중에 어떤 말 탄 군졸이 들어와서 횃불을 달라고 재촉했는데, 주막 사내가 조금 지체하자 문짝을 부수고 들어와 주인 손님 할 것 없이 채찍으로 닥치는 대로 때렸다. 여러 숙박객들은 잠을 자다가 경황이 없어 정신을 차리지 못하고 무슨 말을 할 겨를도 없었다. 그 군졸은 벌써 불을 밝히고 재빨리 말을 달려 떠나간 뒤였으나, 남쪽에서 온 선비는 아파 비명을 지르며 뒹굴고 있었으니, 더 이상 길을 갈 수 없었다는 것이다.

과거 보러 나선 길에 횡액을 당한 어떤 불운한 선비의 이야기를 듣고, 과거 시험에 목숨을 걸어야 하는 시골 거자의 처지를 헤아리고 있다. 이와 같은 공감과 연민은, 같은 수험생으로서의 처지, 그리고 스스로 서울에서 부친의 임지인 경상도 군위(軍威)까지 1천 리 가까운 길을 오갔던 경험에서 온 것이리라.

도깨비가 된 거자들

1778년 7월 25일 맑고 환한 가을 날씨다.

요즈음 과거 보는 데 드는 비용이 걸핏하면 1천 푼이 되는 경우가 즐비하다고 한다. 오늘날의 과거란 돈 잔치가 아니겠는가?

선비가 과거를 보는 것, 치욕도 이런 치욕이 없고, 위험도 이런 위험이 없고, 곤란도 이런 곤란이 없고, 강박도 이런 강박이 없다.

옛날 선왕(先王: 영조) 때 대궐에서 과거를 시행했을 때 이런 일이 있었다 한다. 문을 열자마자 선비의 두건을 쓴 자들이 우르르 물밀듯 난입하여 무질서하게 달려갔다. 궁궐의 여러 하예(下隸)들이 그들을 손가락질하고 비웃으며 이렇게 말했다. "이게 도깨비지 무슨 선비냐!" 나부터도 이런 자들이 선비라고 생각한 적이 없다.

남보다 나은 자리를 얻으려 치달리느라 품위를 지키지 못하고, 외려 하층계급의 경멸을 받기에 이른 양반 수험생의 행태가 '도깨비'라는 비유와 퍽 잘 어울린다.

어떤 시험 날

1778년 8월 3일 빗방울이 가끔 갑자기 떨어지다 금세 흐려졌다. 간혹 갰다. 오늘은 추분이다.

새벽닭이 울고 난 후 모두들 일제히 첫째 시험장에 나아갔다. 날이 개었기 때문에 우산은 금지한다고 했다. 시험장 문에서는 응시생을 검사하여 들여보내고 있었다. 해가 떴는데도 들어가지 못한 자가 열에 일고여덟이었고, 금지 조항을 어겨서 벌칙을 받고 있는 자 10여 명이 문밖을 가득 메우고 있어 다 들어가려면 기약이 없었다. 시험관이 그런 상황을 파악하고 시험장 문의 방비를 조금 느슨히 하니 응시생들은 드디어 우르르 물밀듯이 난입했다. 그러니 이른바 금지 조항이라는 것은 절로 흐지부지되어 버렸다. 해가 높이 뜨고서야 시험장에 들어갔다. 조금 정돈이 된 뒤에 사관(史官)이 와서 임금의 교지를 선포했다.

"여러 응시생들을 따라온 종자들은 모두 자수하고 나가라."

이에 도로 나간 자가 수백 명이었다.

두 개의 답안지를 써서 제출한 뒤에 곧장 나가서 의정부1-에 들어가 중서당(中書堂) 건물을 보았다.

돌아와서 들으니 큰할머니께서 지난 초하루 묘시(卯時: 오전 5시부터 오전 7시 사이)에 돌아가셨다고 한다. 제천의 관아에서 부고가 온 것이다. 비가 좀 멎기를 기다렸다가 동택2-에 가서 신위가 없

1_ 의정부: 조선 최상위의 행정기관. 그 청사는 지금의 광화문 왼쪽 부근에 있었다.
2_ 동택(東宅): 유준주의 집을 지칭하는 말이다.

는 빈소에서 곡을 하고 안팎으로 조문을 했다. 그러고는 여막에 앉아 속의³⁻하고 밤을 샜다.

원칙은 있는 둥 마는 둥, 계통 없이 무질서한 시험장의 상황이 잘 드러나 있다.

3_ 속의(束衣): 입관 전에 상복을 입는 방식으로, 옷이 흘러내리지 않게 묶는 것을 가리킨다.

거자는 달린다

1780년 4월 15일

요사이 정시와 절일제[1] 등 여러 시험에서는 대체로 신속함을 숭상한다. 이에 허둥지둥 황급한 마음을 먹게 되어 심신은 지극히 어지러워지고, 행동거지도 몹시 어수선해진다. 마치 추격하는 군사가 뒤에 있는 양 그저 앞서 달려가는 것에만 집중한 후에야 답안지를 제출할 수 있다. 그리하고 나서야 비로소 '시험을 잘 봤다'고 하고 '시험을 능히 봤다'고 하는 것이다. 아아! 이는 과거제의 문장 법식을 무너뜨리는 데 그칠 뿐 아니라 사람의 마음가짐을 허무는 일이며, 마음가짐을 허무는 데 그칠 뿐 아니라 나라의 체모를 망가뜨리는 일이다.

1780년 8월 4일 가끔 흐리고 더웠다.

들으니 언로(言路)와 관련한 대책을 임금께서 친히 물으신 시험에서 김진각(金珍恪)과 이병철(李秉喆)이 각각 강경과와 제술과[2]의 수석을 차지했다 한다.

그런데 이때 큰 떡과 수박을 하나씩 뜰에 큰 상으로 차려 놓았는데, '끼니 거른 거자들은 가져다 먹으라'는 임금의 교지가 내려지

1_ 정시(庭試)와 절일제(節日製): '정시'는 필요에 따라 임시로 시행하던 시험의 한 종류로, 대궐의 뜰에서 실시하며 시험 당일에 급제자를 발표하는 것이 특징이다. '절일제'는 칠석(七夕), 중양(重陽) 등 특정한 명절에 실시한 시험이다.

2_ 강경과(講經科)와 제술과(製述科): '강경과'는 경전의 내용을 잘 이해하고 있는지를 가리는 시험으로 명경과(明經科)를 말하고, '제술과'는 시문을 짓는 능력을 검증하는 시험이다.

자마자 응시생들이 일시에 달려 나와 낚아채려는 통에 어떤 자는 망건이 찢어지고 어떤 자는 엎어지고 자빠지는 등 다시 체모를 차리지 못했다 한다.

답안지를 빨리 제출하는 것이 능사가 되어 버린 당시 시험장의 분위기를 금세 간파할 수 있다. 이와 같은 세태가 단지 시험 답안 문장의 하향평준화를 야기할 뿐만 아니라 거기에 연루된 이들의 인간성을 파괴하고 결국 국가의 위엄마저 훼손하게 되리라는 유만주의 근심이 그저 기우만은 아니라고 생각한다.

합격을 위한 꼼수

1780년 4월 15일

이협(李埉, 1696~1769)이 나주 목사로 있을 때, 사서(四書)의 본문 가운데 출제 가능성이 있는 것들을 한 구절도 빠뜨리지 않고 하루에 열 개씩 뽑아 해석을 붙였다. 다 검토한 다음에는 아전을 시켜 베끼게 하니 쌓인 것이 수천 구절이나 되었다. 집에 돌아가 그것을 자기 자식들에게 주어 사마시(司馬試: 생원시와 진사시)의 초시(初試: 1차 시험)와 회시(會試: 2차 시험)에 가지고 들어가게 하니 출제 내용이 거기서 벗어난 적이 한 번도 없었다. 이에 그대로 베껴써서 답안지를 제출하면 되었던 것이다. 이협이 교묘히 탐욕을 부리는 방법이 이와 같았다.

1781년 8월 14일 아침에 흐렸다.

세상에서 대과(大科)에 급제하는 방법으로 한 가지가 있다. 일고여덟 살 때부터 글짓기를 익히고 조금 자라서는 책론(策論: 국가 정책과 관련한 논설문) 짓기를 천 번이고 만 번이고 연습하여 오로지 이것만 알도록 한다. 그렇게 하여 잘하면 곧장 옛날의 작품에 견줄 만한 정도가 되고, 잘 못해도 규격에 맞게 쓸 수는 있게 된다. 이렇게 하여 정시와 증광시, 별시 등에서 합격하면 그걸로 끝이다. 그외 과거 시험에 있어서 성균관의 시험이나 감시, 식년시,[1] 절일제,

---

[1] 감시(監試), 식년시(式年試): '감시'란 생원과 진사를 뽑는 시험으로 사마시(司馬試) 혹은 소과(小科)라고도 한다. '식년시'란 3년마다 정기적으로 시행된 과거 시험이다.

알성시[2] 같은 건 몰라도 되고, 시험에 필요한 문장의 법식에 있어서 부나 표, 잠, 시, 의(義), 의(疑)[3] 같은 건 몰라도 된다. 이것이 이른바 '한 구멍 뚫기'라는 방법이다. 대체로 한 가지에 집중하면 전문성을 갖게 되고 전문성을 갖게 되면 성취하는 것이라 하겠다. 그렇지만 이런 역량을 갖기도 본디 아주 어렵다.

커닝페이퍼를 만드는 등 부정행위를 하고, 폭넓은 공부를 하기보다는 한 가지에 집중하여 무한히 반복하는 '한 구멍 뚫기'라는 편법을 쓴다. 문제는 이와 같은 꼼수가 통한다는 점이다.

2_ 알성시(謁聖試): 국왕이 문묘에 참배한 뒤 성균관 유생에게 제술 시험을 보이고 성적이 우수한 몇 사람에게 급제를 주는 형식의 시험. 부정기적으로 시행되었다.
3_ 부(賦)나~의(疑): 과거 시험에서 요구되는 다양한 문체이다. '부'는 일종의 산문시이고, '표'(表)는 국왕에게 올리는 형식의 산문이며, '잠'(箴)은 경계하는 뜻을 담아 쓴 글이다. '시'(詩)는 특정한 주제에 대해 형식에 맞게 시를 쓰는 것이고, '의'(義)는 경서의 뜻을 해석하는 글이며, '의'(疑)는 경서에서 의심날 만한 내용을 뽑아 제시하면 그것에 대해 설명하는 글이다.

수험생의 농담

1782년 2월 6일 눈발이 휘날리고 춥고 흐렸다.

세 선비가 각자 자기가 잘하는 것을 이야기했다.

한 사람이 말했다.

"나는 길흉을 점치고 미래를 헤아리며 기문둔갑(奇門遁甲: 사주 명리학의 일종)을 하는 데 능하오. 좋고 나쁜 일을 미리 알 수 있소."

다른 한 사람은 말했다.

"나는 쇠로 된 활을 당겨 300걸음 밖의 과녁을 쏠 수 있소. 백발백중이라오."

나머지 한 사람은 말했다.

"나는 병든 사람을 고쳐 줄 수 있소. 천만 가지 이상한 질병도 모두 그 자리에서 치료할 수 있단 말이오."

그때 어떤 사람이 밖에서 들어오자 세 선비는 그에게 무엇을 잘하는지 물었다. 그는 이렇게 대답했다.

"저는 다른 재주는 없고, 다만 과거 시험장에서 제한 시간 안에 답안을 작성하여 제출하는 것을 잘합니다."

세 선비는 맥이 풀려 서로 돌아보다 이렇게 말했다.

"재주 있는 건 당신이구려. 우리는 아무 쓸모가 없소이다."

나는 이 얘기를 듣고 나도 모르게 한번 크게 웃었다.

사람마다 잘할 수 있는 것이 다를 텐데 당시의 시험제도는 그러한 저마다의 재능을 모두 담아 줄 수 있는 게 못 되었다. 그렇다면 지금 한국의 시험제도는 그보다 더 낫다고 할 수 있는가?

시험을 앞두고

1783년 3월 25일 바람이 오후까지 심하게 불었다.

해주 관아의 종이 와서, 아버지가 벽란(碧瀾)에서 보내신 편지를 받았다. 꽃과 달을 구경하셨다고 한다. 『대운』(大韻) 한 책과 시양주1- 한 병을 보내 오셨다.

초시(初試)를 앞두고는 『농정쾌사』2-를 읽더니, 회시(會試)를 앞두고는 『용만야사』3-를 보고 있다.

온 나라에 이런 자는 둘도 없을 것임에 틀림없다. 돌아봐도 역시 이상하다. 너무 광범위하게 자료를 찾아다니는 것이 잘못이겠지.

교묘한 솜씨를 가지고 희망하는 자가 있고, 운이 좋은 걸 가지고 희망하는 자가 있으며, 근본적인 능력을 가지고 희망하는 자가 있고, 재물이 많은 걸 가지고 희망하는 자가 있다. 합격을 희망하는 자들은 역시 근거로 삼을 만한 방책을 갖고 있다. 애초에 가진 게 아무것도 없으면서 괜히 희망을 가진 자는, 희망을 버리는 것이 당연하다.

증광시에 쓸 시험지 네 폭이 왔다.

1_ 시양주(時釀酒): 절기에 따라 담가 마시는 술. 봄의 청명절에 담그는 진달래술 등이 한 예다.

2_ 『농정쾌사』(濃情快史): 측천무후(則天武后)를 주인공으로 한 통속적 연애소설로 청나라 때 금서였다. 유만주는 이 소설을 흥미진진하게 읽다가 "생계가 무료하면 마음이 의기소침해지고, 마음이 의기소침해지면 정사(情事)도 줄어든다"고 한 대목을 베껴 적으며 '참으로 인심의 정황을 잘 표현했다'는 평을 덧붙였다.

3_ 『용만야사』(龍灣野史): 미상. 이 전날인 1783년 3월 24일 일기에 "최씨의 『용만야사』를 읽었다"는 구절이 있고, 병자호란 시기의 상황에 대해 용만(의주) 지역을 중심으로 기술한 내용이 초록된 것으로 보아 병자호란 시기를 다룬 야사의 일종으로 추측된다.

낮인지 밤인지도 잊고 사느라 모자에 불이 붙은 줄도 깨닫지 못했는데 머리 허연 노인이 꿈에 나와서 모자를 바꾸라고 간곡히 일러 준다.

시험이 코앞인데 연애소설 따위를 읽고 있다는 유만주의 자책에 뜨끔하거나 반가운 느낌이 드는 이가 지금도 적지는 않을 터이다. 아직도 머리에 불을 이고 사는 우리들이다.

성균관 유생들의 전쟁

1781년 윤5월 11일 비바람이 쳤다.

옛사람 중에는 몇 해를 연이어 전쟁을 하느라 군대를 잃고 양식이 동났음에도 용기를 내어 앞 다투어 나아가며 쉽게 물러나려 들지 않은 이가 있었는데, 과거 시험의 규격에 맞는 글쓰기를 공부하는 선비가 시험을 볼 때 역시 그러하다. 백전[1]이라 해도 빈말이 아니다.

1783년 1월 13일

성균관이 시끌시끌할 걸 생각해 보니 몹시도 가소롭다. 춘도기[2]를 목 놓아 기다리느라 눈에는 핏발이 서고 내장은 뒤틀려 있을 것이다. 성균관을 설치한 본뜻이 어찌 다만 이뿐이랴.

1783년 2월 22일

태평한 시대라 해도 전쟁이 없었던 적은 없다. 조정에서는 당론(黨論)으로 혈전을 하고 시험장에서는 거자들이 백전을 하는데, 그 충만한 살기와 날카로운 의지는 실제 전쟁터에서 싸우는 것보다 더

1_ 백전(白戰): 이 말에는 두 가지 뜻이 있다. 특정한 무기 없이 치고받고 싸우는 것, 즉 백병전(白兵戰)이 그 하나이고, 문인들끼리 글재주를 겨루는 일이 다른 하나이다. 여기서는 과거 시험에 응시한 거자들이 수행하는 전쟁이므로 일견 후자의 뜻이 더 어울릴 것 같지만, 이 전쟁 당사자들의 살기로 가득 찬 핏발선 눈을 떠올린다면 백병전에 더 가까울 듯하다.

2_ 춘도기(春到記): 성균관과 사학(四學)에서 공부하는 유생들이 출석 일수를 채운 뒤 봄에 보던 시험.

심하다.

1783년 2월 30일

당나귀를 타거나 준마(駿馬)를 몰아 성균관 길을 종횡무진 달리고, 돈을 쏟아부어 가며 죽을 각오로 백전을 계획한다. 성균관 아전의 권세는 이조판서와 경쟁할 정도이며 성균관 유생이 패거리를 짓는 것은 거간꾼에 맞먹는다. 그리하여 이제 하나의 어지러운 세계를 이루었다.

1783년 3월 12일 가끔 흐렸다.

어떤 사람이 이런 말을 했다. "옛날에는 농민들에게 병역을 담당하게 했으니 이 때문에 정전제(井田制)가 붕괴되지 않을 수 있었다. 지금 보면 거자들이 백전에 용맹하니, 한 사람 한 사람이 강력한 정예병이라 하겠다. 그러니 이 유생들이 병역을 담당하는 게 마땅할 것이다."

이 또한 하나의 기발한 논의라 하겠다.

요즘 사람들에게 '조선의 르네상스기'라 일컬어지기까지 하는 영·정조 시기가 유만주에게는 전쟁의 시대에 다름 아니다. 그가 보기에 병자호란 이후 100년이 훨씬 넘도록 평화가 지속된 자신의 나라를 전쟁 국면으로 몰고 가는 이들은 바로 정쟁(政爭)에 몰두하고 과거 시험에 목숨을 거는 양반 사대부다.

이 전쟁에서 나는 패배자

1783년 4월 17일 아침에 흐렸다.

기대하고 기대해도 합격은 어렵고, 끊고 끊어도 단념이 안 된다. 후회가 7할이라면 비웃음이 3할이고, 비웃음이 7할이라면 후회가 3할이다.

과거 합격자의 명부에 이름을 올리는 것은 결국 나 같은 자의 일이 아니다. 떠들어대는 소리에 마음이 들떠 있었지만 역시 헛되이 열을 낸 것이었다.

1784년 9월 23일 아침에 흐렸다.

한 냥 반으로 회시(會試) 시험지로 쓸 종이 세 폭을 샀다.

아침에 뜰에서 비 갠 하늘에 어지러이 지는 단풍잎을 보았다. 이웃집 뜰에서 학 우는 소리가 솔바람 소리와 서로 어울렸다.

회시 시험지 두 폭을 채 정돈하지 못했는데, 직접 가서 도장을 받아 와야 한다고 소동이 났다. 결국 남(南)의 탈것을 빌려 동쪽으로 성균관에 가서 단자(單子: 명단을 적은 종이)를 대조하여 시험지를 제출하고 저물녘에야 돌아왔다.

세상 사람들은 모두 과거 시험이라는 명목을 대단한 일로 보아, 합격하면 능사를 다 마친 것이라 여기며 그 사람을 남보다 월등히 현명하고 지혜로운 사람으로 간주한다. 그러나 합격하지 못하면 세상에 쓸모가 없다 여기며 바보 멍청이에 파락호 같은 무리로 간주한다. 마치 과거 시험 외에는 천하와 고금에 다시 중대한 일이 없는 것처럼 생각하는 것이다. 그러나 이는 무척이나 가소로운 일이다.

천하에 사람이 되는 이치가 어찌 진정 이와 같을 뿐이랴.

그렇다고 하지만 만약 다른 재능이 없는 데다 과거 시험 답안을 잘 쓰는 방식조차도 깨우치지 못하는 경우라면 그저 큰소리 칠 수만도 없을 것이다.

1784년 9월 24일 바람이 찼다. 새초롬하고 맑은 날씨였다.

대성전과 비천당은 재능도 없고 지혜도 없으며 망상에 빠진 썩어 빠진 선비가 희구할 만한 곳이 아니다.[1]

1787년 3월 29일 더웠다. 아침에 흐리고 비가 올 것 같았지만 역시 늘상 그랬던 것처럼 가물었다.

아침에 시험을 보러 동궐[2]에 들어가 무리에 섞여 있었다. 성균관을 나와서도 어디서든 줄지은 행렬 속을 걷고 있다. 이런데도 시커멓고 질펀한 고해(苦海)가 아니라 할 수 있을까?

비천당에서 커다란 회화나무 주위를 맴돌며 보았다. 초록 잎사귀가 펼쳐진 아래에 돌로 된 평상을 두면 어울릴 것 같다. 규룡(虯龍) 같은 뿌리가 땅 위로 드러난 채 서리어, 혹처럼 울퉁불퉁하게 이어져 있다.

진시황이 형가(荊軻)의 비수를 피하여 기둥을 돌아 달아나는

1_ 대성전(大成殿)과~아니다: 대성전과 비천당(丕闡堂)은 모두 성균관의 부속 건물이다. 대성전은 문묘(文廟) 즉 공자를 모신 사당이 있는 곳이고, 비천당과 그 앞마당은 유생들이 과거 시험을 보던 장소였다. 유만주는 자신이 이곳에 범접할 수 없을 것이라는 자기 비하적 발언을 하여 과거 시험에서의 열패감을 표현했다.

2_ 동궐(東闕): 창덕궁(昌德宮)이다. 경복궁의 동쪽에 있다고 하여 이렇게 불렀다. 창덕궁의 부속 건물인 영화당(暎花堂) 및 그 근처의 마당은 과거 시험을 치르는 장소로 자주 사용되었다.

장면을 상상해 보았다. 사람이 기둥을 돌아 달아나서 날카로운 칼끝을 차단할 수 있었다면, 그 기둥은 엄청나게 커다란 것이었겠지.

비천당의 회화나무는 문묘의 은행나무에 비해 훨씬 낫다. 초록빛 구름 한 떨기가 짙게 서리어 있는 모습이 그림 속 같기 때문이다.

성균관 대사성 이시수(李時秀)가 계춘(季春) 획시3를 실시했다.〔옥황을 낚은 고사로 시 짓기.〕4 답안을 제출하고 곧바로 비천당으로 나왔다.

내가 잘할 수 있는 게 아닌 줄 뻔히 알면서도 계속해서 줄지은 행렬을 따라 시험장에 들어가고 또 나온다. '시커멓고 질펀한 고해'라는 말은 그 자신도 섞여 들어가 있는 군중의 물결을 가리키는 것일 텐데, 어떤 전망도 지니지 못한 채 괴로이 부유(浮游)하는 유만주의 암담한 심정을 잘 보여 준다.

3_ 획시(畫試): 성균관에서 실시하던 시험의 하나다.
4_ 옥황(玉璜)을 ~ 짓기: 이날 실시한 성균관 획시의 시험 문제이다. 옥황은 옥으로 된 장신구이다. 옛날 강태공이 낚시를 하다가 옥황을 하나 낚았는데 거기에 "주(周)나라가 천하를 얻는다"는 글이 씌어 있었다는 고사가 있다.

나는 여기에 뜻을 둔 자가 아니다

1782년 3월 5일

우리나라의 과거제도는 원래가 논할 것도 없거니와, 시학과[1]에 이르러서는 더욱 더 종잡을 수 없게 되었다.

들으니 무술년(1778)의 시험에서는 수합한 답안지가 수천 길 높이나 되어, 여러 시험관들은 오로지 답안지의 겉에다 표시하는 일만 분주히 했을 뿐 정작 그 내용은 한 줄도 검토할 수 없었다고 한다. 다만 무술년의 시험에서만 그러했겠는가. 그 전에도 모두 이랬을 것이다.

이게 과연 무슨 법제이며 아름다운 모범이란 말인가? 아아! 나는 여기에 뜻을 둔 자가 아니다.

1786년 3월 10일 아침에 맑고 싸늘했다. 오후가 되니 날이 풀려 따스했다.

남 따라 의미 없이 과거 시험에 응시하는 일을 그만두려면 그만둘 수도 있을 것이다. 그렇지만 외려 버려둘 수 없는 것은 나의 행동에 대해 잘했느니 못했느니 화제로 삼아 논하는 허다한 잉여의 말들이다. 이 또한 세계의 일인 것이다.

모든 시대의 사람들이 북적거리며 제정신을 잃을 정도로 애를 쓰는 것은 오직 '이익'이라는 한 가지를 위해서이다. 이익을 기준으

1_ 시학과(視學科): 임금이 성균관을 시찰하면서 직접 시험을 주관하여 유생을 뽑는 것.

로 현명한지의 여부가 판가름 나고 유능한지 졸렬한지가 나뉘고 요긴한지 별 볼일 없는지가 드러난다. 이익을 좇아가느라 하늘도 없고 땅도 없는 것이다. 아아!

1787년 1월 8일 쌀쌀하고 흐렸다. 가끔 눈발이 날렸다. 오후가 되자 바람이 어지럽게 불었다.

정말, 과거 시험에 합격하고 싶다는 바람조차 없다. 남들을 따라 시험장에 나아갔다가 남들을 따라 물러나고 있는 거다.

과거 시험에 합격하는 것이 가문을 일으키는 계책이 되지도 않거니와, 먹고사는 문제를 해결하기 위한 계책도 못 된다.

과거에서 낙방한 실패자로 살아가는 것도 괴롭지만 과거 시험 자체를 포기한 사람이라는 지목을 받으며 살아갈 자신도 없다. 남들의 시선에 노출되어 이런저런 평가를 받는다는 일이 두렵기 때문이다. 그래서 의미 없는 거자의 삶을 지속하는 중이다.

수만 가지 재능, 한 가지 시험

1785년 11월 7일 아침에 흐리고 안개가 끼었으며 비가 오려 했다.

과거 급제하고 벼슬한다는 것으로는 종내 사람의 품격을 논할 수 없다. 대체로 과거 급제와 벼슬만이 능사는 아니다. 느긋하고 산만한 자들에게 과거 급제하고 벼슬살이하라고 헛되이 다그친다면 역시 편협하고 무의미한 짓이다.

생각해 보면 온 나라에서 과거 시험의 규정에 맞는 글쓰기를 업으로 삼고 있는 자들로 하여금 각각 단 하나의 재능만 펼치도록 한다 해도 그것을 모두 합한다면 수만 가지에 그치지 않을 것이다. 과거 시험의 답안을 잘 알고서 쓸 수 있는 자는 또 얼마나 되겠으며, 잘 알고서 쓰는 자 가운데 합격할 수 있는 자는 또 얼마나 되겠는가? 이러니 비로소 알게 된다. 파리 대가리만 한 작은 글씨를 꾸역꾸역 써서 몇 권의 책을 이룬 것이 죄다 헛된 일이며 자신을 괴롭히는 짓일 따름임을.

인생 100년에 썩어 빠진 선비로 살아가는 게 부끄럽다. 세계는 이렇게 아득한데, 이러고 말 따름인가!

아득히 넓은 이 세계의 많고 많은 사람들에게는 저마다 잘 할 수 있는 게 있을 텐데 왜 그 수많은 가능성을 평가하는 척도는 오직 하나일까? 조선 후기의 과거제는 대다수의 가능성을 실현하는 데 도움이 되지 않을 뿐만 아니라 개인의 재능 자체를 허비하게 만든다는 점에서 무의미한 낭비를 조장하는 제도라 할 수 있다.

새로운 과거제를 기대한다

1784년 10월 20일 추위가 약간 풀렸다. 오후에 흐리고 비가 오더니 밤까지 계속되었다.

늘 해 오던 식의 시험 과목을 폐지하고 주명¹⁻ 제도를 수립할 일이다. 저마다 자기 재주를 펼쳐 내는 것을 보고 뽑아 등용하되 나이 제한도 두지 않고 정원에도 구애 받지 않도록 하며, 예법(禮法)과 음악, 병무(兵務)와 형법(刑法) 등 각각의 처지에 맞게 기용하도록 하는 것이다. 이렇게 하면 사람들 중 본령(本領: 주특기)이 있고 한 가지 기예에 밝은 자들은 물러나 각자 재능을 연마하게 될 것이니, 권세를 위해 조급하게 굴지 않으면서도 벼슬아치로서 직무에 임할 수 있을 것이다.

그러면 선비의 갓을 쓰고 선비의 옷을 입고 선비라 자칭하는 이들이 5천~6천 혹은 2만~3만씩 우우 밀어닥쳐 겁에 질린 짐승마냥 한바탕 난리를 치르고야 마는 일은 멈추게 될 것이다. 이렇게 하면 세상의 선비가 된 자에 대해 절로 일정한 가치가 있게 될 것이고 절로 공정한 의론이 있게 될 것이다. 또 반드시 책론이니 시부니 하는 겉치레의 형식²⁻으로 시험을 볼 필요는 없다. 겉치레의 형식이 폐지되면 실용이 드러날 것이다.

1_ 주명(奏名): 특주(特奏). 송(宋)나라 과거제도의 특수 규정으로, 진사과에 여러 차례 낙방한 사람의 명단을 책자로 만들어 황제에게 아뢰어서 시험에 붙은 것으로 인정하는 제도를 말한다.

2_ 책론(策論)이니~형식: 과거 시험의 과목인 책론과 시부(詩賦)가 형식에 불과하다는 말이다. 책론은 대책(對策)과 의론문(議論文)을 가리키고, 시부는 제시된 주제로 시를 짓는 것이다.

'적으면 5천~6천, 많으면 2만~3만이나 되는 자들이 선비랍시고 몰려들어 한바탕 치르는 난리'가 바로 당시의 과거 시험이었다. 그런 부조리한 상황을 타개하기 위해 상정한 '주명제'란 각자의 전문성을 고려한 추천제이다. 과거제가 개개인의 능력을 반영하는 제도가 되지 못한다는 유만주의 평소 문제의식이 이런 제도에 대한 고려로 표현됐다.

벼루가 얼지는 않았다

1785년 11월 3일

새벽에 일어나 큰 종이 한 폭을 가지고 동쪽으로 성균관에 들어갔다. 명(明: 유만주의 지인)의 처소에 찾아가 조금 쉬었다가 함께 비천당 중대(中臺)에 앉아 있었다. 대제학 오재순(吳載純)이 시험관이었고 임금께서 출제하신 문제가 나왔다.

벼루가 얼지는 않았다. 정오 지나고 나서 자필로 써 제출하고 나왔다.

외로움을 생각했다. 같은 무리가 없어서 외로울 뿐이며 따르는 이가 없어서 외로울 뿐이다.

새벽에 일어나 길을 가는 자는 세계에 또한 많다. 평온히 잠을 잘 수 있고 따뜻한 밥을 먹을 수 있고 겹겹이 걸칠 것이 있으며 출입할 때 타고 다닐 말이 있는 자는 또한 백에 한둘일 따름이다. 길을 오가는 사람들을 한번 보라.

여전히 느긋하여 변통해 낼 계책이 없다. 게으른 농부와 나태한 장사꾼이 어찌 성취를 바라랴.

간밤에 제대로 잠도 못 자고 아침밥도 제대로 먹지 못한 채 허술한 입성으로 추운 새벽길을 걸어와 시험을 보았다. 벼룻물이 얼 정도는 아니어서 간신히 답안을 쓰기는 했는데, 춥기보다는 문득 몹시 외롭다. 그렇지만 서울 거리를 걷는 사람들을 한번 보라. 세상에 이렇게 초라한 인간이 나뿐만은 아니다.

내일은 치욕의 날

1782년 3월 10일

새벽에 주상께서 대성전에 이르러 작헌례[1]를 행하셨다. 묘각(卯刻: 오전 6시 경)에 시제(試題)가 나왔다. 정오까지 답안을 제출하라고 했다. 미각(未刻: 오후 2시 경)에 집으로 돌아왔다. 오늘의 시학과에서는 조항진(趙恒鎭), 정만시(鄭萬始), 윤서동(尹序東), 이돈(李暾)이 뽑혔다.

10만 되의 붉은 먼지가 풀풀 일어나는 가운데 남들 하는 대로 나아갔다 물러났다 하는 인간이 되었으니 어찌 품격이 무너지지 않겠는가?

정말 가는 곳마다 치욕이다. 내가 그것을 감수하지 않는다면 어찌 치욕을 당하는 일이 있겠는가마는.

1786년 윤7월 28일 흐리고 비

황경원[2]의 글을 읽었다.

저녁에 준주 형이 소보[3]를 보내주었다. 보니까 내일 칠일제[4]가 있다 하여 곧 시험지로 쓸 큰 종이 한 폭을 가져오고 성근[5]과 함께 가기로 의논했다.

1_ 작헌례(酌獻禮): 임금이 왕릉, 영전, 종묘, 문묘 등에 몸소 참배하고 잔을 올리는 예식.
2_ 황경원(黃景源): 영조 때 주로 활동한 관료문인. 문장가로 유명했다.
3_ 소보(小報): 조선 시대에 발행된 관보의 일종. 승정원에서 그날 중에 처리된 일을 간추려서 각 관원에게 알리던 문서이다.
4_ 칠일제(七日製): 칠월 칠석을 즈음하여 실시하는 과거 시험이다.

생각하니 내일은 치욕의 날이다.

객(客)과 함께 가는 것이 또 하나의 참고 견딜 일이며, 제사 때 모이는 것이 또 하나의 참고 견딜 일이다. 몹시도 헛된 그림자와 같아, 맞춰 달라면 그저 맞춰 줄 뿐이다. 아무 생각도 없고 너무나도 참되지 못하다.

1786년 윤7월 29일 싸늘하게 춥고 맑게 갠 날씨였다.

월근문6- 위에 앉아 오가는 사람들을 내려다보니 모두가 하찮은 인간들이다. 과거 시험 공부에 골몰한다고 자처하는 자도 하찮은 인간이고, 올라가 급제했다고 스스로 표를 내는 자도 하찮은 인간이다. 걷는 자, 말을 타고 가는 자, 짐을 진 자, 아이를 데리고 가는 자 모두 하나같이 세계 가운데서 참고 견디며 살아가는 중생이다. 떨치고 벗어날 수 없으므로 결국 이렇게 끊임없이 오고가야만 하는 것이다.

별 가망 없는 시험이 내일 있다는 데 대해서는 그다지 감흥이 없다. 그러나 나를 우러르며 따르는 성근과 함께 응시하여 가망 없는 답안이나 쓰는 모습을 보일 것을 생각하니 치욕적이고, 시험을 보고 돌아와 집안 제사에 참석해서 친척들의 이런저런 걱정을 들을 것을 그려 보니 괴로울 따름이다.

5_ 성근(成近): 유만주가 아버지의 부임지인 경상도 군위에 내려가 지낼 때 만난 그 지역 청년. 유만주보다 대여섯 살 어렸다. 그는 과거 시험을 보러 서울에 올라오면 유만주의 집에 종종 유숙하며 도움을 받았다.

6_ 월근문(月覲門): 창경궁의 정문인 홍화문 오른쪽에 있는 문. 유만주는 창경궁에서 시험을 보고 근처 월근문에 온 것이다.

하찮은 인간들

1784년 9월 19일

오늘은 세자 책봉을 축하하는 정시(庭試)가 있다.

새벽달이 몹시 밝았다. 동행자와 함께 시험장에 도착했다. 시험장 안에 사람이 빽빽해 들어갈 수 없다 하기에 곧 셋째 시험장으로 들어갔는데 그 시험장 안도 역시 꽉 차 있어 들어갔다가 다시 나왔다. 조금 기다렸다가 공조(工曹)의 마당으로 들어갔다. 아침에 시제(試題)가 나왔다. '주(周)나라의 여러 신하들이, 풍속이 아름다워지고 어진 인재가 많아져서 토끼 잡는 그물을 놓는 시골사람에게도 쓸 만한 재주가 있을 정도라는 점을 축하했다는 내용에 빗대어 글을 지으라'는 것으로 미시(未時: 오후 2시)까지 답안을 제출하라고 했다.

배와 생강을 끓인 차를 마셨다. 정오에 나와서 문제의 출전을 확인해 봤다. 몹시 허무맹랑하게 썼다 하겠다. 조금도 더 찾아보지 않고 즉각 포기했다.

이보다 더 치욕스러울 수 없다. 또 지극히 하찮은 인간이 됐다. 수험생 무리의 뒤를 따라다니는 이 부끄러움은 언제쯤 끝날까?

저물녘에 객과 함께 뜰을 거닐었다. 연기 어린 숲이 암담해 보였다.

하나의 시험장에 수만 명이 시험을 보는데 무얼 또 논하겠는가? 될 사람은 되는 거고 안 될 사람은 안 되는 거지, 안배하고 헤아리는 것과는 상관없는 일이다.

이것도 한때일 뿐이다. 합격자 명단에 이름을 올리는 것도 과연 대사업(大事業)인가 보다.

1786년 9월 8일

길에서 열 명씩 다섯 명씩 줄지어 짝지어 걸어가는 자들을 보았다. 모두 동궐로 과거에 응시하러 가는 자들이다. 그들을 보니 세상에 이보다 하찮은 것은 없으리라는 생각이 들었다. 젊은 나이에 이런 처지를 면할 수 있는 자는 또한 이 세계의 행복한 백성일 것이다.

김익(金翼)과 정대용(鄭大容), 심진현(沈晉賢)이 여름과 가을의 시험관이 되었다 한다.

내일 국제[1]가 있다 한다.

중양절(重陽節)은 아름다운 계절의 좋은 명절이니 이날의 세시 풍속으로 할 만한 일이 적지 않다. 그럼에도 우리나라에서는 해마다 먼지를 일으키며 과거 시험을 보러 가느라 하루를 다 보내도록 하고 있다. 마음속으로는 잘잘못을 따지느라 피곤하고 육신은 오가느라 고달프니, 되레 아무 날도 아닌 날에 한가히 앉아 있는 것만 못하다. 이러니 무슨 의미가 있겠는가. 스스로를 돌아보니 더욱 그렇다.

내일을 위해 일찌감치 시험장으로 향하는 거자의 행렬을 자기 연민에 잠겨 바라보고 있다. 내일 새벽이면 나 역시 그들 틈에 섞여 있을 것이다.

1_ 국제(菊製): 중양절인 9월 9일에 실시하는 과거 시험을 말한다. 구일제(九日製)라고도 한다. 중양절의 세시 풍속으로 국화주를 마시고 국화지짐을 먹는 일이 있기에 국화를 따와서 그런 이름이 붙었다.

성균관을 배회하는 서른두 살의 거자

1786년 3월 16일

성균관 대사성 민종현(閔鍾顯)이 중춘(仲春)의 획시를 실시했다.

잠깐 명륜당(明倫堂)에서 쉬었다가 육일각(六一閣)을 지나 비천당을 거닐었다. 지난 일들을 생각해 보면 그 사이 한 계단도 오르지 못하고 이 비천당에 돌아와 앉았고, 하나의 이름도 이루지 못하고 돌아와 이 뜰을 마주했다. 지난 4년이 이처럼 우습다.

그렇지만 시험장을 여기저기 뛰어다니고 여러 사람들을 불러대며 패를 지으면 품격을 잃게 되니 혼자서 고요히 마음을 안정시킬 일이다.

건물에 들어가 답안지를 제출하고 나와 성균관에서 주는 아침밥을 먹었다.

마침내 혜화문(惠化門)을 향했다. 길에서 봄꽃을 꽂고 지나가는 어떤 부랑자와 마주쳤다. 그에게 대뜸 '어디서 난 꽃이냐' 하고 물으니, '어떤 변두리에 핀 꽃'이라 대답한다. 물가를 거닐며 읊조린 굴원(屈原)의 모습이 생각났다. 옛사람의 마음과 모습을 유독 온전히 상상할 수 있다.

동쪽 성문의 누각에 올라 아름다운 푸른 풀들이 돋은 언덕에 잠깐 앉았다. 다섯 가지 문제에 대해 생각을 펼쳐 보다가 문득 제정신을 놓쳤다.

한참 머물다 내려와 광례교1_를 지나고 응란교2_를 지나 경모궁 앞 삼거리에서 버드나무를 보았다. 버들빛은 아직 일렀다. 이때 해는 아직도 넘어가려면 멀었기에 다시 석양루3_를 찾아갔다. 동쪽 담

장을 빙 돌아 뜰에 난 작은 문으로 들어가서 영파정[4] 에 올랐다. 영
파정의 용마루 기와와 섬돌은 전에 비해 더욱 심하게 허물어져 있
었다. 몇 년이 지나고 나면 못 볼 지경에 이를 것이다. 우연히 시 한
수를 떠올렸다.

> 굽은 연못 층층 누각 너르고 아늑한데
> 키 큰 버들 빼어난 소나무 따로 또 같이 있네.
> 안개 낀 이 풍경이 한없이 좋아
> 영파정에 올라 홀로 난간에 기대섰네.

드디어 쪽문으로 나와 바깥쪽 별당에 들어갔다. 규룡처럼 구불
구불한 소나무와 오래 묵은 측백나무, 층층이 놓인 섬돌과 기이한
바위는 예전 그대로였다. 한참을 배회하다가 다시 쪽문을 나와 서
쪽으로 쇄춘문(鎖春門)에 가서 안쪽 별당을 바라봤다.

돌아와 영파정 뒤 평평한 뜰의 새로 돋은 잔디 위에 앉아 정원
의 안쪽을 바라봤다. 봄꽃이 조금씩 피어나고 있어 붉은 꽃무리가
눈에 들어왔다. 다시 영파정 난간에 기대어 단청의 색깔을 보니 극
히 오묘하여 관공서의 높다란 건물들에 어지럽게 칠해 놓은 것과는
달랐다.

해질녘이 되어서야 나와서는, 동쪽 성곽의 버들빛을 돌아보았다.

1_ 광례교(廣禮橋): 서울 종로구 명륜동 4가 19번지에 있던 다리.
2_ 응란교(凝鸞橋): 서울 종로구 연건동 29번지에 있던 다리.
3_ 석양루(夕陽樓): 인평대군(麟坪大君)의 사저. 서울 종로구 이화동에 있었다. 18세기 후반에는 버
   려진 채 퇴락해 가고 있었다.
4_ 영파정(映波亭): 석양루에 딸린 건물 중 하나.

날 저물고 돌아와 임노[5]가 아우를 잃었다는 소식을 들었다. 계동[6]에 편지를 보내며 100푼을 부쳐 보냈다.

6촌동생 담주(聃柱)를 만나 권상신[7]의 집에서 잔치를 한 이야기를 들었다. 마당놀이를 펼치고 음식에 꽃장식까지 하느라 비용이 1만여 푼이나 들었다고 한다. 나는 갈 수가 없었으니, 결국 귀천(貴賤)과 영고(榮枯)로 나뉘기 때문이 아니겠는가.

서른두 살의 유만주가 시험장을 거닐고 있다. 거자로서의 4년간을 돌아보며 한 가지도 이루지 못한 그 세월을 냉소한다. 시험장을 나와 걷다 마주친 어떤 부랑자는 봄꽃을 꽂았다. 유만주는 그에게서 실의(失意)하여 물가를 걸으며 노래를 읊조리는 굴원의 모습을 발견하는데, 그것은 아마도 실패한 거자로서 과장(科場)을 나와 갈 곳 몰라 하는 자신의 처지를 그의 모습에 투영한 탓이리라. 날을 보내기 위해서 봄풀이 돋은 언덕에 오래 앉아 있다가 또 성균관 주변을 서성이지만 시간은 참으로 더디게 흐른다.

5_ 임노(任魯): 1755~1828. 유만주와 가장 가까운 벗이다. 청량리에 살다가 1787년에 동묘(東廟) 근처의 영미동(永美洞)로 이사했다. 유만주가 죽은 후 그의 문집인 『통원고』(通園藁)를 엮었다.
6_ 계동(桂洞): 서울 종로구 계동. 임노의 친척이자 유만주의 교유 인물인 임이주(任履周)가 여기 살았다.
7_ 권상신(權常愼): 1759~1824. 유만주의 교유 인물이다. 할아버지가 경기도 관찰사를 지낸 권도(權燾)이고 집이 대단히 부유했다. 전형적인 경화세족(京華世族)이다.

우주 간의 한 벌레

겨울잠을 자는 벌레처럼

1782년 7월 29일 몹시 더웠다. 오후에 가끔 흐렸다.

아마도 과거 시험 보는 재주에 있어서는 잘 못하도록 타고난 것 같다. 그러니까 이렇게 허술하고 게으른 것이다.

겨울잠을 자는 벌레처럼 보지도 듣지도 않고 누굴 만나지도 않고 아무 일도 않고 있다. 없는 듯 적요(寂寥)하며 죽은 듯 꼼짝하지 않는다. 머리 위로 해가 지나가고 발 아래로 바람이 지나간다. 과연 전혀 아무 생각이 없는 것인가? 그렇진 않다.

서강(西江)에서 사람을 죽이고 쌀을 가져간 변고가 있었다 한다.

대체로 지금은 모든 이가 적빈(赤貧)의 처지에 있으며 집집마다 절박한 위기에 봉착해 있다. 먹을 것과 입을 것을 걱정하지 않아도 되는 자는 오직 현직의 고위 관료나 재산이 많은 자들이다. 나 같은 자가 이토록 몹시 가난한 것도 이상한 일이 아니다.

유독 펼치고 싶었던 일에 대해 아무런 작용도 하지 못한다. '세상과 어긋나는 일을 하고 있다'던 소옹[1]의 말이 무슨 뜻인지 이미 너무나도 잘 알고 있다.

인격적 성장이 더딤은 걱정하지 않고 오로지 눈에 보이는 성취가 늦다고 걱정하는 것은 세속의 인생이 면할 수 없는 바인지.

1_ 소옹(邵雍): 1011~1077. 북송의 철학자이자 시인. 소강절(邵康節) 또는 소요부(邵堯夫)라고도 한다.

1782년 8월 6일 아침에 비 뿌리고 몹시 더웠다. 저물녘에 비가 내리더니 밤까지 계속되었다.

동네의 집을 다시 보고 사기로 했다. 값은 6만 푼으로 정했다.

들으니 지금 시가로 매조미쌀 한 섬은 700푼이고 겉곡식 한 섬은 480푼이라 한다.

저녁에 충주(忠州) 의원에게 구환[2]을 진찰하게 하고 약을 얼마만큼 지을 것인지 의논했다.

촛불에 달려드는 푸른 벌레는 풀잎이 변하여 생겨난 것이 분명하니, 반딧불이만 그렇게 생겨난 것은 아니다. 그 형상을 세밀히 관찰해 보면 역시 몸통과 머리와 더듬이와 눈을 갖추고 있다. 그렇게 갖추어진 모습으로 생성되어 각각의 기관을 쓰고 움직이니 이 어찌 조화가 아니랴.

1786년 8월 26일 맑고 환했다.

한 마리의 날벌레는 비록 몹시 작고 하찮은 것이지만 또한 천지가 낳은 하나의 물건이다. 그런데 문득 사람의 눈에 띄면 잠깐 사이에 소멸하니 이는 또 무슨 이치인가. 아마도 편견 없이 툭 트인 안목을 지닌 사람의 시각에서 논의하자면 우리 같은 사람이 태어났다가 죽기까지의 삶도 하찮은 한순간이라 사람의 눈에 띄자마자 죽는 날벌레의 생애와 거의 다를 바 없을 것이다.

2_ 구환(久煥): 1773~1787. 유만주의 맏아들이다. 자세한 것은 이 책 '연꽃 같은 아이야' 참조.

이 글에서 유만주는 자신을 생각에 잠긴 벌레로 그려 내고 있다. 흉년과 가난, 과거 시험 실패 등의 외부적 상황에서 오는 좌절감과 무력감이 스스로를 칩복(蟄伏)한 벌레에 빗댄 이유가 되고 있는 것으로 보인다. 그렇지만 아무런 소리도 내지 않고 어떤 움직임도 시도하지 못해 존재감이라곤 무(無)에 가까운 이 하찮은 존재도 아무 생각이 없지는 않다는 게 문제다. 촛불에 날아드는 푸른 벌레는 대단히 하잘것없는 것이고 심지어 곧 불에 타서 죽을 운명의 존재이다. 그럼에도 살아가는 동안 부족함이 없게끔 머리부터 발끝까지 모든 것이 빠짐없이 잘 갖춰져 있어 그 자체로 하나의 소우주(microcosmos)를 보여 준다. 다만 자세히 들여다보면 의미로 충만해 있고 아름답기조차 한 이 소우주는 그 의지와 상관없이 너무나 쉽게 소멸하고 만다. 인간을 벌레에 빗대는 것은 자기혐오나 염세주의와 같은 감정과 연루된 경우가 많다. 그러나 유만주가 벌레와 자신을 동궤에 놓고 응시하는 이 시선에는 우리 모두가 저마다의 운명 앞에 연약한 존재일 따름이라는 슬픔에 찬 자각이 깃들어 있다.

개미굴 속의 삶

1782년 9월 11일

오후에 해주로 출발했다. 검암의 비각[1]을 지나 창릉(昌陵: 예종의 능)의 주막에서 잠깐 쉬고 저녁에 고양 읍내의 주막에 묵었다. 오늘은 50리를 걸었다.

밤에 비가 조금 왔다.

대지 가운데 한 조각 땅이며, 그 한 조각 땅 가운데 하나의 개미굴이다. 이 개미굴 속에 의기양양한 자도 있고 잔뜩 움츠린 자도 있다.

1783년 5월 18일 비 오다가 어둡게 흐려졌다.

사람은 태어나서부터 그저 끝없는 욕망을 펼칠 뿐이지만 수많은 존재를 주재하는 자가 어찌 그런 벌레 같은 것들의 욕망을 하나하나 따라 주려 하겠는가? 본디 그 사이에 행복과 불행이 있는 것이다.

살면서 겪는 사건과 그에 따른 감정에 함몰되지 않고 일정한 거리를 둔 채 자신의 삶을 관조하는 방식을 보여 준다. 멀리서 보면 인간 사회도 하나의 개미굴이다.

1_ 검암(黔巖)의 비각(碑閣): 영조의 행적을 기리기 위해 검암에 세운 비. 검암은 은평구 진관외동 산 132의 1호에 있는 커다란 검은 바위이다. 영조가 연잉군 시절 이 근처에서 잡혀 온 어떤 소도둑의 딱한 사정을 듣고 그를 사면한 일이 있는데 나중에 정조가 이 일을 기념해 비를 세웠다.

저마다의 인생, 저마다의 세계

1782년 10월 5일 눈보라가 치더니 오후가 되어서는 비가 내린 후 어둑히 흐려지고 으슬으슬 추웠다. 볕이 언뜻 나기도 했다.

같은 하늘과 땅 사이의 똑같은 하루인데, 어떤 이는 아주 번화하게 보내고 어떤 이는 몹시 쓸쓸하게 보낸다. 어떤 이는 대단히 재미있게 보내고 어떤 이는 전혀 흥취 없이 보내며, 어떤 이는 통곡하고 눈물 흘리며 보내고 어떤 이는 잔뜩 취해 즐겁게 춤을 추며 보내며, 어떤 이는 천하의 일을 결정하며 보내고 어떤 이는 집안일을 정돈하며 보내기도 한다. 어떤 이는 산수간(山水間)에 벗과 함께 즐거워하며 보내고, 어떤 이는 거문고 타고 노래하고 기생을 두고 놀면서 보낸다. 또 어떤 이는 산 넘고 물 건너 찬바람 맞으며 고단하게 먼 길을 가고 있기도 하고, 어떤 이는 과거 시험장에서 답안을 잘 써내기 위해 마음을 졸이고 있으며, 어떤 이는 옥에 갇혀 쇠고랑을 찬 채 꼼짝도 못 하고 있기도 하다. 이 모든 이들의 슬픔과 기쁨과 괴로움과 즐거움을 어떻게 모두 적을 수 있으랴.

1782년 10월 25일

각기 저마다 인생이 있고 각기 저마다 세계가 있어, 분분히 일어났다 분분히 소멸한다.

사람들은 같은 시간 속에 있다고는 하나 저마다 자신의 세계에 함몰된 채 각자의 삶을 살아간다. 이렇게 많은 동시대인이 있는 이 세상이 외로운 곳이 된 이유가 여기 있다.

조물주가 나를 조롱한다

1781년 3월 22일 아침에 바람이 심했다.

중부학당¹⁻ 교수인 이시수가 춘계 시험을 주관했는데 응시생들의 비방과 욕설로 인해 시험을 취소했다고 한다.

사당에 석어(石魚: 조기)를 올렸다.

부(富)란 조물주가 여러 존재들을 붙잡아 가두는 도구다. 주었다 빼앗았다 하는 게 일정했던 적은 한 번도 없다. 부유한 자는 자기가 유능해서가 아니라 마침 조물주가 베풀어 주는 때를 만나 가진 것을 지킬 수 있었기에 부유한 것이고, 가난한 자는 자기가 무능해서가 아니라 조물주가 빼앗아가는 때를 만나 가진 것을 잃어버렸기에 가난한 것이다.

오직 툭 트인 눈으로 세상을 초탈한 자만이 조물주의 이러한 올가미에서 벗어날 수 있다. 그러나 예로부터 지금까지 세상에서 초탈한 자는 거의 드물다. 아마도 조물주도 그런 사람이 두려운 나머지, 많지 않기를 바랐기 때문일 것이다.

1783년 2월 26일 바람이 사나웠다.

인간 세상에서는 이른바 색목(色目: 사물의 종류와 이름)이라는 것이 흩어져 있으면서 작용한다. 과환(科宦: 과거에 합격해 벼슬아치가 되는 것)이라는 색목의 경우, 이것을 해야 살고 하지 않으면

1_ 중부학당(中部學堂): 사부학당 중 하나로 지금의 중구 중학동에 있었다.

무시된다. 무시된다는 것은, 밖으로 밀려난다는 말이다. 안으로 들어가 본들 그저 기운이 꺾이고 위축되어 스스로를 천지간의 한갓 쓸모없는 버려진 물건으로 여길 따름이며, 스스로를 개돼지도 먹지 않을 찌꺼기로 여기게 된다. 진정 감인세계인 것이다.

모두가 세상에 태어나 뜻을 잃은 자들이다. 하는 일 없이 슬퍼 탄식하는 자가 허다하다. 이치에 밝지 못해서인가.

길 잃은 영웅을 옛날에는 슬퍼했는데 뜻 잃은 남자를 지금은 조롱한다. 『장자』(莊子)와 『수호전』(水滸傳)을 어찌 읽지 않을 수 있겠는가.

생각해 보면 세상에 태어난 이래 한 가지도 맘에 맞는 일이 없었다. 마음속 가득한 계획들을 펼쳐 내지 못했고 눈에 가득한 번뇌를 떨쳐 내지 못했을 따름이다. 살아있는 여러 존재들을 주재하는 자는 과연 생각이 있는 것인가, 아무 생각이 없는 것인가.

맘에 맞는 것과 뜻대로 되는 것은 다르다. 맘에 맞는 일은 산과 연못과 구름과 수풀 사이에서 찾을 수 있고, 뜻대로 되는 일은 티끌 먼지 가득한 속세에서 찾아야 한다. 맘에 맞는 일이 꼭 뜻대로 이루고 사는 것은 아니며, 뜻대로 이루어진다 하여 꼭 맘에 맞는 것은 아니다.

두 시험장에서 본 시험의 합격자 발표가 났다. 1차 시험의 첫째 시험장에서는 조경진(趙經鎭), 둘째 시험장에서는 정이록(鄭履祿), 마지막 시험의 첫째 시험장에서는 여선용(呂善容), 둘째 시험장에서는 서유림(徐有臨) 등 각각 130명이 합격했다. 내 이름은 처음 여덟 번째 중에서 둘째에 있었다.[2] 곧이어 여러 6촌 형제들이 다 합격했다는 걸 알게 됐다.

1783년 5월 19일 가끔 흐리고 아침에 비가 약간 뿌렸다.

전혀 품격이 없으니 부끄러워 견디지 못하겠다. 조물주는 어그러짐을 좋아하며 너무나 공평치 못하다.

1783년 5월 22일 덥다. 오늘은 하지(夏至)다.

선조 충간공(忠簡公: 유황)의 신주를 큰집에 옮겨 모셨다.

맑고 그윽한 데서 마음을 느긋이 가지며, 게으르고 한가히 지내며 어디에 얽매이지 않는다면, 이런 즐거움은 어떠할까. 난간에서 개울물 굽어보며 물고기를 관찰하고, 향을 사르고 그림을 그리고 책을 읽으면 좋을 것이다.

내일 일은 하늘이 별도로 안배해 두었을 터이니 분수를 따르고 마음을 너그럽게 먹자.

한 시대의 사람에게 권면(勸勉)할 때는 말로 하고 백세(百世) 뒤의 사람에게 권면할 때는 글로 한다. 사람에게 말로 권면하는 것은 한계가 있지만 글로 권면할 때는 끝이 없다. 입언[3]이 불후한 것이 되는 까닭이 바로 여기 있다.

조상의 신주를 수서[4]에서 가져와 큰집에 모시고 저녁에 사당에서 차례 지내는 데 참석했다.

2_ 내 이름은~있었다: 이 구절은 정확히 무엇을 뜻하는지는 미상이다. 그러나 『경국대전』에서 과거 시험 성적을 상상(上上)에서 하하(下下)까지 9등급으로 나누고 있는바, 이 말은 혹 유만주가 하중(下中)이라는 8등급의 저조한 성적을 냈다는 것인지도 모르겠다.

3_ 입언(立言): 후세에 전할 만한 말과 글, 혹은 그런 말과 글을 남기는 것을 가리키는 말이다. 삼불후(三不朽: 사람이 죽어도 없어지지 않고 남아 있는 세 가지)의 하나로 꼽는다. 나머지 두 가지는 입덕(立德)과 입공(立功)이다.

4_ 수서(水西): 청계천의 지류인 창동천의 서쪽 마을을 뜻하는데 여기서는 종형인 유산주(兪山柱) 일가가 사는 곳을 가리킨다.

큰집에서 난동 조부님5_을 뵈었다.

허탕 치지 않은 일이 하나도 없다. 그러니 바깥의 꾸중만 듣게 될 뿐이다. 몹시도 맥이 빠지고 불쾌하다.

몇 홉의 쌀을 얻어 오고서는 곧 떠벌려 자랑하고 곧 처자식에게 목소리를 높인다. 그렇게 하지 못하면 몸과 마음이 쪼그라들어 하릴없는 자로 자처한다. 고요히 들여다보고 말없이 생각해 볼진대 무엇이 중대한 것이고 무엇이 사소한 것인가? 참으로 이른바 감인세계다.

서호수(徐浩修)가 이조판서가 되었다.

1784년 2월 5일 하늘이 흐리고 몹시 추웠다. 바람은 잠깐 그쳤다.

길에서 지난 2월 3일에 해주 관아에서 아버지가 보내신 편지를 받았다. 면천에 갚을 돈 1천 푼을 부쳐 오셨다. 가마에서 내려 눈길 위에서 편지를 써서 서울 편지에 부쳐 보냈다. 명천6_에서 점심을 먹었다.

나 같은 자는 이미 감인세계에 태어났다. 그러니 감인해야 할 일들이 언제나 열에 여덟아홉이다. 감인하며 태어나 감인하며 죽는다는 것은 온 세상 사람이 모두 마찬가지다. 불교에 '세상을 벗어나는 법'이 있는데, 이 법은 감인세계를 곧바로 벗어나는 것을 말한다. 벗어난다 함은, 세계를 벗어나 별다른 땅으로 달려간다는 것이 아니라 그저 일체 만물이 '공'(空)임을 깨닫는 것이다.

5_ 난동 조부님: 난동에 사는 족조(族祖) 유언현(兪彦鉉, 1716~1790)을 가리킨다.
6_ 명천(鳴川): 황해도 연안군에 있던 마을이다. 큰 소리를 내며 흐르는 개울이 있었다 한다.

명천을 지나다가 우연히 관아의 심부름꾼을 만나 아버지께 편지를 올렸다.

오후에 동쪽 성문으로 들어가 관아에 계신 아버지를 뵈었다. 감기가 걸려 계셨다.

새로 장정한 『자저』7- 3갑 15권을 보았다.

1785년 2월 22일 날이 풀려 따스했다. 저녁에 흐리고 비가 오려 했다. 밤에 비가 왔다.

우리나라의 호구(戶口) 700만 가운데 편안하고 한가롭게 잘 지내면서 아무 걱정도 없는 자는 헤아려 보면 10만이 채 안 될 것이다. 그렇게 사는 것이 어찌 쉽겠는가? 덧없는 생애는 진정 참고 견뎌야 할 무엇일 따름이다.

마을에 불이 나 갈팡질팡하는 모습을 바라보았다.

1785년 9월 7일

모레 국제(菊製) 시험이 있다. 유한지8-가 글씨 쓸 의논을 했다.

생각해야 할 것은 생각하지 않고, 생각하지 말아야 할 것은 생각하고 있다.

천하에 흠 없이 원만한 일은 없다. 그러니 이지러지는 것이 늘상 있는 일이다. 천하에는 이로운 일이 없다. 그러니 해를 입는 게 늘상 있는 일이다. 이걸 알면 거의 된 거다.

7_ 『자저』(自著): 유만주의 부친 유한준의 문집이다.
8_ 유한지(兪漢芝): 1760~1834. 조선 후기의 문인이자 서예가. 유만주에게는 종숙부(從叔父) 뻘이며, 같은 또래였기에 서로 자주 어울렸다. 전서와 예서를 잘 썼으며, 지금 전하는 『흠영』 표지의 전서체 글씨도 그가 쓴 것이다.

1785년 12월 25일 추위가 대단하다. 벼루가 비로소 얼었다.

자기를 지탱하고 억누르며, 편의대로 얼버무리며 살아가노라니 인생도 괴롭다 할 만하다. 속은 모자라고 껄끄럽고, 겉은 비썩 말라 초췌하다. 이미 재주와 지혜도 없을뿐더러 게다가 타고난 복 같은 것도 찾아볼 수 없으니, 이러고 있을 뿐이지.

지혜가 깊고 용기가 가득한 자를 나는 볼 수가 없었다. 설령 그런 사람이 있다 하더라도 그는 이 세상에서 쓰이기에 적당하지 못하다. 대체로 이 세상에서는 재바르고 예쁘장한 것을 숭상하고 말주변이 넉넉한 것을 귀중히 여긴다. 지혜가 깊고 용기가 가득한 자는, 그러므로 치한(癡漢: 바보 같은 놈)이 되는 것이다.

어딜 가든 누(累)가 아닌 게 없고, 어딜 가든 감인세계 아닌 곳이 없으며, 어딜 가든 하찮지 않은 것이 없다. 게으르고도 정신없이 한 해가 저물어 간다.

생각하면 '가벼움'은 가장 조심해야 할 대상이다. 가벼우면 부잡스러워지고, 가벼우면 하찮게 되고, 가벼우면 경박해지고, 가벼우면 경망스러워진다.

새해를 맞이하며 기쁜 일이라곤 백에 하나도 없다. 그저 때가 점점 다가오고, 또 일이 하나 생겨나니 그저 마음을 써서 얼버무려야 할 뿐이다. 일이 다 끝난 후에 여러 번뇌가 몰려들게 되면 받아들이는 것 말고는 다른 방법이 없다.

내 마음 같지 않은 세상에 몸담고 여기저기 상처 입으며 살아가다 보면, 어떤 커다란 손이 나의 삶을 망가뜨리고는 즐거워 웃고 있는 건 아닌가 하는 피해의식이 들기도 한다. 이럴 때 도움이 되는 것 중의 하나가, 여기는 참고 견뎌야 할 고통으로 충만해 있는 게 당연하니 세계가 당신에게 우호적이기를 기대하지 말라는 불교의 말이다.

곡식을 축내는 벌레

1784년 5월 28일 몹시 더웠다. 가끔 흐리더니 오후에 갑자기 마른 천둥이 쳤다.

공동(公洞: 서울 중구 소공동)과 명동(明洞: 서울 중구 명동)에 집을 보러 다녔다.

『해동현보』(海東顯譜) 5책을 보았다. 모두 58개의 성씨가 기록되어 있다.

『유자』[1]에 실린 「석시」(惜時: 시간을 아껴라)라는 글에 "계책을 펼치거나 공훈을 세워서 개명한 시대에 도움이 되지 못하고, 뒷전에 물러나 메뚜기마냥 곡식이나 축내고 세월을 허비하면서 아무에게도 알려지지 않은 사람이 되고 죽어서는 관 하나를 채우는 흙이 되고 마니, 저 혼자 생겨났다가 저 혼자 죽는 초목과 뭐가 다르랴?"라는 말이 있다. 아아! 나 같은 자는 곡식을 축내는 메뚜기나 진배없다.

잠깐 사이에 만 리를 노닐고, 짧은 순간에 천 년 뒤로 떠나가는 것, 이것이 신선의 작용이다.

1786년 7월 21일 무척 더웠다. 흐리고 비가 왔으며 밤이 되니 비바람이 몹시 몰아쳤다.

변소에 가다가 무궁화 핀 걸 보았다. 엷은 빨강 꽃송이가 드문드문 붙어 있는데 빗속에 더욱 보기 좋았다.

1_ 『유자』(劉子): 북제(北齊)의 문인 유주(劉晝)의 저서. 『유자신론』(劉子新論)이라고도 한다.

『패문운부』(佩文韻府)에서 분백(笨伯: 뚱뚱하고 굼뜬 사람)이
라는 말을 찾아보았다. 『진서』(晉書) 「양만전」에 "강천(江泉)은 밥
을 잘 먹는다 하여 곡백(穀伯), 사주(史疇)는 몹시 비대하다 하여 분
백(笨伯), 장역(張嶷)은 교활하다 하여 활백(猾伯), 양만(羊曼)의 동
생 양담(羊聃)은 흉포하다 하여 쇄백(瑣伯)이 되었으니,[2] 이 사백(四
伯)은 옛날의 사흉(四凶)에 견줄 만하다"고 했다는 말이 나온다고
되어 있다. 이어서 자전의 죽부(竹部)에서 '분'(笨)이라는 글자를 찾
아보니 '폰' 또는 '분', '본'이라 읽으며, '대나무의 속껍질' 혹은 '거칠
고 조잡하다'라는 뜻이라 되어 있다.

밤에, 현재 50세인 사람은 이미 쌀 2천여 섬을 먹었고, 100년이
면 그 갑절을 웃도는 양을 먹게 된다는 말을 들었다. 이게 바로 쌀
벌레겠지.

**1786년 7월 22일 아침에 흐리고 비가 왔다. 느지막이 개었다가 밤
에 비가 왔다.**

한번 계산을 해 봤다. 사람이 처음 태어나 네 살이 될 때까지는
밥그릇 수를 계산하지 않고, 다섯 살부터 일곱 살까지 3년은 한 끼
에 쌀 3홉을 기준으로 하고, 여덟 살부터 열다섯 살까지 8년은 한
끼에 쌀 5홉을 기준으로 하며, 열여섯 살부터 쉰 살까지 35년은 한
끼에 쌀 7홉을 기준으로 하여 총합을 계산해 보면 겨우 149섬 7말 8
되가 된다. 이 수에 둘을 곱해 보아도 역시 299섬 6되가 될 뿐이니,
총합을 반올림해도 역시 300섬에 지나지 않는다. 이 숫자에 일곱

2_ 「양만전」(羊曼傳)에~되었으니: 곡백(穀伯)의 '곡'은 곡식, 분백(笨伯)의 '분'은 미련함, 활백(猾伯)의
  '활'은 교활함, 쇄백(瑣伯)의 '쇄'는 잘게 부숴뜨림을 각각 뜻한다.

배를 해야지 비로소 2천여 섬이 된다.

　사람이 날마다 쌀 한 말을 먹는다 하고 100년으로 계산해도 2,400섬에 불과하다. 그렇다면 50세까지 누린 사람은 그 절반에 해당하니 다만 1,200섬에 그친다. 한 말로 계산했는데도 그러하다. 어떻게 2천 섬이라는 많은 양을 도출할 수 있었을까? 정말 이해가 되지 않는다.

　'비대한 몸'이라는 뜻의 '분백'이라는 단어를 사전에서 찾아 확인하고 인간이 평생 먹는 곡식의 양을 자못 정밀하게 추산하고 있다. 삶의 보람이 없다는 데 대한 반성이 먹는 것이나 뚱뚱한 몸에 대한 자의식으로 이어지고 있는 것이다.

인간은 환경의 동물

1786년 8월 28일 바람이 차고 싸늘했다. 비로소 추위를 재촉하는 것 같다. 밤에 큰 바람이 불었다.

산 아래 이중 형[1]의 집에 올라가 봤다. 이런 얘기를 했다.

"무릇 사람들은 모두 환경에 따라 특정한 계층의 사람이 된다. 양반은 양반의 환경에서 생활하기 때문에 양반이 되고, 중인과 서얼은 중인과 서얼의 환경에서 생활하기 때문에 중인과 서얼이 되며, 상사람은 상사람의 환경에서 생활하기 때문에 상사람이 되는 것이다. 비록 양반이라 하더라도 중인이나 서얼 사이에 섞여 살면 중인과 서얼이 될 뿐이고, 상사람들 사이에 섞여 살면 상사람이 될 뿐이다. 역시 가장 두려운 것은 생활하는 환경이다."

밤에 위채에서 들으니 시골 사람이라야 시키는 일을 열심히 한단다. 아마도 시골 사람들은 바빠서 아무 겨를 없는 것을 당연하게 여기기 때문인 것 같다. 여기 비해 서울내기들은 집안일을 시켰을 때 과연 어떠한지? 전해 듣기로 과천 외가에서는 아랫사람들을 잘 부린다고 한다. 일을 시키는 데 엄격하고 부지런하여 종들이 감히 게으름을 부리지 못한다는 것이다. 우리 집을 돌아보면, 아랫사람을 부릴 적에 마음이 약한 것 같다. 마음이 약하기 때문에 일하는 사람들이 멋대로 굴거나 멍청하게 행동하도록 한다. 다른 집에서 들

1_ 이중(履中) 형: 김이중(金履中, 1740~1787)을 말한다. 유만주의 고종사촌형으로 남대문 근처 도저동(桃渚洞: 지금의 서울역 부근)에 살았다.

은 일은 말할 필요도 없겠지만 그래도 다들 기본이 되어 있는데, 우리 집은 거기 비할 바가 못 되는 것 같다.

인간은 환경에 의해 특정한 계층으로 양육된다는 이 말은 일단 양반이 하층계급 사람과 어울리다 보면 양반으로서의 품위를 잃을 수 있다고 경계하는 태도에서 나온 범상한 말로 보인다. 그렇지만 여기에는 태생적인 계급의 구분이 실은 무의미한 것이라는 인식이 내포되어 있는데, 이는 당시 신분제 사회의 근간을 부정하는 위험한 생각으로 이어질 수도 있다.

헛되이 죽는 것

1783년 11월 2일 가끔 흐렸다.

세상에 태어난 사람 중에는 의미 없이 공연히 죽는 이가 예로부터 지금까지 많다. 전쟁의 시대에는 40만이니 30만이니 하는 군사가 적진에 나아가 일시에 같이 섬멸되기는 하나, 그래도 전쟁이라는 명분이 있다. 그런데 저 삼족(三族)을 멸한다거나 무덤에 순장하는 경우라면 어찌 허랑하게 죽는 것이 아니겠는가. 하늘과 땅도 어진 존재일 텐데 어째서 세상에 이런 혹독한 법을 만들어 피와 살과 영혼과 지각을 지닌 존재를 남김없이 소멸하게 하는 것인가.

1786년 1월 11일

아침에 옷을 갈아입었다.

눈앞에 있는 여기가 세계다. 사해(四海) 밖에서 세계를 또 찾을 필요가 없다. 그저 눈앞에 있는 이 세계가 영고득실을 겪으며 천백 번 변화하는 걸 보면 된다.

사람이 살면서 하루를 안온하게 살아갈 수 있다면, 그 하루는 아주 크게 복 받은 날이다. 사람들은 모름지기 이걸 알아야 한다. 그래야 살아가는 맛이 무엇인지 이야기할 수 있다.

생각해 보면 천지간에 태어난 사람 중에는 자기 직분이 되는 일을 하지 못한 채 공연히 태어났다가 헛되이 죽는 이가 천만이나 된다. 자기 직분의 일을 할 수 있는 자는 아마도 천만 명 가운데 한 사람 있을 뿐이리라. 그렇다면 죽는 것이 서러운 게 아니라 공연히 태어났다가 헛되이 죽는 게 슬픈 일이겠지.

죽음은 서러운 일이 아니다. 다만 저마다 자기 삶의 보람을 찾지 못한 채 무의미하게 죽어가는 것이 슬픈 일이고, 피와 살과 영혼과 지각을 지닌 각각의 존재가 국가와 가문의 일원으로 범주화되어 무차별적으로 죽어가는 것이 참혹한 일이다. 저마다의 생명이 존중받을 가치가 있고 고유한 의미를 가져야 한다는 유만주의 생각에서 목숨에 대한 상상력, 혹은 인간 개인에 대한 예민한 감수성을 엿볼 수 있다.

남자는 가련한 벌레

1778년 7월 18일 가끔 비가 뿌렸다.

'남자는 가련한 벌레'라고, 옛사람이 시에서 읊었다.[1] 사람은 곧 벌거벗은 벌레[2]의 우두머리라는데, 중화(中華)에서 태어나면 사람의 분수를 얻고, 이민족의 땅에서 태어나면 벌거벗은 벌레라는 분수를 얻게 된다. 중국은 여러 이민족들의 우두머리가 되기 때문이다. 그런데 우리나라는 여타의 이민족들과 풍속이 몹시 달라, 중화에 비기어도 거의 부끄럽지 않다. 그러니 우리나라에서 태어난 자는 역시 사람이라 할 수 있겠지만, 그래도 여기 세상에는 벌거벗은 벌레 또한 많다.

이른바 벌거벗은 벌레란 말이, 날개와 털, 비늘과 껍질이 있고 없음에 따라 벌레를 분류한 것에 그칠 뿐이랴. 대체로 지각이 없는 세상 사람들 모두가 벌거벗은 벌레라 할 수 있다. 이른바 지각이 없는 자란 누구인가? 그건 바로 삼강오륜을 인식하지 못하는 부류이며, 경전이나 사서를 읽어 정치 현실을 해석하지 못하는 부류이다. 어찌 산골짝의 무지렁이 백성들만이 지각이 없다 할 수 있겠는가?

1_ 남자는~읊었다: '남자는 가련한 벌레'라는 말은 북방 이민족의 악곡 가운데 하나인 「기유가」(企喩歌)의 한 구절이다. "남아는 가련한 벌레/죽을 걱정을 품고 문을 나선다./좁은 골짝에 주검이 버려져/백골을 거둬 줄 사람도 없이."(男兒可憐蟲, 出門懷死憂. 尸喪狹谷中, 白骨無人收) 전문을 보면 남자가 가련한 벌레가 되는 이유는 바로 언제 죽어 버려질지 모르는 존재이기 때문임을 알 수 있다.

2_ 벌거벗은 벌레: 원문은 '나충'(裸蟲)이다. 이는 지구상에 존재하는 생물 가운데 몸에 털이 없거나 적은 동물을 일컫는 말로, 고래와 하마 등은 물론 사람까지도 포괄하는 개념이다. 사람을 지칭하는 말로 종종 쓰인다.

비록 사족(士族)의 처지에 있다 하더라도 돌아보고 깨우칠 줄 모르는 무지몽매한 자들은 하나같이 몽땅 벌거벗은 벌레에 귀속된다. 그렇다면 벌거벗은 벌레의 상태를 뛰어넘어 인간의 반열에 낄 수 있는 자도 거의 드물다 하겠다. 어허! 그것 참 어려운 일이다.

조지(朝紙)를 보니 오늘 숙장문에서 친국[3]이 있다 한다.

유만주는 인간의 목숨이 벌레처럼 하찮게 취급된다는 사실에서 촉발되어, 지금 조선을 살아가는 인간이 벌레가 아닌 근거를 찾아 나가고 있는 중이며, '지각을 지닌 인간이라면 벌레가 아니다'라는 결론에 다가간 것으로 보인다. 그런데 이 평범한 결론은, 피의 숙청을 암시하는 '숙장문의 친국'이라는 결구(結句)와 맞물리며 의미심장한 여운을 남긴다.

3_ 숙장문(肅章門)에서 친국(親鞫): 숙장문은 창덕궁의 중문(中門)이다. 이곳에서 한후익(韓後翼), 홍양해(洪量海) 등의 역모 혐의자를 정조가 친히 국문하여 사형에 처했다는 내용이 『조선왕조실록』 1778년 7월 18일 조에 보인다.

무명(無明)의 벌레어

1784년 9월 4일

눈이 없고, 귀가 없고, 입이 없고, 마음이 없다는 것은, 정말 그것들이 없다는 말이 아니라 그 네 가지가 저마다의 직분을 상실했기 때문에 하는 말이다. 이런 의미로 '네 가지가 없는 벌거벗은 벌레'라는 말을 새로 정의할까 하는 생각을 했다.

바깥 대청에 불을 밝혔다. 이런 얘기를 했다.

"사람이 만약 일상의 환경에 젖어들어 변해 가면, 자신이 누리는 생활수준이 얼마나 높은지 스스로 알지 못하고 당연한 것으로 보게 되는데, 이는 아주 두려워할 일이다."

앞서 인간이 벌레가 아닌 근거를 지각 능력에서 찾고 있었던 것과 같은 맥락에서, 눈과 귀와 입, 그리고 마음이라는 감각과 인식의 기관이 깨어 있으며 제 구실을 하는 것을 인간의 조건으로 보고 있다. 원래 '네 가지가 없는 벌거벗은 벌레'라는 말에서 네 가지란 날개, 털, 비늘, 껍질인데, 유만주는 이 말을 자기 식대로 재정의한 것이다.

불행은 무능해서가 아니다

1782년 1월 14일

예나 지금이나 사람 일은 모두 행복과 불행으로 말할 수 있을 따름이다. 행복한데도 불행해하는 자가 있고, 불행한데도 행복해하는 자가 있으며, 행복해서 행복하다고 하는 자가 있고, 불행해서 불행하다고 하는 자가 있다. 또 처음에 행복하고 중간에도 행복했다가 끝에 가서 불행해진 자가 있고, 처음에 불행하고 중간에도 불행했지만 끝에 가서 행복해진 자가 있으며, 처음에는 불행하다가 중간에 행복하게 되었지만 결국에는 불행하게 된 자가 있고, 처음에는 행복했는데 중간에 불행해졌다가 끝에 가서는 행복하게 된 자가 있다. 사람이 행복한 처지에 놓이게 되면 때로 그것을 자기 능력이라 생각하고, 불행한 처지에 놓이게 되면 때로 그것을 자기가 못난 탓이라 여기는데, 그렇게 본다면 예와 지금에 걸쳐서 능력 있는 자도 많고, 못난 자도 많다. 그렇지만 요컨대 행복과 불행은 대체로 주어진 분수에 따라 결정되는 것이라 하겠다.

성호(星湖: 이익)의 이 이야기는 무척 깊이 헤아린 말이다.

1784년 3월 21일

일 없는 것만 한 복이 없고 풍년만큼 좋은 조짐이 없다. 이 말이 천고의 지혜로운 말이다. 대체로 사람의 마음이, 일 없을 때는 그것이 복인 줄 모르고 풍년일 때는 그것이 좋은 조짐임을 모른다.

한족(漢族) 여인들이 하는 전족은 인위적인 것이지 자연스런 것이 아니다. 이것은 병통일 뿐 아름다운 게 못 된다. 오랑캐와 중화를 막론하고 자연스런 것이 곧 아름답다.

지극히 처신하기 힘든 가정(家庭) 상황에 있으면서도 기강을 잡고 조화롭고 즐겁게 지내면서 처신하기 힘든 티를 내지 않는다면, 이런 이는 남보다 한 단계 더 나은 사람이니 어찌 쉽게 볼 수 있겠는가.

인생에서 가장 즐거운 일이란, 누(累)가 없는 것만 한 게 없다. 누가 있기 때문에 감인세계인 것이다.

사람의 일념(一念)이 평탄하면 천하의 만사가 모두 평화롭지만, 일념이 험악하면 천하의 만사가 모두 평탄치 못하게 된다. 오늘날 세상에는 어째서 그리도 평화로운 자가 적은 것인지.

사람은 태어나서 그저 어떤 운수를 만나 행복하거나 불행해질 뿐이다. 행복한 사람은 능력이 있어서 그런 게 아니라 그런 운수를 만났을 뿐이고, 불행한 사람은 무능해서가 아니라 역시 그런 운수를 만나서 그렇게 되었을 뿐이다. 아득한 세상일들을 그냥 되어 가는 대로 두고 볼 따름이다.

1786년 1월 4일 아침에 추웠다.

보면 벌써 메마르고 초췌한 몰골이 되어, 말과 행동은 지레 쾌활함을 잃어 활달하게 펼치는 때가 없고, 움츠리고 위축되어 제풀에 녹아 사그라드는 것 같다. 이 어찌 자신과 부모에게 큰 죄와 허물이 있어 그런 것이겠는가? 그저 그 운명이 기박해서일 뿐이다. 참고 견뎌야 할 것들로 아득한 가운데 이 점이 더욱 심하다.

1786년 1월 6일 추웠다. 오후에 흐리더니 결국 눈이 와서 밤까지 계속되었다. 밤에 바람이 사납게 일었다.

사슴이나 돼지와 더불어 무리지어 살고, 풀과 나무에 섞인 채로 함께 썩어 가는, 궁벽한 산골짝이나 절해고도(絶海孤島)에서 저 혼자 일어났다 저 혼자 소멸하는 사람들은, 과연 아무 재주가 없어서 그런 것일까? 아니면 그게 운명인 걸까? 나는 알 수가 없다.

누군가는 삶이 잘 풀려서 행복한 것 같은데, 내 삶은 좀처럼 그렇지 못하다. '나의 불행은 내가 못난 탓일까?' 하는 물음에 성호 이익 선생은 '너의 잘못은 아니지만 주어진 분수로 받아들여라'라고 한다. 세계에는 나 말고도 불우한 사람들이 많은데 이들의 운명은 어떻게 설명되어야 할까? 아직 알 수 없지만 나는 그것이 궁금하다.

천자도 불행한 사람

1787년 4월 1일 아침에 흐리고 비가 올 것 같았지만 변함없이 가물었다.

천하에서 가장 높은 사람이 천자(天子)이고, 가장 귀한 사람이 천자이고, 가장 영화로운 사람이 천자이지만, 그 천자란 실은 가장 못 할 짓이기도 하다. 언제나 부귀를 누리고 가장 높은 수준의 생활을 영위하지만, 괴롭게도 온 천하 사람들이 그를 관심의 대상으로 여기고, 산속의 한가한 사람으로 취급하지 않는다. 그렇기에 명예와 악명 두 가지 중 하나를 반드시 차지하게 된다.

만약에 어떤 천자가 부귀와 높은 생활수준을 극도로 누리고 높은 지위에 있는 재미를 빠짐없이 맛보려 한다면, 그는 악명을 남기지 않을 수 없어, 자손만대로 욕을 먹고 경멸 받게 될 것이다. 반면 좋은 명예를 누리고자 한다면, 천자의 책무를 끝까지 다해야 하는데, 그렇게 하기 위해서는 자기가 하고 싶은 대로 하지 못하고 항상 전전긍긍하며 무엇도 소홀히 넘기지 않도록 조심하느라 걱정 근심과 고뇌가 지극할 테니 보통 사람보다 나을 게 거의 없다.

만약 쇠망한 운수를 만나 조상 대대로 지켜 온 소중한 나라를 자신의 대에서 잃게 되었다 치자. 나라와 함께 깨끗하게 죽거나 포로가 되어 더럽게 살아남거나 하는 두 가지 중 하나를 선택해야 하는 상황에 직면하게 되었을 때라면, 보통 사람이 되고 싶다고 한들 그럴 수도 없을 것이니, 만승(萬乘)의 천자라는 존귀한 지위라 하여 즐거울 게 무엇 있겠는가? 옛날의 엄광[1]은 이런 이치를 깨달은 자였기에 천하를 헌신짝처럼 봤던 것이다.

163

그렇다면 사람이 태어나서 가장 즐거운 일이라면 자기가 책임져야 할 가족들이 헐벗고 굶주리지 않도록 하면서 늙어 죽을 때까지 자유롭고 느긋하게 사는 것일 터이다. 명예도 외물(外物)이거늘, 하물며 부귀영화야 어떻겠는가?

행복이라는 기준으로 판단한다면 천자가 되는 것도 달갑지 않다. 복잡하고 기운 빠지는 생활 가운데 가끔 용기를 주는 '인생 뭐 있어?' 하는 통속적인 질문 한마디가 떠오른다.

1_ 엄광(嚴光): 엄자릉(嚴子陵). 후한(後漢) 광무제(光武帝)의 친구였는데, 나중에 광무제가 높은 벼슬을 하라고 불렀으나, 자연 속에 은거하여 낚시를 즐기며 끝까지 나오지 않았다.

세상에 태어난 아이

1784년 8월 18일 아침에 흐리더니 오후에도 많이 흐렸다.

누군가 "온 세상의 안팎 및 이승과 저승에 있는 것까지 통틀어서, 가장 신기한 책은 무엇인가?"라고 묻는다면 이렇게 대답할 것이다.

"그런 책이 있으니, 바로 저승의 삼라전(森羅殿: 염라대왕의 대궐)에 있는 명부(名簿)다. 이 책에는 세상에 태어난 모든 것들의 이름과 삶이 적혀 있다. 수많은 인간과 만물이 윤회하여 태어나고 죽는 일은 이 세상에 인간과 만물이 있은 이래로 겹겹이 이어져 와서 한 번도 끝나거나 끊어진 적이 없이 모두 계승되어 왔다. 그러니 그 변화해 온 맥락이 담겨 있는 그 책이 어찌 대단히 신기하지 않겠는가?"

1784년 8월 21일 환하게 맑고 싸늘했다.

밤에 이런 이야기를 했다. 천지간의 일 가운데 가장 신기하고 대단히 놀라우며 괴상한 일은 아이가 태어나는 일이다. 사람들은 아이의 탄생을 세상 누구에게나 똑같이 일어나는 일로 보기 때문에 특별하달 것 없이 심상히 여긴다. 그렇지만 이 일은 본디 그처럼 저마다 똑같은 일이 아니다. 그런즉 우초와 제해1- 같은 소설가가

1_ 우초(虞初)와 제해(齊諧): 우초는 전한(前漢) 때 소설(小說)을 창시한 인물로 전해진다. 제해는 『장자』에 등장하는 사람인데, 괴상한 이야기를 잘했다고 한다.

쓴 이야기들도 아이의 탄생만큼 신기하고 괴상하지는 못하다.

1784년 10월 7일 쌀쌀하게 추웠다. 땅이 얼고 물이 얼어붙었다.

아내의 출산이 임박하여 안방의 격자를 정돈하여 닫고 마침내 아래채로 갔다. 달빛이 푸르고 희미하여 마치 꿈속을 거니는 것 같다. 밤 깊어 서쪽 창문을 열고 뜰을 보니, 소나무에 걸린 달이 푸르스레하고 서늘한데 찬 이슬이 반짝 빛났다.

밤중에 아내가 해산을 했다. 딸을 낳았다. 태어난 일시(日時)를 정하려고 시헌력(時憲曆)을 찾아보니, 진초초각(辰初初刻: 오전 7시)에 해가 떴고 신정삼각(申正三刻: 오후 4시 45분)에 해가 졌다고 되어 있다. 딸의 출생 시간이 해시(亥時: 오후 9시부터 오후 11시 사이)인 것도 같고 자시(子時: 오후 11시부터 오전 1시 사이)인 것도 같아, 정확하게 정하지 못했다.

1786년 6월 4일 가끔 흐렸다.

아침에, 준주 형의 딸이 비로소 해산을 했다는 소식을 들었다. 아들을 낳았다고 한다. 마침내 준주 형의 집에 가서 아기가 태어난 것을 축하했다. 어젯밤 해시 정각에 낳았다고 한다.[2]

1786년 6월 25일 활짝 개어 더웠다.

가슴속에 백 이랑이나 되는 연못과 아름다운 나무 천 그루가 있어야 비로소 품격을 지킬 수 있다.

---

[2] 아침에~한다: 이날 태어난 아기가 바로 추사 김정희다. 추사의 어머니 기계 유씨는 유만주의 6촌형 유준주의 외동딸이다. '어젯밤 해시(亥時) 정각'은 1786년 6월 3일 밤 10시에 해당한다.

그제야 잠깐 준주 형의 집에 가 보았다. 형의 딸이 낳은 갓난아기를 보았다.

유만주가 말하는 가장 신기한 책이란, 옛이야기 속 저승사자가 가지고 다니는 운명의 책인 듯하다. 세상 모든 인간의 이름과 운명이 기록되어 있다는 이 책이 신기한 이유는 무엇일까? 그에게 가장 궁금한 것이 인간과 인간의 삶이기 때문일 것이다. 같은 맥락에서, 아이가 태어나는 것은 아무도 예측할 수 없고 결코 반복되는 일 없는 한 인간의 삶이 시작되는 지점이니 더욱 놀랍고 신기한 것일 수 있다. 그는 자신의 딸 진아(辰兒)와 6촌형 유준주의 손자 김정희(金正喜), 이 두 아이가 세상에 태어난 순간을 일기에 적었다. 그 자신은 이 아이들의 성장을 오래 지켜보지 못했지만, 나중에 김정희는 '추사'(秋史)라는 호로 더 잘 알려진 인물로 자라났고, 진아는 추사의 6촌형 김도희(金道喜)의 아내가 되었다.

영웅 본색

1784년 6월 17일 흐리고 장맛비가 내렸다.

세상을 다스리는 것보다 어려운 일은 없고, 세상을 잊는 것보다 준엄한 일은 없으며, 세상을 갖고 노는 것처럼 유쾌한 일은 없고, 세상을 벗어나는 것처럼 편안한 일은 없다. 이 네 가지는 모두 영웅이 할 수 있는 행위이다. 영웅이 아니라면 이 넷 중 한 가지도 할 수 없는 것이니, 그냥 썩어 빠진 선비이자 범용한 인간에 그칠 따름이다.

세상 사이를 유희할 수 있다면 유쾌할 것이고, 귀신을 부릴 수 있다면 유쾌할 것이며, 용병(用兵)을 귀신처럼 할 수 있다면 유쾌할 것이고, 그 자리에서 1만 단어를 쏟아내어 글을 쓸 수 있다면 유쾌할 것이며, 꽃 피고 달이 뜬 경치를 마음껏 즐길 수 있다면 유쾌할 것이고, 임금 측근의 장군이나 재상이 될 수 있다면 유쾌할 것이다. 이런 유쾌함 가운데에도 본디 높고 낮은 품격이 있다.

세상 사람들이 남을 부러워하지 않는다면 세상은 아주 평화로울 것이다. 언제나 봄날 같고 모두들 오래 사는 태평성세라면 남을 부러워하는 일이 없을 것이다.

끝내 잊어서는 안 되는 것인데도 잊어버리고 결국 잊어도 되는 것은 잊지 않는다. 후자는 잊지 않을 뿐만 아니라 되새겨 생각하고, 전자는 대수롭지 않게 잊어버리고 만다. 이러니까 어그러지고 어수선한 것이다.

나를 알아주는 사람이 드물다. 옛사람도 이것을 참으로 얻기 어려운 일이라 여겼는데, 그저 겉껍질과 가장자리만을 더듬어 찾고 있는 오늘날 세상에서야 오죽하겠는가!

1784년 7월 29일 아침에 흐리고 비가 올 것 같았다. 저녁에 비가 내리기 시작하여 밤새도록 장맛비가 왔다.

임노가 도착하자마자 비가 왔다. 이런 말을 했다.

"옛날의 영웅들은 대부분 이익이나 영달을 달갑게 여기지 않았지. 그래서 자기 뜻을 끝까지 펼치고 나서도 결국에는 남에게 부림을 받지 않기 위해 마음 맞는 곳을 찾아 떠나갔겠지. 어떤 이는 떠나가 농부나 어부가 되고, 어떤 이는 떠나가 구름 낀 숲으로 은둔하고, 어떤 이는 떠나가 취미 생활에 몰두하기도 하는데, 이런 식으로 속박에서 벗어나 자기 몸을 쭉 펼칠 수 있었다 하겠네. 이게 옛날 영웅의 본색이지. 지금은 나라가 오랫동안 복을 누려서 태평한 세월이 이어지니 대대로 고위 벼슬아치를 배출한 집안에서는 보고 듣는 것이 죄다 과거 시험에 쏠리고 벼슬살이에 대한 집착으로 오염되어 유약하고 비겁하고 위축되어 있을 뿐 다른 생각은 전혀 하고 있지 않네. 그래서 지금 세상에서는 그저 과거 시험 봐서 벼슬하는 것에만 기대고 있을 뿐이라네. 옛날의 영웅이라면 한 번도 그랬던 적이 없지."

장저와 걸익, 하조[1]_의 무리가 참된 영웅이다. 진나라 때는 혜강 등이 있었다.

유만주의 정의에 따르자면 세상에 휘둘리지 않고 스스로 자기 마음의 주인이 되어 살아가는 사람이 진정한 영웅이다.

1_ 장저(長沮)와 걸익(桀溺), 하조(荷蓧): 공자와 동시대에 살았던 은자(隱者)들이다.

세계라는 극장

1782년 2월 16일 쌀쌀하게 추웠다. 가끔 흐렸다. 종일 바람이 불었다.

하나의 무대를 꾸며 연극을 구경하는 것이다. 신분이 높거나 천하거나 가난하거나 부유하거나 한 것은 그 안에서 아주 하찮고 사소한 문제이다. 그럼에도 가난한 이는 부유한 자로부터 모욕을 받고, 처지가 하잘것 없는 이는 신분이 높은 자로부터 무시당한다.

하늘과 땅이 만물을 생겨나게 한 본뜻이라거나 현인(賢人)과 영웅이 사세(事勢)를 제어하는 은미한 판단력 같은 것은 모두 소멸되고 말살되어 다시는 남아 있지 않은 것처럼 보인다.

저 성인(공자)께서 구이(九夷)의 땅에서 살고 싶다고 한 것은, 그곳이 질박한 곳이라 여겼기 때문이다. 이제 구이라는 곳이 이와 같으니, 장차 여기서 멀리 떠나려 할 것이다.

내일이면 따로 내일 일이 있으리니, 오늘 밤엔 그저 오늘 밤의 달을 보자. 좋지 않은 시대에 태어났다는 탄식일랑 던져 두고, 열두 말(斗)의 생활비를 어떻게 충당할 것인지 헤아려야겠지.

밤의 풍경은 텅 비고 맑으며, 별들은 몹시 또렷하다. 누구 말할 이가 없어 혼자 섰는데, 숲에는 구름 걷혀 다시 맑아진다.

공자는 혼란스런 중국의 상황에 상심하여 멀리 구이에 가서 살고 싶다고 했다. 구이는 원래 중국의 입장에서 여러 이민족을 가리키는 말인데, 조선의 문인들 중에는 이곳이 우리나라를 가리킨다고 보는 경우가 있었다. 유만주 역시 그렇게 보고 조선의 현실에 대한 환멸감을 '구이(=조선, 즉 여기)도 더 이상 질박하지 않다'는 말로 표현한 것이다.

연극의 구경꾼으로 살아가기

1782년 2월 20일

아침에 비가 약간 뿌리는데 성균관에 들어갔다. 조상진(趙尙鎭)이 성균관 대사성으로 옮겨 왔다 한다. 여섯째 골목을 지나, 언덕을 넘어 내려오니 취포비1-가 보이고, 나무들 사이에 난 길로 돌아드니 증주벽2-이 보인다. 바위틈 샘물에서 물을 마시고 일품정(一品亭)에 올라가 유허지(遺墟地)를 바라보고는 이내 성균관의 별당에서 쉬었다. 이 별당은 현종 갑진년(1664)에 건립한 것으로 모두 열두 간인데, 송화양(宋華陽: 송시열)이 이 건물에 대해 쓴 기문을 판에 적어 걸어 두었다.3- 계성사 뒤로 나와서 벽송정4-에 올랐다가 한낮에 돌아왔다.

땅은 툭 트이고 사람은 별로 없으며 산빛은 환하고 개울물은 맑은 곳, 바로 동쪽 성곽 주변이다. 마을과 골목에 있게 마련인 시끌벅적하고 혼탁한 분위기가 일절 없고, 흡사 구름 낀 산골짝처럼

1_ 취포비(醉飽碑): 『시경』 대아(大雅) 「기취」(旣醉)의 "이미 술에 취하고/이미 은덕으로 배불렀으니,/군자께서는 만년토록/당신의 큰 복을 크게 누리리로다"(旣醉以酒, 旣飽以德, 君子萬年, 介爾景福.)라는 구절과 관련된 취지의 비석이 아닐까 의심되지만 미상이다.

2_ 증주벽(曾朱壁): 현재 서울 종로구 명륜동의 한 개인 주택 뒤에 있는 암벽인데 여기에는 '증주벽립'(曾朱壁立) 네 글자가 새겨져 있다. 이 글씨는 송시열의 친필이라 한다.

3_ 이내~걸어 두었다: 여기 언급된 성균관의 별당이란 비천당을 가리킨다. 재생(齋生)들의 학습 장소 또는 과거 시험장으로 사용된 건물이다. 현종 때 대사성 민정중(閔鼎重) 등의 발의로 건립되었고, 송시열은 그 시말을 「비천당기」(丕闡堂記)에 상세히 기록해 둔 바 있다. 원래의 건물은 한국전쟁 때 소실되었고, 지금 있는 건물은 1988년에 복원한 것이다.

4_ 계성사(啓聖祠)~벽송정(碧松亭): 계성사는 성균관 경내에 있는 사당으로, 공자 등 유교 성인의 아버지의 위패를 봉안한 곳이다. 벽송정은 성균관 북쪽, 백악산 기슭에 있던 정자이다.

맑고 깊숙한 느낌이 들게 한다. 이렇기 때문에 옛날 사대부들이 많이들 이곳에 살았던 것이다.

시험을 치르는 성균관도 바로 하나의 극장이다. 뭐 이런 법제가 있는가? 그런데도 눈과 귀에 익숙해지니 태평성대의 아름다운 제도로 간주하는 것이다.

길을 메운 수두룩한 사람들은, 모두 뭐라도 일을 해서 먹고살고자 한다. 무위도식하며 살고 싶어 하는 사람은 없는 것이다. 나와 같은 부류는 이른바 양반이다. 이른바 양반이란 그 스스로는 뭔가 대단히 중요한 일을 하고 있다고 말들 하지만 그 일이란 몇 편의 부(賦)와 표문(表文)을 제한된 시험 시간에 맞춰 써 내는 것에 지나지 않는다. 천지가 사람을 낳은 본뜻이 과연 여기에 그치고 마는 것인가?

1784년 12월 26일

이 세계는 그냥 꿈속이라고 봐야 하고 극장이라고 봐야 한다. 백 가지, 천 가지, 만 가지로 변하는 일들이 모두 하나의 몽환(夢幻)으로 귀결된다. 애면글면 애쓰고 끊임없이 시달리느라 걱정 잘 날 없는 구차스러운 삶이다.

1785년 8월 5일 어두컴컴해지며 비가 몹시 오더니 오후가 되자 잠깐 갰다. 저녁 무렵에는 또 바람이 불고 흐려지며 비가 올 것 같았다. 저물녘에 또 비가 오더니 밤까지 이어졌다.

세계가 되어 가는 대로 버려 두고, 세계를 보아 넘기고, 나와 함께 노닐고, 나에게 돌아와 노닌다. 극장으로 여기는 것인가. 좋은 방책이 될까.

세계를 극장으로 보겠다는 것은 현실에서 발을 뺀 채 방관자로 살겠다는 말이다. 더이상 삶의 관계망 가운데서 상처받지 않겠다는 바람을 표현한 것이다. 그러나 나는 이미 성균관이라는 극장에 거자(擧子)라는 역을 맡아 장기 출연하고 있는 배우의 한 사람이다. 나는 나의 연기를 구경만 하고 있기가 어렵다.

마음의 영토

1785년 9월 27일 아침에 약간 흐리고 비가 왔다.

조그마한 게 싫어서 거대한 걸 거론하고, 비썩 마른 게 싫어서 비대한 걸 거론하며, 둔한 게 싫어서 민첩한 걸 거론한다. 이 세 가지 싫어하는 것으로 마음을 다스리는 단서를 일으킨다.

한 사람의 마음마다 오행(五行: 우주 만물을 이루는 다섯 가지 원소)이 들어 있고, 하루의 시간 안에도 저마다 사시(四時: 사계절)가 들어 있다. 사시와 오행은 미루어 헤아릴 수 있는 중요한 단서가 되는 것이다.

1786년 2월 20일 아침에 눈발이 날렸다. 오후가 되니 잔뜩 흐려졌다. 찬바람이 몹시 부는 것이 마치 한겨울 같았다. 가끔 흐렸다.

마음의 땅은 대지보다 크다. 이지러진 대지에서는 그래도 무언가 할 수 있지만, 마음의 땅이 이지러져 있다면 아무것도 할 수가 없다.

대지라는 관점에서 이 한 귀퉁이를 본다면 작은 곳이겠고, 만물이라는 관점에서 나 자신을 본다면 미미한 존재일 터이다. 나는 잠깐 존재하는 '나'이다. 예로부터 성인과 지혜로운 이들, 그리고 영웅들은 세상을 다스리거나 세상으로부터 훌쩍 초탈하는 사람이 됨으로써 길이 존재하는 '나'가 되었다. '나'는 그저 일개의 존재가 아니다. 일개의 '나'에 그친다면 현재는 공허한 것이다.

1786년 윤7월 10일 오후에 덥고 가끔 흐렸다.

귀한 것도 마음이고, 두려운 것도 마음이다. 지극히 평안한 것도 마음이고, 지극히 위험한 것도 마음이다.

예전에 성실하다고 알고 있던 사람이었다. 그런데 그의 가슴속에는 이른바 쪼잔한 권모술수라는 것이 없던 적이 한 번도 없었다. 유독 그것이 드러나게 됨에 따라 비로소 그가 그런 사람인 줄 대충이나마 깨닫게 된 것이다.

몇 번이나 미워하고 혐오하고, 몇 번이나 동요되고 꺾이며, 몇 번이나 안배하고, 몇 번이나 번뇌하는 것인가. 이 마음은 어느 때에야 조금 평안하고 고요해질 수 있을지?

1786년 12월 16일 바람이 거세다.

마음에 한 가지 일도 없어 언제나 절로 느긋하고 태평하다면 쑥대밭 길을 간다 해도 역시 신선이다. 그렇다면 이에 반대되는 자는 비록 으리으리한 집에 산다 해도 옥에 갇힌 범죄자다.

마음 같지 않은 세상을 살며 그래도 마음만은 온전히 내 것이라 생각했는데 그 마음 가누기가 쉽지만은 않다.

세상을 안다는 것

1783년 3월 13일 종일 싸늘하게 추웠다.

사람이 태어나 세상을 살아가며 세상을 알기란 역시 어렵다. 지금 이 세상이 이루어진 지 몇 만만 년이 지났고, 세상에 생겨난 존재는 몇 만만 가지나 되며, 세상 형편은 좋아졌다 나빠졌다 하며 몇 만만 번이나 변화했고, 세상의 사연들은 겹겹이 생겨나 몇 만만 가닥이나 된다. 이 가운데 하나라도 알지 못한다면 그건 세상을 아는 것이 아니다. 세상을 알지 못한다면 세상에 살아있는 사람이라 말할 수 없다.

실로 배워야 할 것이 너무 많아 망망한 바다를 바라보듯 탄식이 나오고, 시간이 지날수록 내가 더 못해지는 것 같아 부끄러움이 깊어진다.

세상을 살아가는 보람 가운데 하나는 세상을 알아 가는 것이다.

소설 같은 인생은 오지 않는다

1784년 4월 13일

계고(鷄膏)를 복용했다.

통인 아이에게 이별시를 짓게 했다.

한낮이 다 되어 서울로 출발했다. 길에서 서리(書吏)인 정 씨를 만나 과거 시험 때 보자고 약속했다. 해주에서 보내온 술을 대접하고 경간(敬簡: 해주에 있던 유만주의 지인)에게 보낼 편지를 부쳤다. 청단(靑丹: 황해도 청단군)에 도착했는데 해는 아직 높이 떠 있었다.

사람에게는 일생 동안 소설가가 쓴 것 같은 신기하고 드물고 이상한 일이 없을 수도 있다. 그런 일은 역시 무심한 이에게 오게 마련이지, 그런 일이 있었으면 하고 바라는 자에게는 오지 않는 것이다.

소설을 많이 읽는 사람이 권태로운 삶 가운데 어느 날 할 법한 생각이다. 나의 삶엔 어째서 아무 사건도 일어나지 않는 것일까?

시간을 들여다보며

1786년 5월 29일 몹시 더웠다.

아침에 옷을 갈아입었다.

작은 편의향(便宜香)을 만들어서 냄새가 배게 하면 좋겠다는 생각을 했다. 편의향은 침향과 계피, 정향, 곽향(藿香), 당목향(唐木香), 사향, 유향, 안식향 등으로 만든다.

생각해 본다. 하루는 길면 58각(刻) 남짓이고 짧으면 37각 남짓이다. 유독 바쁜 일이 있어 하루를 1각처럼 삽시간에 흘려보내는 자가 있고, 느긋하고 조용해서 하루를 1년처럼 사는 자가 있다. 대체로 이 세상에 부질없이 살면서 하루를 1각처럼 보내는 자는 많고, 하루를 1년처럼 보내는 자는 적다. 만약에 하루를 1년처럼 살 수 있다면 1년 360일이 바로 360년에 해당될 것이고, 10년이면 3,600년을 향유한 셈이 된다. 그러니 태어나서 환갑까지 산다고 가정한다면 벌써 2만 1천6백여 해[1]를 누리게 된다. 이에, 세상에서 한가롭게 사는 자가 바로 신선인 줄 비로소 알겠다. 그 반대의 경우는 하루를 1각으로 계산하면 되니, 그렇다면 일생을 바삐 보낸 사람은 세상에서 가장 일찍 요절한 어린이보다 더 짧은 생을 산 것이 된다.

아아! 세계의 슬픔과 즐거움은 어디에 근거하는가? 크게 비추어 보아 자신의 성령(性靈)을 툭 트이게 할 수 있는 자라면 이 점을 당연히 분별할 수 있을 것이다.

1_ 원문에 "二萬一千九百餘年"이라 되어 있으나 잘못 계산한 것이다.

불로장생하는 신선이란 별다른 이가 아니라 자신에게 주어진 시간을 한가롭고 길게 사는 사람일 것이라는 생각이 재미있다. 수량적으로 구획된 절대적인 시간이 균일하게 작동하는 것이 아니라, 저마다의 경험을 통해 다른 시간을 살아갈 수 있다고 여기는 유만주의 시간관은 베르그송이 말한 '지속으로서의 시간' 개념에 가까워 보인다.

접시꽃 단상

1784년 5월 13일 더웠다. 아침 햇빛이 몹시 맑고 밝았다.

밝은 달빛이 땅에 비치고 아이들과 여인들이 즐겁게 논다. 뜰의 섬돌을 따라 천천히 걸으며 붉고 흰 접시꽃을 보았다.

1784년 5월 29일 아침에 흐리고 아주 더웠다.

담장 아래 몇 포기 접시꽃은 그다지 무성하지도 향기롭지도 않지만, 그래도 새들이 날아들고 나비가 의지하여 오간다. 하물며 향기롭고 무성했다면 더욱 알 만하다. 천하에는 본디 이름 없이 죽어가는 것은 없다.

유만주는 자신의 뜰에 핀 평범한 접시꽃 한 포기에 나비와 새들이 오가며 의지하는 것을 응시하다가 문득 '세상에는 이름 없이 죽는 것들은 없다'는 결론에 도달했다. 보기 좋게 무성하지도 향기가 좋지도 않은 저 꽃 포기에게 이름과 존재 이유가 있듯 자신을 포함한 만유(萬有) 역시 그러하다는 말일 텐데, 언젠가는 소멸할 각각의 개체가 지닌 고유한 의미가 '이름'이라는 말에 집약되고 있는 것이다. 이름 없이 사라질 위기에 처한 세상의 평범한 것들에 대한 연민과 존중의 마음을 볼 수 있다.

쓸쓸한 이름들을 적는다

1781년 9월 30일 가끔 개었다.

이경양(李敬養)이 황해도 관찰사가 되었고, 정창순(鄭昌順)이 개성 유수가 되었다.

저 바위 동굴 사이, 다북쑥 우거진 곳에 흩어져 사는 어부와 나무꾼과 날품팔이와 머슴 가운데에도 하늘이 내린 빼어난 품성을 타고난 이들이 있다. 그들 가운데, 도(道)를 간직하고 재능을 품고 있어, 크게는 천하를 바로잡아 다스릴 수 있거나, 그 정도는 아니더라도 보람 있는 일을 할 만한 이가 얼마나 수없이 많을 것인가.

다만 때를 만나지 못한 나머지, 헛되이 태어나 헛되이 늙어 가다가 풀과 나무와 티끌과 마찬가지로 썩어 가고 소멸하게 되는 것이니 누가 다시 그들을 알아주겠는가? 이것은 예나 지금이나 애달프고 서글픈 일이다.

나는 일찍부터 글자로 된 기록을 수집한 이래, 빼어난 품성을 지녔으나 때를 만나지 못하여 전하는 기록 사이에서 근근이 이름만 보이거나, 혹은 이름조차도 남기지 못한 사람들을 보아 왔다. 은나라의 주임과 『시경』 진풍 「겸가」에 나온 '그 사람'과 제나라 우인[1]

1_ 은(殷)나라의~우인(虞人): 은나라의 주임(周任)은 훌륭한 사관(史官)이었다. 하지만 상세한 사적은 전하지 않는다. 『시경』 진풍(秦風) 「겸가(蒹葭)에 나온 '그 사람'은 "갈대 푸르고 흰 서리 내렸는데/바로 그 사람 강 저쪽에 있네./거슬러 올라 따르려 하지만/길이 막혀 멀기만 하네"라는 내용으로 보아 시의 화자가 따르고 흠모하는 인물인 것으로 보이지만 누구인지 알 수 없다. 우인은 산택(山澤)을 관리하는 하급 관원을 뜻하는데, 여기 언급된 제(齊)나라의 우인은 왕의 명령에도 흔들리지 않고 예(禮)를 지켜 공자의 칭찬을 받은 인물이지만 그 일화 말고는 그와 관련해 전하는 것이 없다.

등이 바로 그들이다. 나는 이런 사람들의 이야기를 모아 책을 한 권 엮고 『초창록』(怊悵錄: 쓸쓸함에 대한 기록)이라 이름 붙이고 싶다.

　　『초창록』은 유만주가 쓰고 싶어 한 책 가운데 하나인데, 기존 역사 기술의 한 귀퉁이에 미미하게 존재하는 주변적 인물들에 대한 전기적 기록으로서 기획된 것이다. 재능과 덕성이 빼어났으나 변변한 이름조차 남기지 못했던 역사 속의 인물들을 망각으로부터 건져내고자 하는 집필 의도에 저자 자신의 불우한 심정이 개입해 있음을 느낄 수 있다.

나를 위한 책 읽기

돌고 도는 책

1778년 윤6월 15일 몹시 더웠다. 오늘은 입추이고 절기 시각[1]은 해정 초각(亥正初刻: 밤 10시)이다.

세상에 유통되고 있는 『성호사설』은 열두 권뿐이다. 그 전질은 시류(時流)에 저촉되는 말이 많아 볼 수 없다고 한다.

1778년 12월 1일 아침에 흐렸다. 오후에는 날이 개고 더 따뜻해졌다.

들으니 『단궤총서』와 『절강서목』[2]은 모두 청나라 사람의 신서(新書)인데 이번 사행[3] 때 우리나라에 들여왔다 한다.

용곡 윤씨 집안[4]에서 서책을 팔아 치우는 중이라고 한다.

1780년 6월 21일 퍽 더웠다.

황제의 장서각에 보관된 책에도 좀이 슬고, 천자의 장서에도 먼지가 쌓이는 법이다. 김상로와 홍계희가 깊이 간직했던 진귀한 책들은 모두 관청에 압수되었고, 원(元)과 이(李)의 깨끗하고 꼼꼼하게 만든 기이한 책들은 저자에 흘러들었다.[5] 조물주가 그들을 미워하

1_ 절기 시각: 절입(節入) 시각이라고도 하는데, 해당 절기가 시작되는 시간이다.

2_ 『단궤총서』(檀几叢書)와 『절강서목』(浙江書目): 모두 청나라 때 편찬된 책인데, 『단궤총서』는 왕탁(王鐸)과 장조(張潮)가 엮은 총서이고, 『절강서목』은 종음(鍾音)이 만든 도서 목록이다.

3_ 이번 사행(使行): 1778년에 조선 사신이 청나라를 방문한 일을 가리킨다. 이 해 3월 17일부터 7월 2일에 걸쳐 채제공(蔡濟恭)이 사은사(謝恩使) 겸(兼) 진주사(陳奏使) 자격으로 북경에 다녀왔으며 이덕무와 박제가 등이 그 일행 중에 있었다.

4_ 용곡(龍谷) 윤씨(尹氏) 집안: 윤급(尹汲, 1697~1770)의 집안을 가리킨다. 윤급은 영조 때의 고위 관료인데, 사도세자가 뒤주에 갇혀 죽은 사건의 도화선이 된 나경언의 고변을 사주한 자로 알려져 있다. 정조가 즉위한 후 그의 집안이 몰락을 겪게 된 것으로 보인다.

여 그리 된 것이 분명하니 거울로 삼아야 할 터이다.

1781년 2월 19일

서고에 보관된 우리나라 책 중에는 값이 1천 푼 나가는 것도 아주 드물다. 세상의 온갖 일들을 참으로 이와 같이 볼 수 있다.

그 작품이 문집으로 수습된 작가들은 그 당시에는 안목이 높이 우뚝하고 명예가 환히 빛나서 저마다 호걸이라 자처했을 터이다. 그러나 결국에는 잠깐 머물렀던 흔적마저 영영 깊은 땅속으로 사라지고 그들이 남긴 글은 거의 한 푼어치도 되지 않는다. 옛날을 우러르고 지금을 굽어보매 어찌 마음이 쓰라리지 않겠는가?

1781년 윤5월 23일 장마다.

들으니 예안(禮安)의 지체 있는 가문에 김굉(金紘)이라는 이가 있다 한다.

공적으로나 사적으로 보관되어 있던 서적들이 임진왜란 통에 거의 온전히 남아 있지 않게 되었음에도, 오직 김굉의 집안에 소장되어 있던 오래된 책들은 전쟁의 참화로부터 지켜질 수 있었다. 그래서 요즘 세상에서 찾아볼 수 없는 책들이 많이 있는데, 이를테면 『동봉전집』(東峯全集: 김시습 전집)의 간행본, 한석봉 글씨로 된 『자치통감강목』 등이 그것이다.

5_ 김상로(金尙魯)와~흘러들었다: 김상로와 홍계희(洪啓禧)는 영조 때의 고위 관료로 사도세자의 죽음에 막중한 책임이 있다는 지목을 받은 이들이다. 이들의 집안은 정조가 즉위한 후 멸문의 지경에 이르렀고, 그 장서가 팔려 나간 것도 집안의 몰락에 따른 것이었다. 원(元)과 이(李)가 누군지는 미상이나, 이들 또한 정조 즉위 후 몰락한 유력 정치인 두 사람으로 추정된다.

김쾡의 당색(黨色)은 남인(南人)에 속하는데, 집안이 본디 넉넉해서 정원이며 연못도 아름답게 만들어 놓았다고 한다.

1781년 6월 16일 아침에 바람이 불고 흐리더니 비가 약간 뿌렸다. 퍽 더웠다.

7도(道) 수령들의 고과 등급을 봤더니 중하(中下)를 받은 이가 47명이다.

옛말에 '책 빌릴 때 한 치(瓻), 책 돌려줄 때 한 치'라 했는데, 여기서 '치'란 술병이다. 옛날에 책을 빌릴 때 이처럼 술병을 선사하던 풍속을 말하던 것이 와전되어 '치'(癡: 바보)로 변하여 '책 빌려주는 이도 바보고 책 돌려주는 이도 바보다'라는 속담이 되었는데 아무래도 말이 안 된다.

1781년 11월 28일 추웠다.

성현이 『상유비람』(桑楡備覽)이라는 60여 권이나 되는 책을 편찬했는데, 모두 우리나라 조정의 옛일 가운데 세도(世道)와 긴히 관련된 사실들을 기록한 것이었다. 그러나 전란 중에 상실되었고 다른 간본(刊本)도 없었기 때문에 결국에는 자취가 끊어지고 말았다 한다.[6]

1782년 9월 5일

정유년(1777)에 홍상간[7]의 가산을 몰수할 적에 정홍순(鄭弘

6_ 성현(成俔)이~한다: 유만주는 이 사실을 신흠의 『상촌집』(象村集)에 실린 「청창연담」(晴窓軟談) 이라는 필기류 저술을 보고 알게 되었다.

淳)이 호조 판서로서 그 일을 주관했다. 정홍순은 홍씨 집안의 도서 목록을 가져다가 소장할 만한 것을 지목하여 팔게 하고는 염가에 사들였다. 정씨의 집에 기이하고 희귀한 책들이 있게 된 것은 여기서 비롯되었으니, 대체로 홍계희와 홍상간이 전에 소장했던 것들이다.

1784년 7월 11일 몹시 더웠다.

동중노인[8]이 처방한 안약을 오늘부터 쓰지 말아야겠다.

들판의 아름다운 벼를 보니 좋지 아니한 게 하나도 없다. 근래에 보기 드문 풍년이 들었다.

책쾌(冊儈: 서적 중개상) 조 씨가 갑자기 왔다. 『문선』(文選) 12책을 사려고 했는데 처음에 1천 푼 달라는 걸 자세히 얘기해서 800푼으로 하기로 했다. 그리고 『규장총목』[9]을 보여 달라고 했다.

그에게 들으니 『뇌연집』(雷淵集: 남유용의 문집)이 요사이 벌써 많이 팔렸는데 그 값은 200푼에 불과하다 한다. 어허, 거 참! 일생의 힘을 다 쏟아 이루어 낸 문장이 비록 앞 세대의 훌륭한 인물들에 훨씬 못 미치기는 해도 스스로 할 수 있는 일은 그나마 대략 마친 것일 텐데 결국에는 두 냥어치로 귀결되다니. 문장은 해서 또 어디다 쓰겠는가!

7_ 홍상간(洪相簡): 홍계희의 손자이자 홍지해(洪趾海)의 아들이다. 1777년에 정조를 시해하려는 역모가 있었는데 여기 연루되어 고문을 받고 죽었으며 그 집안도 완전히 풍비박산이 되었다.

8_ 동중노인(東中老人): 『일기를 쓰다 2』에 나온 안과 의원 이 노인과 같은 사람이다.

9_ 『규장총목』(奎章總目): 1781년에 규장각 각신(閣臣) 서호수(徐浩修)가 정조의 명을 받아 엮은 규장각의 장서 목록이다.

1784년 12월 5일 추위가 조금 풀렸다.

저물녘에 친척인 오(午)가 왔다. 들으니 남인인 유명현(柳命賢, 1643~1703)의 집안에는 본디 기이하고 희귀한 책들이 많이 있기로 알려져 있는데, 지금 그 자손이 집안의 오래된 책들을 많이 팔고 있는 중이며, 『전사』(全史: 이십삼사) 200권과 같은 것도 바야흐로 살 사람을 찾고 있는 중이란다. 그 도서 목록을 좀 얻어 보자고 했다.

1786년 11월 24일

이홍10_ 형의 어린것이 잘못되었다는 소식을 아침에 비로소 들었다.

아버지께서 교정소에 열한 번째 가셨다.11_

마침 나귀가 있는 이를 만나서 수서(水西)에 가자고 했다. 새로 간행한 윤증12_의 연보를 봤더니 역시 윤광소(尹光紹, 1708~1786)가 편집한 것으로 모두 3책이다.

들으니 존경각(尊經閣: 성균관의 도서관)에 있던 책 가운데 거질(巨帙)에 해당하는 것 100여 종을 성균관의 도서 담당 아전이 훔쳐서 팔아먹었는데 성균관의 관리는 이 일을 다시 조사하지도 않았다고 한다. 나중에 일이 발각되자 그 아전을 옥에 가두고, 6만 푼을 벌금으로 추징하여 여러 책들을 보충해 갖춰 두었다는 것이다.

10_ 이홍(履弘): 김이홍(金履弘, 1746~1792)이다. 유만주의 고종사촌형이고 김이중의 아우이다.

11_ 아버지께서~가셨다: 유만주의 부친 유한준이 『송자대전』(宋子大全: 송시열의 문집) 편찬에 참여하여 교정소(校正所)를 거듭 방문했던 사실을 말한다. 원래 『송자대전』의 간행은 1786년 평안 감사로 재직 중이던 조경(趙璥)의 발의로 시작되어 평양 감영에서 대부분 이루어졌다. 그러나 102책 전질 가운데 목록과 연보 등 9책은 서울의 교정소에서 간행되었다.

12_ 윤증(尹拯): 1629~1714. 조선 후기의 학자. 원래 송시열의 제자였으나, 이후 그의 교조화된 주자학 해석을 비판했다.

전해 듣기로 선정[13]의 문집 표제를 '송자대전'이라 하기로 했다 한다. 아래로부터 검토하여 정하는 것보다 위로부터 지시를 내려 완 결하는 것이 낫다. 대체로 아래로부터 하게 되면 일의 짜임새가 가 벼워 보일 뿐만 아니라 아울러 다른 당파 사람들의 비방도 자자하 기 때문이다. 위로부터 하게 되면 일의 체모가 중후해 보이고 게다 가 이론의 여지를 차단할 수 있다. 그 표제는 반드시 아래로부터 검 토하여 정한 것일 텐데, 여러 가지로 고려가 부족했다고 생각된다.

돌아와 태리[14]의 처가에서 보내온 편지를 봤다. 책력(冊曆)을 보내 줘서 고맙다는 것이다.

책을 사랑한 것으로 말하자면, 조선에서 유만주를 넘어서는 이가 그리 많지 않을 것 이다. 그는 자신에게 온 책을 몰두하여 읽었고, 아직 만나지 못한 책을 애타게 갈구했다. 그 래서 그는 책의 내용뿐만 아니라 그 소재(所在)에 대해서도 늘 예의주시한다. 이런 까닭에 인간사의 부침에 따라 흘러다니는 책들의 행방이 또렷하게 포착되어 있는 그의 일기는 '조 선 책의 사회사'를 그려냈다 할 만하다.

13_ 선정(先正): 이전 시대의 올바른 인물이라는 뜻인데 여기서는 송시열을 가리킨다.
14_ 태리(씀里): 경기도 여주군 금사면에 있었던 마을 이름이다.

책의 노예가 되지 마라

1780년 6월 21일 퍽 더웠다.

책이 있으면서 남에게 빌려주지 않으면 책바보[書癡]다. 자신에게 없는 책을 무슨 수를 써서든 소장하려고 드는 것도 책바보. 오직 책을 엮고 인쇄하여 마음이 통하는 고상한 객(客)에게 주고 뜻이 있는 시골 선비들과도 나누어야지만 책바보가 아니다.

비록 1만 권의 책을 쌓아 두고 있다 할지라도 문장과 학문에 뜻이 없다면 한 글자도 읽어 낼 수가 없으니, 그저 좀벌레들 좋은 일만 시킬 따름이다. 비록 집에 책 한 질 없어도 글을 읽고자 하는 정성이 있다면 상아 책갈피가 꽂혀 있고 옥색 비단으로 장정된 멋진 책들이 절로 눈앞에 올 것이다.

책을 소장할 적에 오직 내 것이길 고집한다면 이는 사사로운 행동이다. 책을 쌓아 두고 내 것이라 하지 않아야 공정한 행위이다. 공정한 행위는 상쾌한 결과를 맞고 사사로운 행동은 쩨쩨한 탐욕으로 귀결된다. 이걸 보면 무엇을 따라야 할지 알 수 있다.

사용하지 않는 물건은 본디 없는 것이나 마찬가지다. 훌륭한 서화를 소장하고 있으면서 더 깊은 곳에 숨겨 두어야 하지 않을까 걱정하는 것과, 멋진 책을 쌓아 두고 있으면서 더러운 것이 묻지나 않을까 근심하는 것, 서화를 늘어놓고는 문을 닫아걸고 혼자 구경하는 것, 책꽂이를 맴돌며 먼지를 떨고 책갑(冊匣)이나 정돈하는 것 등은 모두 똑같이 어리석고 미혹된 행동이다. 아마도 이런 무리들은 죽을 때까지 이 사소한 물건의 머슴과 노비가 되고 말 것이다.

내 것이라는 이름표를 달지 않은 채 1만 권의 책을 소장해도 좋고, 집에 책이 한 권도 없어도 좋고, 아침에 모은 책을 저녁에 다 흩어 버려도 좋고, 옛 책을 보내고 새 책을 맞이해도 좋다.

선비는 하루라도 책이 없을 수 없겠으나, 이 또한 살아 있을 때의 일일 뿐이다. 자손이 책을 좋아한다면야 내가 가진 책을 그대로 물려주는 것이 당연하겠지만, 책을 좋아하지 않는다면 무슨 소용이랴? 세상에서는 구구하게 서적을 모아 두는 것을 자손을 위한 계획으로 삼는데, 참으로 지나친 행동이다.

1782년 6월 19일 바람이 어지러이 불고 무더웠다.

논밭을 사들이되 만석지기를 채워야 한다며 욕심을 부리는 자는 반드시 패망하고, 서책을 사들이되 장서 1만 권을 채워야 한다며 욕심을 부리는 자도 반드시 패망한다. 비록 청탁(淸濁)은 다르지만 패망한다는 점에서는 똑같다.

유만주는 책을 몹시 사랑하지만 굳이 책을 소유하려 들지는 않았다. 나아가, 책이 공공재라는 생각을 뚜렷하게 가지고 있기에, 책을 독점한 소수의 장서가들에 대해 '책의 노예'라며 경멸했다.

진시황만 책을 태웠을까

1780년 6월 12일 퍽 더웠다. 저녁에는 소나기가 한바탕 쏟아졌다.

『명서정강』과 『남명서』[1]를 나라의 금령[2] 때문에 감히 내놓지 못한다. 누가 이 책을 이 나라에서 금지하는 책으로 여기는 건가? 역시 이상한 일이다.

요즘 것으로만 일관해도 범속하고 옛것으로만 일관해도 범속하다. 그렇지만 옛것으로만 일관하여 범속하게 되느니, 차라리 요즘 것으로만 일관하여 범속하게 되는 것이 낫겠다.

1780년 6월 21일 퍽 더웠다.

진시황이 어리석게도 제자백가의 글들을 거의 다 불태워 버렸다고 누가 그러나? 진나라와 한나라 이후에도 사리에 맞지 않는 글들은 여전히 존재했고, 그 견강부회의 학설들을 주워섬기는 자들이 이루 말할 수 없이 분분했다. 이런 사실로 미루어 보면 진시황이 책을 불태우기 이전에도 근거 없이 허황된 논의를 일삼는 이상한 글과 진실을 왜곡한 지엽적인 글이 온 천하에 한정 없이 퍼져 있었을 것

1_ 『명서정강』(明書正綱)과 『남명서』(南明書): 두 책 모두 조선 후기의 문인이 편찬한 명나라 역사서다. 『명서정강』은 남유용(南有容)이 편찬했고, 『남명서』는 황경원이 편찬했다.

2_ 나라의 금령: 1771년(영조 47) 5월, 나라에서 『명사』(明史) 등을 조사하여 유통을 금하도록 한 일을 가리키는 듯하다. 주린(朱璘)의 저술인 『집략』(輯略)과 『강감』(綱鑑)을 인용한 『명사』에 태조의 세계(世系)가 잘못되어 있고, 영조의 4대조인 인조의 즉위를 비난하는 대목이 있었던바, 영조는 『강감』을 세초(洗草)하도록 특명을 내리고, 이 책을 매매한 이희천(李羲天) 등을 극형에 처했다. 또한 서울과 지방을 샅샅이 수색하여 『강감』이나 『명사』라는 이름이 붙은 책들을 불태우게 하고, 몰래 가지고 있는 자들은 역적으로 간주하여 다스리게 했다.

이다. 진시황은 어리석지 않았기 때문에 그런 글들을 불태웠을지언정, 옛 경전과 정통 역사서 및 인간과 세계에 도움이 되는 책들까지 거기 뒤섞어 불태워지도록 하지는 않았다. 진시황이 『시경』과 『서경』(書經)을 언급하는 자들을 저자에 끌어내 죽였다고 역사서에 적혀 있는데, 그것은 주나라 말기의 거짓된 『시경』과 편벽된 『서경』을 일컫는 것으로 정말 공자가 편집하고 저술한 경전이 아니다.

유향(劉向)은 이렇게 말했다. "진나라 사람이 책을 불태웠어도 책은 남았지만, 한나라 사람이 경전을 끝까지 연구하자 경전은 망하게 되었다." 유향의 말이 어찌 세상을 속이는 것이겠는가?

후세의 선비들은 진시황이 책을 불태운 것을 두고 진나라의 폭정 가운데 하나라고 여기며 극력 공격하지만 그 시비곡절은 명확히 밝히지 않으니 편향된 태도라 하겠다.

1781년 6월 15일 몹시 덥고 가끔 흐렸다.

어머니가 편찮으셔서 또 청서육화탕(淸暑六和湯: 더위 먹은 데 먹는 약)을 복용하셨다.

진나라 때 처음으로 붓이 생겼고, 한나라 때 비로소 벼루와 종이 및 먹이 생겼으니 문방사우(文房四友)는 기실 진나라와 한나라 때 크게 갖춰진 것이다.

온교(溫嶠)가 무소의 뿔을 태워 바다 밑까지 환히 비추었다는 일에 대해 논했는데, 어떤 사람이 말하길 고래 기름으로 불을 켜 물 속을 비추면 바닥까지 환히 보인다고 하여 실험해 보니 정말 그랬다고 한다.

이런 이야기를 들었다.

옛날에 나라 안의 책판(冊板: 책을 인쇄하기 위해 만든 목판)을 모두 수합할 계획을 나라에서 세운 적이 있었다. 그 계획에 따르면, 해인사에 보관된 『팔만대장경』부터 배나무와 대추나무로 만든 일반 문집에 이르기까지 일체의 목판을 다 거두어 전각의 난간을 만드는 데 쓰도록 한다. 그리고 사찰에서 금과 쇠붙이를 거두어들여 크고 작은 금속활자 300만 자를 만들어 서울 및 지방에 나누어 보관하는데, 서울에는 60만 자를 두고 각 도에는 그 반인 30만 자를 두어 목판 인쇄에 대신하도록 한다. 한편 우리나라 글로 된 소설 몇만 권은 툭 트인 벌판에 쌓아 놓고 불태움으로써 종이 낭비를 막고 여자들이 자기 임무에 전념하게 한다. 이와 같은 계획을 세웠는데 마침 나라에 일이 생겨 결국 실행하지 못했다는 것이다.

밤에 갑자기 설사가 났다.

1783년 9월 4일

진시황이 책을 태우라는 명령을 내렸을 때, 박사관에 보관된 장서까지 몽땅 다 태우게 한 것은 아니었다.[3] 그렇다면 박사관에 보관된 것은 당연히 그대로 있었을 것이다. 그런데 항우(項羽)가 함곡관으로 진격해 들어왔을 때 궁실을 무차별적으로 불태우자 박사관에 보관된 책들도 마침내 다 소실된 것이다. 그렇다면 분서(焚書)의 죄는 항우도 나누어 져야 하리라.

세상에서 말하길, 서불(徐市)은 경전을 불태우는 재앙이 있을 것임을 미리 알고 분서 이전의 육경(六經) 판본을 가지고 배를 타고

3_ 박사관(博士官)에~아니었다: 박사관은 경전을 담당하는 관서였다. 박사관의 장서 및 진(秦)나라의 기록, 의약·복서(卜筮)·농업 서적 등이 진시황의 분서 때 특별히 제외된 것으로 알려져 있다.

바다 멀리 도망했으니, 이 때문에 일본국에 온전한 경서가 있게 되었다고 한다. 어떤 사람은 이렇게 말한다.

"옛날의 경서와 전적들은 모두 대쪽에다 옻칠로 쓴 과두문자이므로 나중에 조사하여 판정하는 사람들은 모두 고생고생하고 나서야 해득할 수 있다. 일본국에 설령 온전한 경전이 있다 하더라도 모두 과두문자일 텐데 남방의 오랑캐가 어떻게 해득할 수 있겠는가? 불타거나 좀이 먹도록 방치되어 다 사라지고 남아 있지 않을 것이다."

그러니 세상 사람들은 마침내 서불이 일본국에 경전을 전한 데 대해 의심을 한다. 그러나 서불은 위대한 영웅으로서 경전을 가지고 떠났음에 틀림없고, 그 책이 전해지지 못한 것은 남방 오랑캐가 해득하지 못해서다.

『최효몽』[4] 이라는 20회짜리 소설 한 부(部)를 읽었다.

약간의 일처리를 해 나가며 사소한 일을 맡아 하고 사소한 생각을 하게 된다. 대체로 세상 사람들은 모두 하나의 '사소함'이라는 것 때문에 무너지게 된다.

진시황의 분서갱유(焚書坑儒)는 잘 알려진 역사적 사실이다. 그런데 이 일이 너무 잘 알려진 나머지 사람들은 그것을 학문과 사상에 대한 탄압의 뚜렷한 상징으로만 받아들이고 그 구체적 맥락이나 사실관계에 대해서는 그다지 관심을 갖지 않는다. 또한 분서갱유가 지나치게 부각된 결과, 사상 탄압 같은 것은 먼 옛날 폭군 치하에서나 있는 특수한 사건이라고 간혹 착각을 하기도 한다. 그러나 어이없는 금서의 규정이라든가, 나라 안에 유통되는 책의 판본을 획일화하고 한글 소설을 불태우려는 허무맹랑한 계획 등에서 우리는 다른 얼굴의 분서갱유를 본다. 분서갱유의 오명을 진시황에게만 뒤집어씌울 수 없다고 한 데는 그런 이유가 있다.

4_ 『최효몽』(催曉夢): 명말 청초에 나온 연애소설 중의 하나다.

내 작은 책상 위의 건곤

1777년 12월 27일 맑고 따뜻했다. 바람이 있었는데 저녁에 그쳤다. 오늘은 납일[1]이다.

『주역』의「이괘」(履卦)를 읽었다.

밤에 칠언율시를 지었다.

역사책에 몰두하지만 정성 없어 부끄럽고

찬 등불 마주하니 뉘우침과 번뇌 생기네.

흐르는 이 한 해 다 보냈으니 어찌 다시 멈추리?

평소의 공부를 깊이 생각하니 분명한 것 하나 없네.

술동이 속 좋은 술은 1천 일 취하도록 향기롭고

책상 위의 건곤(乾坤: 하늘과 땅)에는 1만 사람 이름 있네.

호형과 금객[2]이 있어

책을 논하고 술을 따를 마음이 나네.

1780년 7월 28일

책을 선물하는 것은 몹시 맑은 일이니 비단이나 모피, 은, 인삼 등을 선물하는 데 비길 것이 아니다.

내가 을유년(1765) 이래 읽은 책들을 계산해 보니 아직도 1천 권을 채우지 못했다. 박식하지 못한 것도 당연하다.

1_ 납일(臘日): 납향(臘享: 한 해를 결산하는 제사로, 보통 동지섣달에 지냄)을 올리는 날이다.
2_ 호형(湖兄)과 금객(錦客): 유만주가 군위에서 교유한 인물들이다.

우리집의 장서를 헤아려 보니 간신히 200권 남짓이 된다.

방 안의 책상 주변에 병풍을 세우되 한나라 때의 비문(碑文)으로만 만들고, 그 방 안에는 한나라 때 예서(隸書) 글씨 30첩을 보관해 둘 뿐 다른 글씨는 섞어 두지 않는다. 그리고 그곳을 '한예정'(漢隸亭)이라 해야지.

아버지께서 가슴과 옆구리에 당기고 아픈 증상이 있으시다.

1781년 10월 12일 흐리고 밤에 비가 왔다.

종백경(鍾伯敬: 종성)이 검토하여 바로잡은 『자치통감』을 봤다.〔모두 48책인데 『정사대전』(正史大全)이라고 부른다.〕

대체로 욕망이란 한번 채워지면 그만이고, 아름다운 경치도 한번 보면 그만이다. 그런데 보면 볼수록 더 보고 싶고, 바라고 또 바라마지 않는 것은 아마도 옛 현영(賢英: 어질고 빼어난 사람)의 아름다운 책과 오늘날 세상의 순수한 인간일 것이다.

1782년 5월 6일 동풍이 또 불었다. 아침에 서늘한 게 가을 같다.

세수를 하지 않았다.

송나라 사람이 남긴 말 전부를 자세히 보지 않고서는 의미 있는 글을 쉽게 쓸 수 없다. 나 같은 사람은 그저 책을 즐긴다고만 할 수 있을 뿐 책을 자세히 본다고는 할 수 없다.

정정공(程正公: 정이)은 일찍이 1척(尺: 약 30cm)만큼 글을 읽는 것은 1촌(寸: 약 3cm)만큼 실천하는 것보다 못한바 실천해야만 독서한 것을 이해할 수 있다고 한 적이 있다. 여헌가(呂獻可: 여회)또한 한 글자를 읽게 되면 그 한 글자를 실천해야 한다고 했다. 두 분의 뜻이 같다.

나 같은 사람은 고작 전(傳)과 기(記) 몇 편 읽은 것으로 곧 기고만장하여 자기를 치켜세우는데, 참으로 가소로운 일이다. 옛사람이 공들여 책을 읽은 일을 살펴보면 참으로 너른 바다를 바라보듯 아득하여 스스로 안타까운 마음이 든다. 나 같은 사람을 돌아보건대 원래 낫 놓고 기역자도 모르는 인간이다. 이 얼마나 망상에 빠져 있는가?

1784년 12월 5일 흐리고 추웠다. 아침에 일어나 큰 눈이 또 내리는 걸 봤다. 눈 내리고 나서 큰 바람이 불고 흐리고 추웠다.

아침에 이부자리에 누워 있다가 우연히 시 한 수를 생각해 냈다.

세상만사 생각해도 아무 미련 없건만
오직 책만은 버릇처럼 남았네.
어찌하면 1년 같은 긴 하루 얻어
아직 못 본 세상의 책들 다 읽을 수 있을까?

눈 내린 집에서 다시 『두붕한화』[3]를 읽었다.

1786년 11월 14일 눈 내리고 흐렸다. 오후에 그쳤다.

오늘밤은 싸늘한 달빛이 몹시도 밝다. 아버지께서 우리 집에 있는 책들의 목록을 만들어 두라고 하셨다. 그래서 한번 적어 봤더니 1천 권이 채 안 된다.

3_ 『두붕한화』(豆棚閑話): 중국 청나라 때 유통된 단편소설집이다. 명청 교체기를 경험한 문인들 특유의 사고방식이 드러난 작품들이 여럿 포함되어 있다.

지금 구해 두지 않으면 안 되는 책이 무엇인지 생각해 보았다. 『자치통감사정전훈의』(資治通鑑思政殿訓義), 『오경사서대전』(五經四書大全), 『제자대전』(諸子大全), 『삼재도회』(三才圖會), 『본초강목』(本草綱目), 『상례비요』(喪禮備要), 『동의보감』, 『사전춘추』(四傳春秋), 『삼운성휘』(三韻聲彙), 『송자대전』 등이다. 『십삼경주소』(十三經注疏)나 『문헌통고』, 『사문유취』, 『자전』(字典)이라면 준주 형 집에 있으니 겹쳐서 둘 필요가 없겠다.

세상의 모든 책들을 다 읽으려면 나의 하루는 1년처럼 길어야 할 텐데, 나에게 남은 시간은 얼마일까. 내가 읽은 얼마 되지 않는 것들을 실천하고 있지도 못하면서 이렇게 욕심을 부리고 조급증을 내다니 참으로 가소롭기도 하다. 책상 위의 작지만 무한한 세계에서 더듬더듬 길을 찾아가는 중에 든 생각이다.

책 빌리기의 구차함이여

1786년 3월 4일 해 뜨고 나니 사무치게 맑고 싸늘했다. 마치 겨울처럼 땅과 물이 얼어붙었다.

연동에 편지를 써서 현주 문집을 구해 보려 했는데,[1] 답장이 없다.

1786년 7월 13일 밤까지 퍽 더웠다.

6촌동생 담주(聃柱)가 경심(景深: 이시원의 자)의 이야기를 전해 줬는데, 그는 애초에 내 편지를 못 봤다고 한다. 그래서 현주 문집을 빌려 달라는 편지를 이렇게 써서 다시 보내 보았다.

"3월 4일에 안부를 여쭙고, 아울러 현주 문집을 보여 달라고 청을 했는데, 종이 돌아와서는 답이 없다고 하더군요. 어쩐 이유로 이렇게 도외시하시는지 좁은 마음이 툭 트이기 어렵습니다. 오늘에야 전해 듣기로 애초에 편지를 보지 못하셨다는데, 혹시 미욱한 종놈이 죄를 입을까 두려워하여 얼버무린 말을 지나치게 믿으신 건 아닌가 싶고, 정말 꼭 그렇지 않다고 확신할 수 없습니다. 물론 제 잘못이겠지요. 편지가 오갈 수 있다면 정말 다행이겠습니다."

1_ 연동(蓮洞)에~했는데: 여기서 연동은 서울 종로구 연지동에 있던 이시원(李始源)의 집을, 현주(玄洲)는 이소한(李昭漢)을 가리킨다. 이소한이 이시원의 5대조이기도 하거니와, 이 며칠 전인 『흠영』 1786년 2월 26일 조에 이현주(李玄洲: 현주는 이소한의 호)의 문집을 구해 달라는 민경속의 부탁을 받았다는 언급이 있어 그런 점이 확인된다. 요컨대 유만주는 이소한의 문집을 보고 싶다는 민경속의 요청을 받고, 이소한의 후손이자 자신의 교유 인물인 이시원에게 그 책을 빌리려 한 것이다.

저녁에 이시원의 답장을 받아 보았다. 그 내용은 이랬다.

"덥다고 외쳐대느라 미칠 것 같아 아무 생각도 나지 않던 중에, 유독 해괴한 말 한마디를 듣고 그저께 돌연 깜짝 놀라고 말았습니다. 곧장 편지를 써서 저의 하잘것없는 속마음이나마 말하려 했으나 심부름꾼이 없어 우선 관두고 있던 터에 아이종이 갑자기 편지를 받들고 왔더군요. 편지지에 가득 쓰신 진진한 말씀의 진의가 무엇인가 싶었고, 또한 당시에 나를 믿은 정도가 하찮은 종만큼도 안 되었는가 하여 의아했습니다.

제가 참으로 천박하여 밥숟갈 놀릴 줄만 간신히 알고 있긴 합니다만, 친구 사이에 물어본 것에 대해 배척하고 답을 않는 것은 마음이 병든 자도 외려 하지 않는 일입니다. 설령 이 일로 백취(伯翠: 유만주의 자)가 절교를 통보한다 해도 저는 그저 공손히 사죄의 말을 해야 할 뿐입니다. 하물며 다른 꼬투리가 없는데 어찌 차마 미욱한 아이종의 경솔한 입놀림을 핑계대어 오래 사귄 마음을 의심할 수 있습니까? 이는 백취가 평소에 거의 나를 사람의 부류에 넣어주지 않았다는 뜻이니, 어찌 무안하고 스스로 두려워 낯을 못 들 지경이 아니겠습니까?

세상에서 함부로 일을 들춰내서 원망과 난리를 일으키는 자들은 전부 미욱한 종놈이지만, 듣는 이가 지킬 것을 지키고 총명하다면 속아 넘어가지 않습니다. 제가 무슨 까닭으로 백취에게 이런 대접을 받아야 하는지 잘 모르겠으나 편협한 저의 심정으로는 개탄하지 않을 수 없군요.

접때 다시 물어보는 편지를 받았을 때는 애초부터 이런 곡절을 잘 살피지 못했고, 또한 그저 거짓말 때문에 오래 소식이 끊어지고 대략 서로 소원해진 데 대한 잘못에 대해 농담처럼 언급하셨기에,

나는 평탄한 마음으로 받아들였습니다. 그런데 백취는 곧 미욱한 종놈의 농간이라는 사실에 대해 차곡차곡 쌓아 나가고 있었군요. 마음이 텅 비어 있지 않은 경우에 대체로 이런 병통이 많습니다. 생각하니 참으로 가소롭군요.

『현주집』(玄洲集)은 시골집에 두었기 때문에 직접 나가지 않으면 찾기가 어렵습니다.

하고 싶은 말은 대단히 많지만 땀이 뻘뻘 나는 관계로 이만 줄입니다."

이어서 심제헌(沈霽軒: 심정진)의 상이 났다고 알려 왔다.

달이 밝았다. 연못가를 돌면서 이시원의 편지 이야기를 했다. 만약에 편지를 썼는데 답장을 하지 않는 것을 응당 있는 일로 여긴다면 이는 자기 자신을 극히 하찮게 취급하는 것이 아닌가? 이른바 자신을 굽히고 유순하게 구는 데에도 저마다 곡절이 있다 하겠거니와, 자잘하고 장황하다며 병통으로 여기니, 그런 식으로 구는 게 참된 것인지 정말 모르겠다.

유만주는 교유 인물 중 한 사람인 이시원(1753~1809)에게 책을 빌리는 편지를 보냈지만 답을 받지 못했다. 4개월 뒤, 유만주는 뭔가 오해가 있었던 것인지 확인하고 기어이 책을 빌리기 위해 다시 편지를 쓴다. 이에 이시원은 사람을 어떻게 보고 그런 말을 할 수 있느냐는 취지의 분노 섞인 답장을 보내고 결국 책을 빌려주는 것도 거절한다. 책을 빌리기 위해 이런저런 모멸감을 감수해야 했던 유만주의 상황이 또렷이 드러난다.

민경속과 책과 나

1785년 1월 8일 가끔 흐렸다. 아침에 간혹 눈이 날리더니 날이 풀려 눈이 녹았다. 문을 활짝 열고 주렴을 드리웠다.

아침에 서객(書客) 신(神)이 방문했다. 정운경(鄭運經)의 『탐라문견록』(耽羅聞見錄)을 보여 준다. 『삼조요전』(三朝要典)의 필사본 두 책을 봤고, 『수료고인록』1_ 한 책을 읽었다. 『수료고인록』 가운데는 볼만한 책 제목이 많았다. 신임옥사2_ 때의 일을 기록한 책을 보여 달라 했다.

1785년 6월 17일 덥다. 오늘은 대서(大暑)다.

민경속이 왔다. 이런 말을 했다.

"서원의 우아한 모임3_에서는 한 시대의 빼어난 사람들이 모여 천고에 드문 보기 좋은 장면을 이루었소이다. 이 앞으로는 난정4_의 삼월 삼짇날 모임이 있었고, 그 뒤로는 옥산의 시회5_가 있었지만

1_ 『수료고인록』(輸寥故人錄): '수료(輸寥)'의 벗들에 대한 기록이라는 뜻으로, 민경속의 독서록이다. '수료'는 민경속의 당호 가운데 하나이다. 이로써 보면 유만주는 민경속을 직접 만나기 전에 그의 독서록을 먼저 접한 셈이다.

2_ 신임옥사(辛壬獄事): 신축년(1721)과 임인년(1722)에 걸쳐 일어난 당파 싸움과 그에 따른 숙청을 말한다. 신임사화라고도 한다. 왕위 계승 문제를 둘러싼 정쟁에서 소론이 노론을 역모로 몰아 세우며 주도권을 잡게 되었는데, 이 과정에서 200명 이상의 노론 관료 및 그 가족들이 연루되어 처벌을 받았다.

3_ 서원(西園)의 우아한 모임: 북송 때 왕선(王詵)의 정원인 서원에서 소식(蘇軾), 소철(蘇轍), 황정견 (黃庭堅), 이공린(李公麟), 미불(米芾) 등의 시인 묵객이 가졌던 고상한 모임을 말한다.

4_ 난정(蘭亭): 진(晉)나라 때 왕희지(王羲之)의 정자(亭子). 왕희지는 이곳에 명사들을 초대해 시회 를 가진 적이 있다.

204

모두 서원의 모임만 못했으니, 이 모임이 탁월하고 성대하다 하겠습니다. 그런데 한 가지 이상한 점은, 그 모임에 참석했던 소식과 소철 두 분이 여기에 대해 한마디도 하지 않은 점입니다. 기문(記文) 중에도 시사(詩詞) 중에도 제발(題跋) 중에도 여기에 대한 언급이 없어요. 세상에서 찾아볼 수 있는 것이라곤 다만 미원장(米元章: 미불)이 쓴 기문 한 편뿐입니다."

내가 '영웅도 간혹 가다 거짓말을 하나 보다'라 하니 그 또한 그렇다고 말했다.

1785년 12월 24일 엄혹한 추위다. 오후에는 바람이 또 살을 에듯 사나웠다.

행동거지는 모두 지극히 반듯하고 대범하지만, 품고 있는 상념이라곤 죄다 몹시 뻐딱한 것이다. 유들유들한 시정잡배나 불량배조차 하지 않을 생각을 지닌 채로 고상한 선비도 저리 가라 할 단정한 몸가짐을 하고 있으니, 결국 어떤 지경에 이를지 모르겠다.

둘째 책상자에서 제야에 쓴 장편시 두루마리 하나와 을사년(1785)에 쓴 『흠영』 별부(別部) 초본(初本)의 31번째 책, 그리고 「독사고」 한 책,6_『자순문초』7를 꺼내어 한데 포장하고 또 붓 여덟 자루까지 같이 해서 민경속에게 보냈다. 이렇게 편지도 썼다.

5_ 옥산(玉山)의 시회(詩會): 원나라 때 고아영(顧阿瑛)이 옥산에 별장을 짓고 시회를 열었는데 이때 장전(張翦), 양유정(楊維禎), 가구사(柯九思), 장천우(張天雨) 등 일세를 풍미한 문인들이 모였다.
6_ 제야에~한 책: 제야에 쓴 장편시는 유만주가 1779년 12월 29일에 쓴 장편 자작시 「내하방」(奈何放: 어떻게 할 것인가)이고, 『흠영』의 별부 초본의 31번째 책은 『흠영』의 별책부록 가운데 하나로서 책을 읽으며 초록한 내용을 기재한 것이다. 그리고 「독사고」(讀史故)는 유만주가 1777년 7월 25일에 쓴 글인데, 내용은 확인되지 않지만 일종의 역사 평론으로 추정된다.

"생각해 보면, 그대를 알게 된 뒤로 특별한 책들을 얼마나 많이 얻어 읽었는지 모릅니다. 그럼에도 외려 피상적인 사귐으로 얼버무리기만 하고 내가 가진 모든 것을 다 기울이지 않고 있으니 이는 그대에게 보답하는 도리가 아닌 것입니다. 그래서 어지럽게 날려 쓴 글씨에다 순서대로 정돈되지 않은 초고란 점을 꺼리지 않고 보여 드리려 합니다."

밤이 되자 더욱 춥고 바람도 심했다. 얼어붙은 별들이 반짝이고 있었다.

1786년 1월 20일 날이 풀리고 눈이 녹았다. 가끔 흐렸다. 오후에는 바람이 불었지만 훈훈했다.

연림묵(煙林墨: 먹의 일종) 두 개를 권상신에게 주면서, 소동파의 말을 인용하여 '어린아이처럼 눈이 맑은 사람을 끝내 보기 어렵다'고 일컬었다.

민경속이 『전면록』[8]을 돌려주며 이광사의 전서(篆書) 한 첩을 보내주고는 품평을 해 달라고 했다. 그래서 이렇게 답장을 썼다.

"보내신 서첩을 잘 받았습니다. 약간의 글씨라도 보물이 되기에 충분할 텐데 이렇게 많이 보내셨군요. 평소에 전서를 잘 몰라서 품평하기가 참으로 어렵습니다. 사람들은 그의 예스러움과 기이함이 지나치다고 하며 간혹 부자연스럽다는 비난을 합니다만 역시 꼭 그

7_『자순문초』(子順文草): 임제(林悌)의 글을 엮어 만든 책인 듯하다. 임제의 자가 자순(子順)이다. 『흠영』 1783년 11월 2일 조에 임제의 「수성지」(愁城志)를 극찬한 내용이 보이고, 1784년 8월 2일 조에는 임제의 글을 읽고 객(客)에게 보여 주었다는 기록이 있다.

8_『전면록』(纏綿錄): '마음을 옭아매는 것들에 대한 기록'이라는 뜻인데, 유만주가 엮은 책 가운데 하나이다.

렇게 불만으로 여길 것 있겠습니까? 제 하찮은 견해로는, 근세의 서예가 가운데 이 사람에 대적할 이가 없지 싶습니다."

한편 내가 을사년(1785)에 쓴 『흠영』 별부 초본 한 책을 민경속에게 빌려주면서, 별도의 답장을 하나 더 썼다.

"초본에 기록한 내용은 모두 『사고전서』(四庫全書) 가운데서 뽑아 온 것이므로 그다지 신기할 것은 없습니다. 넓게 보기만 하고 정밀하지는 못하다는 비난은 본디 사양하지 않았거니와, 그저 넓게 보기도 하지 못하니 부끄럽습니다. 어떻게 하면 범씨(范氏: 범흠)의 천일각(天一閣) 같은 어마어마한 장서각에 앉아, 달처럼 환한 안목으로 세상의 보지 못한 책들을 모두 볼 수 있을까요? 이 역시 바보 같은 상상이라 할 수 있겠지요."

1786년 3월 29일 오후에 바람이 사나웠다.

묘각(卯刻: 오전 6시)에 어가(御駕)가 영우원9에 이르렀다.

어머니께 전해 들으니 집안에 새로 지은 비단옷이 많은 까닭은 혼례 잔치 참석에 대비하기 위해서이며, 이런 탓에 물 쓰듯 쓰는 것이 능사가 되어 혹 그렇게 하지 못하면 분개한다는 것이다.

민경속이 와서 내가 읽은 책의 목록을 보여 달라기에, 미처 적어 두지 못했다고 하며 사양했다.

1786년 7월 15일 퍽 더웠다.

민경속에게 내가 읽은 책의 목록을 보여 주었다. 모두 160여 종

이다.

1786년 윤7월 21일 가끔 흐렸다.

민경속에게 편지를 썼다. 그 사이 상사(喪事)가 두 번 있어서 편지를 한참 못했다고 하며 그가 읽은 책의 총 목록을 보여 달라 했다. 그랬더니 새로 인쇄한 『용호아희첩』(龍湖雅戱帖) 한 책과 『수료고인록』 한 책을 보내 왔다.

『용호아희첩』에는 강가의 누각에서 운자(韻字)를 나누어 쓴 시가 첨부되어 있고, 맨 앞에는 오수원[10]-이 쓴 서문이 있으며, 그다음으로는 만지강호(滿地江湖: 강과 호수가 가득한 땅) 그림이 있고, 오수욱[11]-의 인장(印章)이 찍혀 있다. 시는 도합 46편인데 모두 칠언율시다. 끝에 조유수[12]-의 발문이 있는데, '이 시첩(詩帖)은 기유년(1729) 초여름 빗속에 조유수 등이 창각(倉閣)에서 작은 모임을 갖고 운자를 나눠 시를 지었으니 모두 27편'이라는 언급이 있다. 그 아래에는 또 오수원이 쓴 발문이 있다.

『수료고인록』에서는 '아직 못 봤던 책을 읽게 되면 마치 좋은 친구를 얻은 것 같고, 이미 본 책을 보게 되면 마치 고인(故人: 오랜 벗)을 만난 것 같다'라는 진계유[13]-의 말을 언급하며 이 독서록의 제목을 여기서 가져왔다고 하고 있다. 『수료고인록』에 기재된 책을

10_ 오수원(吳遂元): 1682~1745. 홍문관 교리 등을 지낸 관료문인이다. 오도일(吳道一)의 아들이다.

11_ 오수욱(吳遂郁): 오수원의 아우로서, 안음 현감 등을 지냈다.

12_ 조유수(趙裕壽): 1663~1741. 연풍 현감, 옥천 군수 등을 지낸 관료문인이다.

13_ 진계유(陳繼儒): 1558~1639. 명나라의 문인. 29세 때 벼슬길을 포기한 뒤 은거하며 풍류와 자유로운 문필 생활로 일생을 보냈다.

계산해 보니 도합 580여 종이니 1만여 권은 될 것임에 틀림없다.

『흠영서록』(欽英書錄: 유만주가 읽은 책의 목록)에 내용을 추가하여 적었다.

1786년 윤7월 22일 가끔 흐리고 대략 더웠다.

큰어머니께서 새벽에 노강양위탕(露薑養胃湯)을 복용하셨다.

민경속에게 이렇게 편지를 썼다.

"서록(書錄)을 보고 돌려드립니다. 성대하고 풍요롭군요. 전부 580여 종인데 우리나라 책은 한 권도 섞여 있지 않으니 망망한 바다를 바라보듯 아득하여 탄식이 나오게 합니다. 일전에 저의 하찮은 도서목록을 보여 드렸거니와, 거대한 제국인 한(漢)나라를 상상도 못한 채 '한나라와 야랑국(夜郞國) 가운데 누가 더 큰가?'하고 의기양양하게 물었던 변방의 조그만 야랑국 왕이 되어 버린 기분입니다. 마주하고 여쭈어 볼 것이 많으니, 나중에 한번 말씀을 나눌 수 있도록 해 주십시오. 시첩은 마치 다른 나라의 새 책 같아서 눈이 번쩍 뜨입니다. 이 또한 온전히 돌려드립니다."

1787년 6월 1일

민경속은 내 아들이 죽은 후에 이렇게 심상한 편지를 보내 왔다.

"형께서 그런 훌륭한 아들을 두셨던 데 대해 치하합니다. 그렇게 훌륭한 자식을 두었다가, 이내 또 잃어버리다니, 이 모든 것이 조물주가 빚은 희극(戲劇)이 아니겠습니까. 희극 중에 일어나는 일들이 어찌 슬퍼하고 기뻐할 만한 가치가 있는 것이겠습니까? 행여나 너무 슬퍼하여 어버이께 걱정을 끼치고 통달한 자의 비웃음을 사지 마시길 바랍니다."

1787년 7월 1일

아침에 집에 돌아와서 사당에서 지내는 초하루 제사에 참석했다. 비로소 향을 피우고 초하루 제사에 참석한 것이다.

이내 또 서책의 일 때문에 예전과 다름없이 민경속과 편지를 주고받는다. 사람이란 게 몹시도 모질다 하겠다.

저녁에 영미동 임노의 집에 갔다.

유만주는 서른한 살 되던 해에 민경속을 처음 만나 죽을 때까지 인연을 이어 갔다. 민경속은 조선의 장서가로 손꼽히는 민성휘(1582~1648)의 7대손으로 상당한 양의 서화를 소장하고 있었고 그 자신이 열의를 가진 독서가이기도 했다. 이러한 민경속과의 만남을 통해 유만주는 자신의 삶에서 가장 중요한 두 가지인 책과 벗에 대한 갈망을 채울 수 있었다. 아들이 요절한 뒤에도 습관적으로 책에 의존하던 자신의 모습을 쓸쓸히 돌아보는 유만주의 형상이 안쓰럽다.

꿈의 도서관

1781년 11월 28일 추웠다.

꿈에 이온릉[1]의 전집을 읽었다. 61책이었는데 그 책의 이름은 생각이 안 난다. 책의 편집 체재를 보니 우리나라 사람이 엮은 것 같았다.

현헌(玄軒: 신흠)의 글을 읽었는데 이런 말이 나온다.

"인생에는 정해진 분수가 있으니 그 분수를 뛰어넘어서는 안 되고, 인생에는 정해진 운명이 있으니 그 운명을 바꾸려 해서는 안 된다. 올 때는 거부하지 말고 갈 때는 잡아 두지 말아야 한다. 속담에 '밭을 가는 소는 묵은 풀을 먹지 않고 곳간에 사는 쥐에게는 남은 양식이 있나니, 만사는 이미 분수가 정해져 있거늘 덧없는 삶 속에서 저 혼자 공연히 바삐 군다'고 했는데 정말 그렇다."

1785년 5월 12일 흐림. 아침에 가랑비가 내렸다. 오후 늦게 개었다가 저녁에 또 흐려졌다.

새벽에 고조할아버지와 고조할머니의 제사에 참여했다.

옛날의 장서가들을 두고, 서창(書倉: 책 창고)이니 예림(藝林: 문예의 숲)이니 구릉학산[2]이니 하는 등의 말이 있었는데, 이는 모두

1_ 이온릉(李溫陵): 이지(李贄). 온릉은 이지의 자다. 명나라의 문학가이자 사상가로서, 이단을 자처하며 유가의 예교를 비판한 인물이다. 공자가 세워 놓은 기준으로 옳고 그름을 판단하는 것에 반대하며 스스로의 진정성을 추구한 것으로 잘 알려져 있다.

2_ 구릉학산(丘陵學山): 원래는 언덕이 산을 본떠 높아지려 한다는 뜻인데, 여기서는 장서가 언덕의 규모를 넘어서서 산처럼 많다는 말로 쓰였다.

책을 광박하게 모아들여 보관하고 있다는 것을 형용한다.

이제 나의 장서각에 '예문함저'(藝文涵邸)라는 이름을 붙이고 그 속에 제왕의 문장, 사부(四部)의 책, 서화(書畵), 지도, 사전류, 족보, 시(詩), 사(詞), 유서(類書), 총서(叢書), 우리나라의 문헌, 다른 나라에서 엮은 기록, 임화에서 별도로 편찬한 책,[3] 이단, 설가(說家) 등 15부문으로 나눈다.

휘모각(徽謨閣), 준훈각(遵訓閣), 경성각(敬省閣), 단본각(端本閣), 정치각(定治閣), 숙상각(肅爽閣), 함휘각(涵彙閣), 숭란각(崇蘭閣), 흠문각(欽文閣), 패형각(佩馨閣), 응통각(凝通閣), 남고각(攬古閣), 숭영각(崇英閣), 이청각(摛淸閣), 삼재만물대일통각(三才萬物大一統閣)을 세워서, 이 15개의 누각에 책들을 각각 나누어 보관한다. 그러면 서적을 보관한 것에 있어서는 어마어마한 장관을 이룰 것이니, 어쩌면 업후의 3만 축(軸) 장서에 버금가고, 금루자의 8만 권 장서에 견주며, 장석림의 10만 권 장서에 필적할 수 있어[4] 의미 있는 행위를 한 번 펼치기에 충분할 것이다.

유만주는 주로 여러 선집에 인용된 이지의 글을 부분적으로 읽으며 그의 문학과 사상에 관심을 갖게 됐는데, 좀 더 본격적으로 이 작가에 대해 알고 싶다는 욕망이 꿈에 그 전집을 읽는 것으로 표출된 듯하다. 꿈에 본 것이지만 책수라든가 편집 체재에 대해 구체적으로 기억하고 있는 점이 유만주의 책 사랑을 보여 주고 있어 흥미롭다. 상상 속에 '예문함저'라는 호화로운 장서각을 만들고 도서를 분류하고 각각의 서고에 멋들어진 이름을 붙이는 등의 행위도 꿈에서 이지의 전집을 읽는 것과 같은 맥락에서 이해될 수 있다.

3_ 임화(臨華)에서~책: 임화란 유만주가 자신의 상상 속 이상세계에 붙인 이름이다. 따라서 임화에서 편찬한 책이란 자신이 상상하거나 계획하는 데 그친 책이 된다.

4_ 업후(鄴侯)의~있어: 여기 언급된 업후, 금루자(金樓子), 장석림(蔣石林)은 중국 역대의 유명한 장서가들이다.

내가 만들고 싶은 책들

1780년 7월 8일 오늘은 입추다. 절기 시각은 사초 이각(巳初二刻: 오전 9시 30분)이다.

고금 문장의 권병(權柄)을 잡은 이로는 왕세정[1]이 으뜸이라 할 수 있다. 그는 마치 제환공(齊桓公)과 진문공(晉文公)이 패자(覇者)가 되어 맹약의 제단을 크게 열었던 것과 같은 권위를 지니고 해내(海內)의 성장(盛裝)한 선비들로 하여금 문장가의 화려한 모임에 분주히 모여들게 했으니, 성대하다 하겠다.

그러나 그 『사부고』(四部稿)를 제외하고, 왕세정이 다양하게 편찬하여 각각 표제를 붙이고 온 천하에 그 엄청난 박식을 과시하려 했던 여타의 책들은 거개가 자질구레한 것이거나 남을 본떠 쓴 글인지라 후세에 전할 만한 것이 못 된다. 그래서 당시 왕세정이 그런 영향력과 기세와 재주를 갖추고도 끝내 천지간에 하나 보탤 만한 의미 있는 한 권의 책을 이루지 못했다는 데 대해 언제나 안타까운 마음이 있다.

내가 뜻한 바는 이렇다. 하나의 책을 엮되, 그 분량은 3만 권으로 제한한다. 한 사람의 황제를 표제로 삼아 그 시대에 산출된 경전의 본문, 경전의 본문에 대한 풀이와 주석, 강목체(綱目體) 역사, 기전체(紀傳體) 역사, 기사본말체(紀事本末體) 역사, 금석문(金石文), 상소문, 시가(詩歌), 비지문(碑誌文), 책론문(策論文), 표전문(表箋

1_ 왕세정(王世貞): 1526~1590. 명나라의 대문호다. 복고적 지향을 가지고 명대 문단을 이끌었고 역사에 관해서도 많은 저술을 남겼다.

文), 전기소설(傳奇小說), 불경(佛經), 소수민족의 글 등을 모아서 분류하여 붙이는데, 요순시대부터 명나라 때에 이르기까지 그렇게 한다. 그러면 이 책은 경사자집 네 부문 가운데 어떤 것도 아니고, 설가(說家)도 아니며, 또한 『사고전서』와도 체례(體例)가 다른 것이 된다. 그리하여 하나로 관통되면서 만 가지로 다르고, 만 가지로 다르면서도 하나로 관통되리니 고금의 도서 중에서도 대단히 특별한 책이 될 것이다.

이 책에 『박식』(博識)이라는 이름을 붙여 하나는 비각(秘閣: 나라의 문서를 보관하는 서고)에 바치고, 하나는 명산(名山)에 간직해 두고, 하나는 집안에 대대로 전하고, 하나는 해외로 유통되게 한다. 이 『박식』을, 비록 광박하게 자료를 채록했으나 결국에는 한 가지 종류로 귀결되는 책과, 비록 다양하게 편찬했으나 1천 권을 넘지 못하는 책과 비교한다면 똑같다 할 수 있겠는가? 지금 천하의 서적들을 보면 시도되지 않은 편집의 체례가 한 가지도 없고, 숨겨진 특이한 책이 한 권도 없는 것 같지만, 내가 말한 이런 것은 아직 들어 보지 못했다. 그러므로 후세에 이 책을 완성하는 일이 있게 되면 그 뜻은 나로부터 창시된 것임을 알리라.

1784년 6월 24일 아침에 또 동풍이 크게 일어나더니 밤새도록 불었다. 가을 기운이 있다.

이른바 문장은, 처음부터 끝까지 기승전결을 잘 갖춰서 쓰고 별도로 제목을 달아야만 문장이라 부를 수 있는 것은 아니다. 옛사람의 짤막한 말과 한 조각 이야기라 할지라도 기미를 포착하고 이치를 깨우치고 정황을 꿰뚫어보고 있는 것이라면 모두 참된 문장이다. 그렇다면 꼭 서(序), 기(記), 명(銘), 찬(讚)과 같이 정해진 갈

래의 형식에 따라 써야만 문장이 되는 것은 아니다. 그렇게 쓴 글이 극히 길어서 대단해 보이고 내세운 제목이 무척 신기할지라도, 절실한 점이 없이 허탄하기만 하고 생동감이 없고 몰취미하다면 이런 것은 문장이 아니다.

예전에 옛사람의 짧막한 말과 한 조각 이야기들을 별도로 기재한 것을 모아 책으로 엮어 『흠영잡기』(欽英雜記)라는 이름을 붙이려 했는데 아직 그렇게 하지 못했다.

1784년 8월 23일 날이 환하게 개고 조금 더웠다.

이미 동방에 태어났으므로, 동방의 일을 하찮게 여기며 소홀히 해서는 안 된다. 예전에 네 가지 큰 규모의 책을 편찬할 계획을 한 적이 있으니 바로 『동방씨족휘전』, 『동번금석휘전』, 『동토야사휘전』, 『동국패사휘전』[2]이다.

지금 『패관잡기』[3]를 보니 이런 말이 나온다.

"연산군 때 어떤 영의정이 있었는데 왕의 뜻을 받들어 사안을 논의할 때마다 '주상의 뜻이 참으로 지당하시옵니다'라 했다 한다. 그래서 당시 사람들이 그를 두고 '참으로 지당하시옵니다 재상'이라 했다는 것이다. 영평군(鈴平君) 윤개(尹漑)가 어숙권을 시켜 『동국씨족대전』(東國氏族大全)을 편찬하게 했을 때 그 영의정의 이름을 보고는 손수 '주상의 뜻이 참으로 지당하시옵니다'라는 말을 덧붙여

2_ 『동방씨족휘전』(東邦氏族彙全)~『동국패사휘전』(東國稗史彙全): 『동방씨족휘전』은 성씨 및 족보 관련 총서이고, 『동번금석휘전』(東藩金石彙全)은 비석 등에 새겨진 글들을 수합한 총서이며, 『동토야사휘전』(東土野史彙全)은 야사를 엮은 것이고, 『동국패사휘전』은 소설류를 다룬 것이다.

3_ 『패관잡기』(稗官雜記): 조선 중기에 어숙권(魚叔權)이 지은 필기류 저술이다.

적었다."

이것을 보면 어숙권의 책 『동국씨족대전』이 당연히 있을 것 같은데, 필시 전하지 않는 것인가 보다.

1784년 10월 21일 아침에 안개가 끼고 흐려 비가 올 것 같더니 오후에 가끔 비가 뿌렸다. 종일 음산하고 어둑했다.

송나라 서긍(徐兢)의 『고려도경』(高麗圖經)에 이런 내용이 있다.

"우리 조정의 사신들은 으레 배신(陪臣: 제후의 신하. 여기서는 고려의 신료)과 함께 시를 써서 주고받는데 여기에 대해 논의하는 자들은 체모를 잃은 것이라 하고 있다."

서긍은 선화(宣和) 연간(1119~1125)에 중국 사신으로 우리나라에 온 자다. 그때 주고받았다는 시는 우리나라의 문서에 보이지 않는다. '체모를 잃었다' 한 것은 우리더러 누추한 오랑캐 속국 주제에 스스로를 높이며 잘난 척한다고 여겨서 한 말이다. 이렇게 여긴 것은 체모와 도량이 유독 크지 못한 탓으로, 되레 그 자신의 협애하고 누추한 면모를 드러낸 것일 따름이다.

밤에 윤선도(尹善道)가 임금께 아뢴 상소문류(上疏文類)의 글들을 읽어 보았다.

생각해 보면 오랑캐의 황제가 편찬한 『사고전서』는 규모가 유독 협소하다. 그저 중국 13성(省)의 서적을 모았을 뿐 변방 각국의 문서는 넣지 않았다. 만약에 같은 문자를 쓰는 사람들의 문헌을 크게 통일하고자 한다면 만국(萬國)의 서적을 포괄하여 수습해야 한다. 예컨대 동이(東夷)는 조선으로부터 시작되니 조선국의 제도와 문장을 빠뜨리지 말아야 하고, 남이(南夷)는 교지(交趾: 베트남)를 우선으로 하니 교지국의 제도와 문장을 빠뜨리지 말아야 한다. 그런 후에야 규모가 비로소 광범위해져 비로소 전서(全書)라는 말에 걸맞게 될 것이다.

1785년 5월 12일 흐렸다. 아침에 가랑비가 내렸다. 오후 늦게 개었다가 저녁에 또 흐려졌다.

파초 잎사귀에 비 내리는 걸 보며 이런 계획을 했다. 제일 먼저 『식량록』(識量錄: 식견과 도량에 대한 기록)을 판각하고, 둘째로 『경제록』(經濟錄: 경세제민에 대한 기록), 셋째로 『격려록』(激勵錄: 마음을 격동시켜 노력하도록 만드는 기록), 넷째로 『청검록』(淸儉錄: 청빈과 검소함에 대한 기록), 다섯째로 『섭위록』(攝衛錄: 섭생과 건강 유지에 관한 기록), 여섯째로 『전정록』(前定錄: 미리 정해진 운명에 대한 기록), 일곱째로 『초창록』(怊悵錄: 쓸쓸함에 대한 기록), 여덟째로 『와유록』(臥遊錄: 누워서 노니는 산수에 대한 기록), 아홉째로 『광회록』(曠懷錄: 마음을 툭 트이게 하는 기록), 열째로 『전면록』(纏綿錄: 마음을 옭아매는 것에 대한 기록)을 판각할 것이다.

1785년 6월 29일 가끔 흐렸다. 동풍이 또 불었다. 스산하니 가을 기운이 있다.

『사고전서』가 중국에만 있으란 법이 있나? 우리나라에서도 자국에서 출간된 서적을 다 모으면 몇 백 수레는 될 것이다. 그 가운데 번다하고 쓸데없는 것은 삭제하고 정수에 해당되는 것만을 골라낸다면 수천 권에 이를 터인데, 이로써 큰 규모의 전집을 만든다면 집에 한 질 두지 않을 수 없겠다. 다만 조정에서 명령을 내리지 않고서는 그런 계획을 펼칠 도리가 없겠지. 어쨌든 그 전집의 이름은 『동방십부전서』(東邦十部全書)라 하겠다. 십부(十部)라는 것은 경(經),

사(史), 자(子), 집(集) 및 서화(書畫)와 보서(譜書), 유서(類書), 지(志), 설(說), 의(議) 등의 분류를 말한다.

지금 세상에서는 언제나 '경사자집'이라 하여 4부를 일컫는데, 자부(子部)가 세상에 통용되지 않은 지도 이미 오래되었다. 『도원자』나 『욱리자』[4] 같은 부류는 억지로 자부의 체례를 본떠서 그 목록에 들어가 있을 뿐인 것으로, 자부라 하기에 부족하다 하겠다. 후세에 자부라고 이름을 붙일 수 있는 것이라면 오직 경전과 사서 외에 한 분야에서 전문성을 지닌 책들이 될 터이니, 병술과 농업, 의술, 점성술, 천문학, 역학(曆學) 등 여러 분야 가운데 하나에 전공하여 쓴 책이 모두 여기에 해당되며 이런 것들을 모두 후세의 자부라 할 수 있다.

꼭 옛날에 정한 구류(九流)의 항목을 따를 필요 없이 그것을 참고하되 새로운 항목을 별도로 세워도 안 될 것 없다. 이것이 바로 자부를 분류하는 활법[5]이라 하겠다. 우리나라의 경우로 논한다면 『향약집성방』(鄕藥集成方)은 당연히 의가(醫家)에 해당되어 자부에 속할 것이고, 『우서』(迂書)는 경제가(經濟家)에 해당되어 자부에 속할 것이며, 『귤보』(橘譜)는 명물가(名物家)에 해당되어 자부에 속할 것이며 『동유록』(東遊錄)은 유람가(遊覽家)에 해당되어 자부에 속할 것이다. 이 역시 내가 만든 새로운 법칙으로 장서가의 아름다운 제도가 되기에 합당할 것이다.

4_ 『도원자』(道園子)나 『욱리자』(郁離子): 『도원자』는 미상이다. 『욱리자』는 중국 원나라 말기에 유기(劉基, 1311~1375)가 쓴 우언 산문집이다. 그 내용 가운데 현실 상황에 대한 저자의 정치적 견해와 철학적 관점이 담겨 있다.

5_ 활법(活法): 살아 움직이듯 원활히 적용할 수 있는 법칙이라는 뜻으로, 사법(死法: 융통성이 없는 죽은 법칙)의 반대말이다.

만약 또 구구하게 노자니 장자니 신불해(申不害)니 한비자(韓非子)니 하는 분류를 그대로 인습하여 이전의 자부를 닮으려 애써서 책을 만든다면 실용성은 전혀 없게 되니, 책의 적(賊)일 뿐 내가 말한 자부는 아닌 것이며, 그런 책은 역시 불태워 버려야 하지 않겠는가?

　　세상의 모든 것을 알고 싶다는 유만주의 열망은 스스로 책을 편찬하려는 계획으로 이어지고 있다. 23세의 유만주가 구상한 『박식』이라는 총서에서는 한 황제로 대표되는 한 시대의 역사와 그 시대에 생산된 모든 지식을 총괄하는 전체 지성사의 구도가 그 가운데 주목된다. 또한 그는 당시 동아시아에서 지식을 수합한 것의 최고치로 간주되었던 『사고전서』조차도 뛰어넘는 광범위하고도 실용적이며 현재적인 의미를 갖는 총서의 '계획'을 지속적으로 진행하고 있다.

장서인 찍는 방법

1781년 2월 19일

책에 장서인을 찍는 법으로 말하자면, 우리나라와 중국은 공사(公私)와 아속(雅俗: 고상한 것과 저속한 것)의 측면에서 현저히 다르다. 중국인들은 책을 수집하더라도 유통시키는 것을 근본으로 삼는다. 그러므로 그들이 장서인을 찍는 것은 나중에 그 책을 소유할 사람에게 이 책이 누구로부터 전해졌고 누가 평비(評批)하며 읽었는지 알려주려 해서이다. 비유하자면 서화(書畵)에 제발문(題跋文)을 쓴 것과 같으니 어찌 공정하고 고상하다 하지 않겠는가? 우리나라 사람들은 책을 모을 때 집에 소장하는 것을 근본으로 삼는다. 그래서 반드시 본관과 성명, 자(字)와 호 등 서너 가지 장서인을 무슨 관청의 장부와 같이 거듭거듭 찍기를 남의 소유가 될까봐 걱정하듯 하니, 어찌 사사롭고 저속하다 하지 않겠는가?

사사로운 마음으로 책을 대하기 때문에 간혹 책을 팔아치우게 되면 반드시 장서인 찍은 것을 없애면서 무언가 잃은 양 한탄스러워하는 것이고, 공정한 마음으로 책을 대하기 때문에 간혹 책을 기증하게 되어도 장서인 찍은 것을 그대로 남겨 두며 마치 증여하지 않은 것처럼 아무렇지도 않게 여긴다. 한탄스러워하는 것과 아무렇지도 않게 여기는 것의 사이에서 고상함과 저속함이 갈린다.

1784년 8월 28일 흐리고 비가 올 것 같다.

흠영태사(欽英太史: 유만주 자신을 가리킴)의 장서에는 책마다 '흠영지기'(欽英之記)라고 도장을 찍어야지. 그리고 첫째 권에 해당하는 책에는 '도서대일통지기'(圖書大一統之記)라고 음각으로 새긴 도장을 하나 찍고, 마지막 권에 해당하는 책에는 '범위삼고 평장사부'(範圍三古平章四部: 옛일을 포괄하고 경사자집을 평론한다)라는 글귀를 새긴 파초 잎 모양의 도장을 찍어야지. 장편의 거질(巨帙)이나 귀중본의 경우에는 장서인을 다 찍은 후에 책의 오류를 다 바로잡고 축하연을 열어 즐겨야지. 그러면 역시 절로 의미 있는 일이 되리라.

　　장서인이란 책이나 그림, 글씨 등에 자기 소유임을 표시하기 위해 찍는 도장을 말한다. 지금은 주로 공공 도서관에서 책의 소장처를 표시하기 위해 찍는 경우가 대부분이다. 유만주가 장서인의 문구와 모양, 찍는 방식에 대해 즐겁게 이야기하는 양을 보면, 이것이 단지 책의 소속을 표시하는 수단이 아니라, 자신에게 찾아온 책을 환영하는 하나의 방식임을 알 수 있다. 당시 조선에서는 개인의 장서에 도장을 찍어 표시하는 일이 일반화되어 있었으나, 이는 주로 책의 소속을 표시하는 의미를 가지는 데 그쳤던 듯하다. 그래서 혹여 책의 주인이 바뀌게 되면 전 주인이 찍은 장서인을 지우거나 도려냈던 것이다.

내가 사랑한 작가

사마천

1781년 윤5월 10일 더웠다. 오후에는 흐리고 비가 오려 했다.

『한서』(漢書)는 정제되어 있다는 점에서는 태사공(太史公)의 『사기』(史記)보다 낫다. 그렇지만 『한서』에는 「항우본기」(項羽本紀)에 필적할 작품이 한 편도 없다. 「항우본기」처럼 할 수 있은 다음에라야 비로소 문장이라고 할 수 있다.

그저 끝없이 읽으며 흠모하고 심복할 수 있을 따름이다. 이 작품을 본뜨고 도습하려는 것은 모두 서툰 수단이고, 훑어보며 베껴 적으려는 것도 결국 미련한 생각이다.

1781년 윤5월 13일 흐렸다. 오후에는 맑게 개었다.

항우의 사적은 고금에 둘도 없는 것이며, 사마천의 문장 역시 고금에 둘도 없는 것이다. 고금에 둘도 없는 문장으로 고금에 둘도 없는 사적을 서술했으니 참으로 고금에 둘도 없는 쾌활한 글이 된 것이다. 이런 글을 읽지 않는다면 역시 고금에 둘도 없는 바보겠지.

「항우본기」는 문장 학습의 과정을 좇아갈 필요 없이 백 번이고 천 번이고 소리 내어 읽어야 한다. 흥이 일어날 때, 이를테면 비가 장하게 내리는 긴 여름날이나 촛불 들고 높은 누각에 오르는 밤에 문득 이 글을 펼쳐 물결치듯 낭랑히 읽어 나간다. 그리고 다시 한 번 고요히 읽어 보아 작문(作文)의 오묘함을 파악한 다음에, 견문이 넓은 벗과 함께 시원스레 이야기하고 토론하면 참으로 의미가 있을 터이니, 그제서야 이 글을 저버리지 않게 될 것이다.

1782년 5월 16일 더웠다. 가끔 흐리고 건조한 바람이 불었다.

자기가 세상을 대단히 많이 경험해 보았다고 여기면서도 이렇게 멍청하고 몰지각한 자가 있다. 그렇다면 그가 경험했다는 세상이 어떤 것인지는 알 만하다.

「항우본기」는 작품 전체가 순전히 기세로 가득하다. 기가 꺾이고 상처 입은 사람들이 읽기에 가장 적당할 것이다.

1784년 6월 24일 아침에 또 동풍이 크게 일어나더니 밤새도록 불었다. 가을 기운이 있다.

아침에 옷을 갈아입었다.

아침에 한 동네의 어떤 선비에게 가서 문장을 평론하는 이야기를 했다. 이런 말을 했다.

"둘도 없는 문장의 대가란 아마도 태사공이겠지. 예와 지금의 문장은 대체로 잘된 것을 뽑아 선집을 만들 수 있지만, 유독 태사공의 『사기』는 그럴 수 없네. 태사공의 『사기』는 세상 사람들이 일상다반사처럼 여기면서 곧바로 치지도외하고 그것에 대해 논하지 않지만, 그 책에 실린 여러 전(傳)과 표(表) 등은 하나도 빠짐없이 고찰하여 읽고 낭송할 만한 글이라네. 이 책은 외성의 경전[1]이라 할 만한데 이런 것은 오직 태사공의 글뿐이지."

이런 말도 했다.

1_ 외성(外聖)의 경전: 기존의 체제 안에서 추숭되는 『논어』, 『맹자』 등의 경전은 아니지만, 체제 바깥의 진리를 담고 있어 경전에 비길 만한 글이라는 뜻이다.

"세상 사람들은 모두 태사공의 「진시황본기」(秦始皇本紀)가 아름답다는 걸 이해하지 못한다네. 만약 이 글을 많이 읽고 그 규모와 법도를 터득하게 된다면 금석문자2를 지을 때 크게 도움이 될 것이네."

　「진시황본기」에서는 '금'(今: 지금)이라는 글자를 몹시 많이 쓰고 있는데 이 또한 꼭 이 글자가 자안(字眼: 핵심어)이기 때문에 그런 건 아니다. 한번 세어 봤더니 '금' 자가 스무 번이나 나왔는데 아마도 이 「진시황본기」에 기재된 내용의 태반이 임금이 내린 조서라든가 신하가 올린 상소문인데 그 글을 쓸 당시에는 이미 옛것에 반대하고 지금을 옳게 여기는 생각을 가지고 있었기 때문에 '금'이라는 글자를 중복하여 사용했고, 또 나중에 그것을 삭제하지 않은 것이 아닐까 싶다. 이 역시 작자의 의도인 듯하다.

　정신을 관통하고 조화를 빼앗은 듯한 문장은 비유하자면 넘실거리는 거대한 푸른 바다와 같다. 온통 아득하기만 할 뿐이지만 그 속에서는 곧 기괴한 변화가 끊임없이 이어지고 있어 붙잡을 수도 형상을 본뜰 수도 없다. 세상의 속물들이 말하듯 '문장이라면 마땅히 평탄하고 단정하게 써야 하고 시는 반드시 담담하고 우아하게 써야 한다'는 것은 순전히 뭘 모르는 소리다. 만약 이렇게만 하고 만다면 중심과 주변이 모두 비썩 메말라 죽은 글이나 마찬가지일 텐데 어디에 아름다운 점이 있겠는가? 이런 얘기는 오직 지혜로운 자와 함께 할 수 있다.

　순수하고 바르지 않다면 기괴하지도 않다. 진정으로 순수하고

2_ 금석문자(金石文字): 금속으로 된 종과 돌로 된 비석 등에 새겨서 오래 전해지도록 한 글을 말한다.

바른 것이 또한 진정으로 기괴할 수 있다.

사마천은 천고(千古)의 문장가 가운데 가장 행복한 사람이다. 천고의 좋은 소재를 모두 모아 자기 붓 아래에 두고 마음 가는 대로 글을 썼으니 말이다.

그러나 내가 계획하고 있는 인물전 모음인 『흠영태사』(欽英太史)가 편찬되면 사마천은 마땅히 그다음으로 물러나야 할 거다.

1785년 8월 1일

「항우본기」는 글이 포괄하고 있는 사고의 범위가 극히 방대하고 용과 호랑이가 펄펄 살아 날뛰는 것 같아 참으로 무엇이라고 포착하여 규정할 수 없는 작품이다. 내용의 편폭이나 일관성 등에 구애받으며 분칠하고 윤내는 것을 일삼는 자가 「항우본기」의 그런 점을 헤아릴 수 있겠는가? 「항우본기」는 흘긋 봐서는 아무 재미가 없는 것 같은데 그것도 당연한 일이다. 이 글은 물결이 가득 넘실거리는 거대한 바다와 같다. 파악할 수 없는 아득한 대양을 보면 자신의 하찮음을 탄식해야 하는 것이다.

전겸익

1777년 4월 15일 아침에 안개가 꼈다.

차례상에 생선회를 올렸다.

『유학집』(有學集: 전겸익의 문집)의 찬(贊)과 송(頌) 및 잡저(雜著)에 해당하는 글들을 읽었다.

우리나라의 문장이 비록 해외의 여러 나라에 비해 뛰어나다고는 해도 결국은 중원(中原)에 못 미치는 점이 세 가지 있다. 그것은 바로 안목과 툭 트인 박식(博識), 그리고 역량이다. 그러므로 명나라 때 왕세정이나 전겸익 등의 문장은 비록 옛사람의 경지에는 이르지 못하지만, 이 세 가지는 가지고 있다. 우리나라의 문장은 비록 잘하기로 알려진 자의 것이라 할지라도 안목이 지리멸렬하여 보잘것없고, 견문은 고루하며 역량은 시들시들하다. 서울과 시골에 비유한다면, 중원은 서울이고 우리나라는 시골이며, 선비와 백성에 비유한다면 중원은 선비이고 우리나라는 백성인 것이다. 그러니 중국의 여러 작가들이 바다 건너 외국의 글을 하찮게 보는 것은 당연한 일인지도 모른다.

1777년 4월 25일 덥고 가끔 흐렸다.

『초학집』(初學集: 전겸익의 문집)의 기(記)에 해당하는 글들을 읽었다.

"『산해경』(山海經)에 삼천자장산(三天子障山)이라는 곳에 대한 기록이 있는데, 이곳을 삼천자도(三天子都)라고도 한다. 여기가 어디인지에 대해 지리학자들 사이에서는 논쟁이 분분했는데, 신안(新安)의 오시헌(吳時憲)이란 이에 따르자면 황산3_의 최고봉이 삼천자도이다. 그 동서남북으로 모두 장(障: 병풍처럼 막아 주는 것)이 있어, 무원(婺源)에 있는 삼천자장은 남쪽의 장(障)이고 광려(匡廬)에도 삼천자장이라는 곳이 있으니 서쪽의 장(障)이며, 적계(績溪)에도 커다란 장(障)이 있으니 동북쪽의 장(障)에 해당한다는 것이다."

3_ 황산(黃山): 중국의 이름난 산 가운데 하나다. 안휘성(安徽省)에 있다.

나는 어릴 적에 『산해경』을 읽다가 삼천자장산을 기록한 대목에 이르러 의심이 생겨, 식견이 넓은 선비에게 물어보고 싶었지만 그런 이를 만나지 못했다. 그런데 이제 목재(牧齋) 전겸익의 「황산을 노닌 일을 적다」라는 글에서 이런 내용을 보게 되니, 그가 바로 나에게 견문이 넓은 벗이 되어 준다는 생각이 든다.

1778년 10월 30일 가끔 흐렸다.

날씨가 마치 얼음이 풀리고 쌓인 눈이 녹는 때 같다.

전겸익의 문장을 읽으면 마음을 빼앗겨 길을 잃고 돌아올 줄 모르게 되며, 잠깐이라도 그 곁을 떠나지 못할 것 같다. 어떤 사람들은 전겸익이 옛사람의 글에 나온 구절을 인용하지 않고는 글을 짓지 못한다고 한다. 아마도 역사상의 문장들을 은근히 인용하며 그 것을 작품에 녹아들도록 단련한다는 말이리라. 그 결과 자신이 표현하고자 한 사실의 정황에 정밀하고 적실하게 맞아떨어지면서도 문장의 표현을 찬란하게 빛나도록 하니 참으로 음란한 소리에 요염한 색태를 띠게 된 것이다.

자료를 많이 읽고 견문이 풍부한 점에 있어서는 그에 필적할 이가 고금에 없다.

1784년 5월 21일 지극히 더웠다.

전겸익의 문장은 회오리바람이 먼지를 싹 휩쓸어 지나가는 것 같고, 마음을 고양시켜 툭 트이게 한다는 것이 장점이다. 또한 높다랗게 환히 빛나는 듯한 형상화와 대상을 거침없이 나열하는 표현법에도 능하다. 그래서 그의 글을 읽으면 누워 있다가도 벌떡 일어나게 되고 흐리멍덩해 있다가도 정신이 깨어나며 답답하던 마음이 트이게 된다. 참으로 말세에 없어서는 안 될 문장인 것이다.

1784년 5월 22일 가끔 흐리고 퍽 더웠다. 저물녘에 비가 내리더니 밤새도록 계속되었다.

전겸익의 시에 이런 구절이 나온다.

고기 썩는 냄새 자욱한 데 누워

목마를 땐 송장 썩은 물을 마신다.

밤마다 바늘구멍에 들어가고

아침마다 칼끝에 앉는다.

인생의 좋은 맛 볼 수 있다면

괴로움도 실컷 맛봐야 하리.

감옥에 갇힌 자의 고통을 형용했는데, 오도자의 〈지옥변상도〉[4] 와 다를 바 없이 핍진하다.

1787년 1월 6일

심석전[5] 의 시는 전겸익의 것에 못 미친다. 심석전은 태평한 시절을 살다 죽었으니 하늘이 내린 행복한 백성이라 할 수 있다. 예측할 수 없이 혼란한 시대를 살았던 전겸익보다 불행한 사람은 없을 터이며, 이는 그의 운명과 관계된 일이다. 한번 죽는 일을 예로부터

4_ 오도자(吳道子)의 〈지옥변상도〉(地獄變相圖): 오도자는 중국 당나라의 뛰어난 화가이고 〈지옥변상도〉는 지옥의 고통받는 장면을 소재로 한 불교 그림이다. 오도자가 경공사(景公寺) 동쪽 벽에 그린 〈지옥변상도〉는 몹시 음산하고 기괴하여 보는 이로 하여금 머리털이 솟게 했다고 한다.

5_ 심석전(沈石田): 심주(沈周). 명나라의 유명한 문인화가이다.

어렵게 여겼으니, 사람마다 그렇게 하라고 요구할 수는 없다.

김성탄

1783년 윤3월 20일 흐리고 가끔 비가 뿌렸다.

새벽에 출발했다. 연안(延安: 황해도 연안군)을 지나다 큰 바람을 만났는데 티끌과 모래가 일어나는 통에 눈을 뜰 수 없었다. 겨우 삽교[6]의 다 쓰러져 가는 주막에 이르렀다. 토은산(兔隱山)에서 삽교까지 70리라 한다. 점심을 먹는데 갑자기 비가 크게 올 것 같더니 사방이 컴컴해졌다. 아침에는 오늘 저녁이면 해주 관아에 당도할 줄 알았는데 갑자기 여기서 자게 생겼으니, 뭐든지 미리 안배할 필요가 전혀 없다는 걸 비로소 알게 되었다.

『수호전』에서 이규(李逵)를 평한 '얼굴이 검고 늠름하며 덩치가 큰 사내'라는 말은 손승종(孫承宗: 명말의 충신열사)의 초상화에 적어 넣어도 천생 어울릴 표현이다.

조그만 채찍은 오른쪽 허벅지에 차야지 멋이 있다. 왼쪽에 차면 안 된다.

나도 『수호전』에서 조롱의 대상이 되었던 '말은 멀쩡하게 하면서 행동은 혼탁한 부류'가 되는 것을 면치 못하지나 않을까.

비가 조금 그쳤다.

생략할 것은 생략하고 중첩할 것은 중첩하는 것이 문장가에게

6_ 삽교(霅橋): 삽다리 마을. 황해도 연안군 천태리에 있다.

는 신묘한 비결이 된다.

필법이 엄혹하고 냉정하다.

신하가 충성을 명분으로 삼는다는 것은 임금에게 불행한 일이요, 자식이 효를 명분으로 삼는다는 것은 어버이에게 불행한 일이다.

『수호전』 37회에서 이규에 대해 쓴 평어(評語)에 이런 구절이 있다.

"방약무인(旁若無人)하고 아첨 같은 건 알지도 못하며, 위력으로 을러댈 수 없고 명분으로 복종시킬 수 없다."

구름이 짙게 끼어 어둑한 가운데 한번 길을 나서 봤다. 청단(靑丹)에 이르러 또 비를 만났기에, 잠깐 내려서 말에게 먹이를 주었다. 삽교에서 청단까지 20리다. 또 비가 잠깐 그치기를 기다렸다가 길을 갔는데 다시 비를 만나 돌장승7 주막에 이르러 묵었다. 청단에서 돌장승 주막까지 또 20리다. 바람의 신이 앞에서 몰아대고 비의 신이 티끌을 잠재운다고 말할 수도 있겠지만 이건 좀 지나치다.

외로운 주막에서 저녁 빗소리를 듣다가 이어서 밤비 소리를 들었다. 그리고 등불을 밝혀 『수호전』에 나오는 얼굴이 검고 늠름하며 덩치가 큰 사나이의 전(傳)을 읽어 여행의 적적함을 깨뜨렸다. 밤에 천둥번개가 치고 삼대 같은 빗발이 내리꽂혔다. 밤새도록 그랬다.

1785년 5월 21일 더웠다.

김성탄(金聖嘆)이 비평한 당시(唐詩) 선집을 읽었다.

"사람들은 이 세상에 태어나 우연히 함께 살아간다. 나의 입장

7_ 돌장승: 황해도 청단군 금학리에 있던 마을 이름이다. 예전에는 이곳에 돌로 만든 장승이 있었다 한다.

에서 본다면 나는 본디 '나'이겠지만, 타인의 입장에서 본다면 그 타인들 또한 '나'이다. 그렇다면 100년의 인생은 모두에게 촉박하고 하루 세 끼니 먹기란 모두에게 어렵다. 사람들은 저마다 살길을 찾아 애쓰고 있는 것이니 누가 서로에게 양보할 수 있겠는가?"

어찌 보면 김성탄의 이 평어가 되레 광달(曠達)한 말인 것 같다.

박지원

1784년 7월 6일 아침에 안개가 끼고 몹시 더웠다. 밤에 비가 왔다.

어떤 사람이 세심정[8]에서 피서한 이야기를 전해 주었다. 형가와 번쾌[9]에 대해 변설(辨說)을 펼치고 거문고와 생황 연주를 들려주었으며, 명언(名言)과 기론(奇論)이 번갈아가며 거듭 나왔다고 한다.

세상에선 진실로 중미(仲美: 박지원의 자) 공(公)을 자포자기한 사람이자 파락호로 여기고, 그 또한 파락호요 자포자기한 자로 달가이 자처하지만, 나는 이분을 기사[10]로 보아도 무방하리라 생각한다. 이분의 문장은 참으로 외도(外道)와 이단에 해당되지만 그 또한 재주가 남다르고 깨달음이 깊어 그런 것일 따름이다.

근대의 문장가는 기가(奇家)와 정가(正家), 이 둘로 나뉜다. 정가는 당송팔가[11]를 본받아 앞사람의 자취를 따르는 이들일 따름이

8_ 세심정(洗心亭): 마포 근방 한강변에 있던 정자인데, 박지원(朴趾源)의 삼종형인 박명원(朴明源)의 소유였다. 『일기를 쓰다 2』의 「세심정」 참조.

9_ 형가(荊軻)와 번쾌(樊噲): 형가는 전국시대의 자객으로 진시황을 암살하려 실패한 사람이고, 번쾌는 한나라 고조 때의 무장으로 호걸형의 인물이다.

10_ 기사(奇士): 기이한 재주나 재능을 가졌거나 행동거지가 특이한 선비.

며, 기가는 시내암과 김성탄과 사대기서[12]를 본받아 그 깊은 곳을 꿰뚫어보고 오묘한 이치를 훔쳐 내려는 이들일 따름이다.

당송팔가의 여파가 흘러 사대부의 문장이 되었고, 시내암과 김성탄의 여파가 흘러 남인과 서얼배의 문장이 되었다. 즉 남유용과 황경원은 당송팔가의 전철을 밟았고, 이용휴(李用休)와 이덕무(李德懋)는 시내암과 김성탄의 현묘함을 본뜨려 한 것이다. 이에 마음대로 치달리는 자가 규범을 뒤쫓는 자의 공격을 받는 것은 당연하다.

그렇지만 이렇게 말할 수도 있다. 사대기서를 본받는 자는 필시 재주가 강한 자이며, 당송팔가를 스승으로 삼는 자는 반드시 재주가 약한 자다. 재주가 강한 자는 기필코 기이한 것을 추구하여 인습을 벗어나고자 하나, 그렇게 기이함을 추구하던 것을 돌이켜 바른 데로 돌아가기란 무척 쉽다. 재주가 약한 자는 바르기는 하지만 현묘한 것은 모를 수밖에 없으니 그 바른 것을 기이함으로 뒤바꾸기란 극히 어렵다. 기이함을 경험해 본 선비는 하루아침에라도 마음을 돌리기가 쉽지만 범용하고 졸렬한 무리는 평생 동안 애를 써도 떨치고 벗어나기가 어렵다.

이제 중미 공의 『삼한총서』(三韓叢書)가 끝을 보게 되면, 반드시 후세에 전할 만한 책이 될 것이다. 대략 그 범례(凡例)를 살펴보니 중국의 서적 가운데 우리나라의 일과 관련된 구절을 모두 가져

11_ 당송팔가(唐宋八家): 당송 때 고문(古文)의 대가로 당의 한유(韓愈), 유종원(柳宗元)과 송의 구양수(歐陽修), 소순(蘇洵), 소식, 소철, 증공(曾鞏), 왕안석을 말한다.

12_ 시내암(施耐庵)과 김성탄과 사대기서(四大奇書): 시내암은 『수호전』의 작가로 알려진 원나라 말의 소설가이고, 김성탄은 명말 청초의 소설가이자 비평가이며, 사대기서는 중국 백화소설 가운데 네 가지 대표적인 것을 말하는데 주로 『삼국지연의』(三國志演義)와 『수호전』, 『서유기』(西遊記), 『금병매』(金瓶梅)를 꼽는다.

와 모은 것이었다. 예컨대 양웅의 『방언』 같으면, '조선열수지간'에 해당하는 것을 가져와 합쳐서 기록했고[13] 다른 서적도 이에 준하고 있다.

대체로 중미 공은 '유희'라는 것 하나를 평생의 공부로 삼았다. 맑은지 혼탁한지, 고상한지 비속한지, 순수한지 잡된지를 논하지 않고 유희와 관련된 것이라면 하나같이 몸소 간여했다. 이에 어린이들의 술래잡기 놀이도 괜찮고, 창녀가 음란함을 가르치는 자리라도 괜찮고, 글을 짓는 고상한 유희의 자리도 괜찮고, 길에서 잡극을 펼치는 자리라도 괜찮다 했으니 유희라면 안 될 것이 없었다. 그리하여 비로소 파락호가 된 것이다. 파락호라는 세 글자를 세상 사람들은 몹시 혐오함에도, 이분은 파락호가 되는 것을 달가이 여겨 사양하지 않았다. 그렇다면 그 또한 필시 이 덧없는 삶이 몽환에 불과하다는 이치를 깨달아 애오라지 또 그렇게 살아가는 이일 터이다.

1785년 11월 13일 몹시 추웠다.

생각해 보면, 좋아하는 것이 인지상정에 반대되니, 정말 전생의 인연이 있어서 그런 건지도 모르겠다.

아버지를 모시고 『방경각외전』[14]을 읽었다. 이렇게 논의하셨다.

"이것은 하나의 기이한 글이다. 중인과 서얼과 일반 백성들 사

13_ 양웅(揚雄)의~기록했고: 양웅은 중국 한나라의 학자이고, 『방언』(方言)은 중국 주변 국가의 언어를 다룬 그의 저술이다. 이 책 가운데 '조선열수지간'(朝鮮洌水之間: 조선 한강의 사이)이라는 말과 함께 조선의 어휘가 종종 인용되어 있는데, 박지원이 저술하고 있다는 『삼한총서』에 그렇게 인용된 어휘들이 수합되어 있다는 것이다.

14_ 『방경각외전』(放璚閣外傳): 박지원의 문집인 『연암집』 권8에 수록된 인물전 모음이다. 분뇨수거업자, 이야기꾼, 거지 등 민간의 인물들을 주인공으로 한 글들이 대다수인데, 저자의 젊은 시절 작품으로 알려져 있다.

이에 있었던 이상하고 별난 일들을 잡다하게 취재해서 찬찬히 논하고 그 모습을 그려 낸 것이 이렇게 핍진하여 절로 예스런 문장을 이뤄 냈다. 하늘이 주신 기이한 재주가 아니라면 그렇게 할 수 있겠느냐?"

이런 논의를 했다.

"이 글은 독자를 움직이는 힘이 넉넉하고 옛사람이 남긴 문장을 도습하는 법이 없습니다. 이 점이 가장 따라잡기 어려워요. 이 사람에게는 틀림없이 역사가로서의 재능이 있을 테니, 참으로 『삼강』의 일에 쓸 만합니다. 게다가 이렇게 한 걸음 물러서서 세상을 희롱하는 낙척불우의 마음을 품고 있으니, 이 사람을 저의 글쓰기에 주인공으로 끌어들인다면 아주 의미 있고 멋질 겁니다."

1785년 11월 17일

둘러보아도 감히 한마디 말을 붙일 데가 없다. 이런 건 본래 예전부터 그랬다. 어리석은 이를 용서하고 현명한 이를 꾸짖는 데 대해 예로부터 훈계의 말씀이 있었다.

듣자니 아무개의 집에 지금 뇌물이 한창 들어오는 중이란다. 생각해 보면 저 무리는 그저 이걸 가지고 장사를 하는 것일 따름이다. 세계에서 참고 견뎌야 하는 것이 이 지경에 이르렀는가.

숨어 있는 일들을 찾아내어 기이한 이야기로 풀어내는 점에 있어서, 나는 도무지 『방경각외전』을 따라잡을 수 없다. 박지원과 나 사이의 영묘(靈妙)하고 아둔한 차이가 이렇게 현격하다. 그 간격이 어찌 열 겹에 그칠 뿐이겠는가?

1786년 9월 24일 쌀쌀했다.

안평(安平: 이안중)이 박지원의 작품 「유리창기」(琉璃廠記)를 낭송하여 전해 주었다.

'반남 박씨를 천하에 누가 알겠는가?'[15]라고 한 것은 지극히 기괴한 말이다.

이 사람의 문장은 대뜸 뜻밖의 말이 나올 때 아름답다. 글의 내용을 보고 글의 제목을 보면 도무지 서로 어울리지 않지만 역시 결국에는 변화무쌍하고 종횡무진하는 문장 작법에 있어서 해로울 게 없는 듯하다.

유몽인

1784년 3월 28일

지금 다행히 집이나마 있어, 기이한 책을 읽고 아름다운 꽃을 보고 있다. 옛사람 중에는 아름다운 꽃을 기이한 책으로 바꿔 온 이가 있었다는데, 나는 꽃과 책 둘 다 있으니 이미 좋지 아니한가.

시간이 지날수록 점점 어두워지는 것이 곧 큰 비가 내릴 모양이었다. 결국 비가 약간 왔다.

『동각산록』[16]을 며칠 더 읽기로 했다.

15_ 반남 박씨(潘南朴氏)를~알겠는가: 반남은 전라도 나주에 속한 지명인데 박지원의 본관이 이곳이다. 『열하일기』 1780년 8월 4일 조에 "지금 나는 유리창 가운데 홀로 서 있다. 나의 옷과 갓은 천하 사람들이 모르는 것이고 내 얼굴은 천하 사람들이 처음 보는 것이다. 반남 박씨는 천하 사람들이 들어본 적도 없을 것이다"라는 구절이 나온다.

밤에 유몽인[17]의 『어우집』(於于集)을 읽었다. 이 책 역시 동방의 『유괴록』[18]이다.

1787년 1월 4일 흐림

대북[19]에 속한 인물 중 문장으로 말하자면 유몽인을 넘어설 이가 없다.

유몽인은 초고(草稿)로 써 둔 글 70여 권이 있다고 스스로 말한 바 있다. 그런데 그는 죽은 후에 영남에서 관찰사로 재임하고 있던 어떤 사람의 꿈에 나타나 자기 문집을 간행해 달라고 부탁을 하면서, 그렇게 해 주지 않으면 나중에 반드시 재앙이 있을 거라고 했다 한다. 그 영남 관찰사는 결국 유몽인의 문집을 간행하지 못했는데 나중에 죄에 걸려 죽었다 하니 아마도 그것이 빌미가 된 것인지.

집으로 돌아와서 민경속에게 편지를 썼다. 그에게 『석전사략』[20] 한 책을 보내주었고, 『어우당집』(於于堂集) 두 책은 되가져왔다. 재종 조카의 아내가 보낸 연하장을 보았다.

문장을 하는 것도 의미 있는 행위가 될 수 있다. 온 세상의 안팎에는 지금 수백만, 수천만 권의 책이 있으니 문장을 하는 자라면 그 책을 검토하고 인용하지 않을 수 없다. 옛날부터 지금까지 오랜

16_ 『동각산록』(東閣散錄): 1602년(선조 35)부터 1709년(숙종 35)까지 조정에서 벌어진 일들을 발췌하여 일기식으로 엮은 책. 주로 인조반정을 지지하는 입장에서 광해군을 부정직으로 평가하는 내용을 담고 있다.

17_ 유몽인(柳夢寅): 조선 중기의 문장가이자 설화 문학의 대가이다. 호는 어우당(於于堂) 또는 묵호자(默好子)이다. 인조반정 이후 역모로 몰려 사형당했다.

18_ 『유괴록』(幽怪錄): 당나라의 우승유(牛僧孺)가 편찬한 지괴(志怪) 소설 모음집.

19_ 대북(大北): 1599년에 홍여순, 이산해 등을 중심으로 북인(北人)에서 갈려 나온 당파이다.

20_ 『석전사략』(石田事畧): 심석전(沈石田) 즉 명대 문인화가 심주(沈周)에 관한 책인 듯하다.

시간 동안 세상의 사건들은 수백만 번, 수천만 번 변천해 왔으니 문장을 하는 자라면 그 사건들을 현재의 비유로 삼지 않을 수 없다. 이에 세간에는 이루 말할 수 없이 많은 글들이 있게 된 것이다. 만약 기존의 책과 과거의 사건을 제거한 채로 문장을 하는 경지에 이른다면 역시 의미 있는 행위를 했다고 할 수 있겠다.

유몽인의 글을 읽었다. 나갔다가 밤에 돌아와서 계속 읽었다.

계곡(谿谷) 장유(張維)와 택당(澤堂) 이식(李植)과 농암(農巖) 김창협(金昌協)과 삼연(三淵) 김창흡(金昌翕) 등을 세상에서는 문장가라 간주한다. 그런데 남곤(南袞)과 유몽인을 일컫는 경우는 없다. 문장가에게도 행운과 불행이 있는 것이다.

글이 포괄한 사고(思考)의 영역이 널찍하고, 독자를 움직이는 영향력을 발휘하는 데 능하며, 기세와 힘으로 충만해 있고, 변화가 구비되어 있다. 유몽인의 문장과 같은 것이 역시 우리나라의 참된 문장이다.

1787년 1월 6일

생각해 본다. 시시각각이 쌓여서 하루가 되고, 하루하루가 쌓여서 한 달이 되며, 한 달 한 달이 쌓여서 한 해가 되고, 한 해 한 해가 쌓여서 죽음의 순간에 이른다. 이 세계는 넓다. 그 안에는 시간이 너무 빨리 지나가 버려 걱정이라는 자도 있고, 삶이 너무 지리멸렬하게 지속되어서 걱정이라는 자도 있다.

마침 민경속이 왔기에 유몽인의 문장을 읽고 논의했다.

옛날 문장은 꾸미고 손질하고 윤을 낸다는 측면에서는 지금 문장보다 못하지만, 사고의 범위라든가 기세와 힘이라는 측면에서는 지금 문장을 넘어선다. 비유하자면 옛날 문장은, 잡목과 대나무가 우거진 사이로 희고 붉은 꽃송이들이 피어나 드문드문하거나 총총하게 어울려 있는 것과 같아서, 눈에 확 띄게 예쁘지는 않지만 천진(天眞)이 절로 은성하게 드러난다. 반면 지금 문장은, 오래된 반찬을 차곡차곡 쌓아서 손님상에 늘어놓고는 사이사이 조화(造花) 연꽃을 금빛으로 휘황하게 배치해 둔 것과 같아서, 겉으로는 성대한 듯이 보이지만 참된 기운은 찾아볼 수 없다.

중국의 사마천, 전겸익, 김성탄, 조선의 박지원, 유몽인 등이 유만주가 애독한 작가로 꼽힐 수 있다. 유만주는 이들의 문장에 대해, 기세로 넘쳐 마치 물결이 넘실거리는 거대한 바다와 같고 현실의 천변만화를 그대로 되살려 펄펄 살아 있는 느낌을 주는 데 그 아름다움이 있다고 보았다. 거칠고 정제되지 않은 면이 있어도 진정성이 있어 사람의 마음을 격동시키고 상상력을 자극하는 글이 좋은 문장이라 여긴 것이다. 반면, 평탄하고 단정하고 담담하고 우아한 문장이란 속물들에게나 좋은 평가를 받을 뿐이며 결국은 비썩 메말라 죽은 글에 불과하다고 보았다.

행복한 사람은 책을 읽지 않는다지만

1781년 6월 8일 퍽 덥다. 아침에 가끔 흐렸다.

나니와(浪華: 오사카)의 승려 잇산[1]의 『전가보호백』(傳家寶狐
白) 두 책을 보았다. 보력(寶曆: 일본 연호. 1751~1763) 신사년(1761)
에 쓴 자서(自序)에서 "청나라 사람 석 씨(石氏)의 머리말을 교정했
다"고 하고 있다.

옛사람은 '행복한 사람이 조금이라도 책을 읽으려 들겠는가?'
라 했는데, 이 말은 반드시 그렇지 않다고는 할 수 없다. 그래도 세
상에서 가장 가엾은 사람은 굼뜨고 어리석은 사람이다.

『동포휘언』[2] 14책을 봤다. 거기서 인용한 책이 110종이나 된다.

**1783년 2월 14일 살을 에듯 추웠다. 저녁때가 되면서 찬바람이 더
욱 심해졌다.**

이런 가정을 해 본다. 먼저, 한평생 좋은 밥 먹고 아름다운 옷
입어 일상생활의 수준이 고관대작보다 낫고, 자신을 즐겁게 해 주
는 처자식이 있고, 마음 붙일 취미 생활이 있어서 번뇌할 일이 한
가지도 없되, 다만 책은 한 권도 읽지 못하는 하나의 경우가 있다.
반면 평생 천지간의 글자로 된 책이란 책은 실컷 보아, 기이하고 희
귀한 서적, 사라지고 없다고 알려진 책, 감춰진 책, 공적으로 보관된

1_ 잇산(佚山): 일본 에도(江戶) 시대에 활동한 서화가이자 전각가이다.
2_ 『동포휘언』(東圃彙言): 조선 후기의 문신 김시민(金時敏)이 우리나라 문헌 중에서 정치·제도·풍
   습 등에 관한 글을 9개 부문으로 나누어 엮은 책이다.

도서, 개인이 소장한 도서, 중국 및 이민족 국가의 옛 기록물 등등을 마음 내키는 대로 모두 볼 수 있되, 다만 일생을 고단하게 굶주리고 메마르게 지내며 온갖 어려움을 다 겪는 또 하나의 경우가 있다. 그렇다면 사람은 이쪽을 택할 것인가, 저쪽을 택할 것인가?

지금 당신의 경우는 어떠한가?

오늘의 말

1782년 5월 5일 갑자기 가을 기운이 있다. 아침에 선선하여 잠을 덜 잤다. 종일 어지럽게 바람이 불었다.

삼대(三代)의 때에는 본디 삼대의 세속어가 있고, 한나라 때에는 본디 한나라의 세속어가 있으며, 당나라 때에는 본디 당나라의 세속어가 있고, 송나라 때에는 본디 송나라의 세속어가 있으며, 명나라 때에는 본디 명나라의 세속어가 있는 것이다. 각각의 시대를 살았던 사람들이 자신의 구어와 문어에 자기가 당시 보고 듣거나 썼던 속어를 사용하는 것은 역시 당연한 일이다.

어째서 우리나라의 문인과 선비들은 송나라 유학자들의 어록을 보고는 '도학(道學)이라면 응당 이런 문자를 사용해야 한다'고 인식하여 '즘'(怎: 어찌), '료'(了: 완료의 종결어미), '임지'(恁地: 이처럼) 등의 글자를 반드시 사용하여 자기의 글에 섞어 넣는 것일까? 몹시 부적합해서 유독 보기가 싫다.

유만주는 '글은 시대의 표현'이라는 생각을 기본적으로 가지고 있었다. 그러므로 어떤 시대를 핍진하게 그려내기 위해서는 당대의 세속어를 되살릴 필요가 있고, 그 언어를 통해 시대를 이해할 수 있다고 보았다. 주희 등의 송나라 도학자들이 쓰고 있는 어록체(語錄體)도 그들의 구어와 세속어를 따른 것일 뿐이다. 그런데 그들의 사상을 도습한 조선의 도학자들은 그 문체까지도 흉내내는 시대착오적 행태를 보임으로써 자신의 시대로부터 유리되고 있다.

서양에서 온 책

1776년 12월 27일 몹시 추웠다.

수서(水西)에서 「'기하원본'(幾何原本)을 번역하며 붙인 서문」이라는 글을 보았다. 만력(萬曆) 정미년(1607)에 이마두(利瑪竇)가 지은 것이다. 서양에서는 산수를 연구하는 사람을 기하가(幾何家)라부른다 한다.

1779년 6월 28일 더웠다. 오늘은 말복이다.

비로소 세수를 했다.

태서(泰西) 이마두 씨의 『교우론』(交友論)은 대단히 기이하다.

"벗은 다름 아닌 나의 반쪽이니 '제2의 나'이다. 그러므로 벗을 나 자신처럼 보아야 한다. 벗과 나는 비록 두 몸이지만 그 두 몸 안에 있는 마음은 딱 하나이다. 서로 필요로 하고 서로 돕는 것이 벗사귐을 맺는 이유가 된다."

1785년 3월 29일 흐리고 가끔 가랑비가 내렸다.

일가 사람인 문(文)에게 이익(李瀷)의 『성호질서』[1]를 보여 달라고 부탁했다.

요사이 들으니 지체 있는 남인 가문의 자제들이 서학(西學)에 혹해 공부를 하고 있는 경우가 많으며, 중인 일파와도 연결되어 있

---

[1]_ 『성호질서』(星湖疾書): 이익이 사서삼경(四書三經)에 대해 스스로 탐구한 내용과 견해를 기록한 책이다. 유교 경전에 대한 성리학적인 해석을 교조적으로 따르지 않았다는 점에서 주목된다.

다 한다. 그들은 점차 광범위하게 공부를 해 나가느라 비록 죄에 저촉되더라도 그런 줄 깨닫지 못한다고 한다.

문(文)의 말에 따르면 서학은 학문이라고 할 수는 없고, 그저 하나의 아비도 임금도 없는 어그러진 설이요 귀신의 술수일 따름이다. 그것이 야기하는 재앙은 불교와 묵자(墨子)보다 심한 바가 있다. 그래서 유생들이 지금 바야흐로 회의를 하고 상소문을 갖춰 써서 서학에 대해 분명히 배척하려 하고 있다는 것이다.

1785년 4월 7일 맑고 고운 날씨다.

난동에 들러 『천군기』[2]를 보았다.

누군가 물었다.

"서양의 천학(天學)이라는 계통은 어떻게 작용하는 것이며, 거기에 어떻게 대응해야 할까?"

"이것은 아비와 임금을 부정하는 학설이다. 아들이 아버지에 대해 어떻게 해야 하고 신하가 임금에 대해 어떻게 해야 하는가에 대해서는 학문적으로 강구할 일이 아니라고 본다. 다만 그 학설은 신출귀몰하듯 신기하고 사람의 눈을 어릿어릿하게 만든다. 그래서 학문에 종사하지 않고 별다른 요령도 없는 세상 사람들이 현혹되어 학습하고 있다. 참으로 해괴할 따름이다."

1785년 4월 17일

저물녘에 준주 형에게 갔다. 들으니 요사이 남인과 중인의 잡류

2_ 『천군기』(天君紀): 황중윤(黃中允)의 소설이다. 성리학적인 심성론의 견지에서 '마음'을 의인화하여 쓴 것이다.

들이 서양의 천주교를 학습하며 서로 전해 주고 본받기를 권장하고 있다고 한다. 그런데 혹세무민(惑世誣民)의 우려가 있어 지금 형조(刑曹)에서 체포해 다스리고 있는 중이라는 것이다.

밤에 모여서 벙거짓골 요리[3]를 먹었다.

1787년 4월 3일 가물고 더웠다.

아침에 이중 형을 찾아뵈었다.[4]

"남인 이기양이 문의현을 다스릴 때[5] 서양국의 천주학 교리를 따랐는데, 거의 형법을 사용하지 않아도 될 정도로 치안이 양호하고 범죄가 없었다. 사람을 금세 완전히 바꾸어 놓는 영향력이라는 측면에서 천주교가 불교를 넘어서기 때문일 것이다. 어떤 사람이 그에게 편지를 보내 조심하라고 충고하며 '당신은 이마두를 공자로 여기고 서양국을 공자의 고향인 노(魯)나라로 여기고 있다. 천당과 지옥은 차치하고, 이제 인간 세상에 곧 재앙이 닥칠 것이다'라고까지 했으나 이기양은 들으려 하지 않았다고 한다."

"우리 같은 사람들은 마땅히 요임금, 순임금, 우임금, 탕임금, 문왕, 무왕, 주공, 공자를 존숭하는 데 그쳐야 할 따름이다. 저쪽은 본디 이민족의 종교인데, 64괘를 끌어온 학설[6]은 또 어떻게 증명할

3_ 벙거짓골 요리: 벙거짓골에 각종 고기와 채소를 넣고 국물을 약간 둘러 끓여먹는 요리. 벙거짓 골이란 벙거지를 뒤집어 놓은 모양으로 만든 널찍한 전골냄비이다.

4_ 이중(履中) 형을 찾아뵈었다: 고종사촌형 김이중(1740~1787)이 당시 위독했기에 병문안을 간 것이다. 따라서 이하에 나온 서학 관련 이야기는 김이중의 집에서 나눈 것이라 볼 수 있다. 한편 김이중의 장남 김백순(金伯淳, 1770~1801)은 훗날 신유박해 때 천주교 신자임을 고백하고 1801년 3월 29일에 서소문 밖에서 처형된다.

5_ 이기양(李基讓)이~때: 이기양(1744~1802)은 조선 후기의 고위 관료이자 천주교도다. 그는 1800년 진하부사(進賀副使)로 청나라에 가서 천주교를 접하고 귀국해 이벽(李蘗) 등과 사귀면서 은밀히 천주교를 신봉했다고 알려져 있다. 문의현(文義縣)은 충북 청원군 일대의 옛 이름이다.

수 있겠는가?"

　"하늘과 땅에 대해 분명하게 조사하고 밝히다 보면 인간의 몸과 마음과 성명(性命: 인성과 천명)에 절실하게 맞아떨어지지 않는 사실들이 있을 것도 같다. 그렇지만 선비가 격물치지(格物致知)에 유의하고 있다면 이와 같은 학설 또한 중대한 격물치지에 해당한다. 하나로 뭉뚱그려 말도 안 되는 소리로 간주하며 대략 무시하고 말아서는 안 되는 측면이 있다."

　18세기 후반 조선의 서울에는 서양 책들이 심심찮게 나돌았으며, 주로 남인 계열의 지식인들을 중심으로 적극적으로 서학을 공부하려는 시도가 나타났다. 지체 있는 남인 가문의 자제들이 서학에 빠져 있고, 유생들은 서학에 대해 아비도 임금도 없는 패륜의 학설이라 타매하며 배척에 나섰으며, 결국 형조에서 천주교도를 처벌하기에 이르렀다는 유만주의 전언을 통해 서학 수용을 둘러싼 당시 서울의 분위기가 실감나게 드러난다. 유만주가 속한 노론계 지식인들이 대체로 서학을 배척했으므로 그 역시 비판적인 입장에 가까웠다. 그러나 서학에도 학술적 가치가 있으므로 대략 무시하고 말아서는 안 된다는 그의 말로 보건대 조심스레 관망하는 태도가 감지되기도 한다.

6_ 64괘(卦)를 끌어온 학설: 마테오 리치는 태극도(太極圖)에 그려진 64괘를 보고 그 배열이 0에서 63에 이르는 이진법 수학이라는 점을 발견했는데 그것을 가리키는 것이 아닌가 한다.

저경(菹經), 김치의 모든 것

1778년 10월 9일 흐리고 서늘했다. 오후에는 날이 개어 따스했다.

지금 흉년이라 하고 있지만, 내년 봄에는 지금보다 상황이 훨씬 나쁠 것이다. 그리고 듣자니 절도가 벌써 많이 발생하여 촌락에서는 점차 편히 잠도 못 잘 지경에 이르렀고, 화적(火賊: 떼강도)과 토적(土賊: 지방에서 일어나는 도적)이 심심찮게 출몰하고, 유리걸식하는 무리와 수상한 자들이 삼삼오오 떼를 지어 도로변에 끊일 듯 이어지고 있다 한다. 콕 틀어박혀 있기 때문에 비록 그와 같은 황급한 상황에 대해 듣지는 못했지만, 겨울에서 봄으로 넘어가는 시기가 되면 많이 어려울 것 같다.

들으니 풍기와 영주, 순흥 등 여러 고을에서는 산갓[1]으로 김치를 담근다고 한다. 산갓 김치는 맑고 시원하며 톡 쏘는 매운 맛이 있으며, 소화가 잘 되게 도와주기 때문에 홍진(紅疹)을 앓은 후 먹은 게 탈이 난 사람은 이것을 복용하여 치료한다. 눈 속에 돋은 푸른 잎을 따서 김치를 담그는데 11월부터 3월까지 먹는다고 한다.

1780년 1월 17일 맑고 바람이 찼다.

아침에 김치를 소재로 칠언율시를 지었다. 이렇게 시작된다.

동해안의 향기로운 갓김치 으뜸 되기 어려우니

---

[1]_ 산갓: 는쟁이냉이라고도 한다. 겨자처럼 톡 쏘는 맛이 있는 채소이다.

246

남쪽의 죽순김치 생강김치가 인정하려 들겠느냐.

1782년 6월 16일 바람이 불고 아침에 컴컴하게 어두웠다.

여곽탕(茹藿湯: 배탈났을 때 먹는 약)을 복용했다.

붕어를 먹었다. 국으로도 먹고 회로도 먹었다.

반찬 중에 가장 좋은 품목은 바로 동해안에서 나는 김치다. 나는 『저경』(菹經: 김치의 모든 것, 즉 김치백과)을 엮어 그 아름다움을 예찬할 계획이다.

어제오늘 내린 비 때문에 개천이 불어 넘쳐서 집들이 많이 떠내려가고 무너졌다.

1782년 7월 20일

스스로 돌아봐도 평범하고 졸렬한 태도를 면치 못하고 있다. 꽁보리밥에 오이소박이김치를 마주하면 곧 곤란하다는 생각이 든다. 이러니까 평범하고 졸렬한 것이다.

1782년 8월 7일 아침에 오던 비가 밤까지 계속되었다.

들자니 지금 돈 100푼으로 쌀 한 말 일곱 되를 산다고 한다.

인가(人家)에서 늘상 먹는 반찬으로는, 오직 된장과 간장 및 김치가 최고로 중요한 품목이다. 그러므로 음식을 관리하는 데 대해 묘해(妙解)가 있는 자라면 마땅히 김치와 간장, 된장에 주력해야 하며 비린 반찬에 집중해서는 안 된다. 만약에 김치와 간장, 된장이 훌륭하다면 다른 반찬에 대해서는 본디 허둥거릴 이유가 없다.

들자니 10푼으로 살 수 있는 쌀이 저녁에 또 2홉 줄었다 한다. 계산해 보니 쌀 한 섬에 1천 푼이다.

굶주림과 목마름을 면할 수 없다면 그저 굶주리고 목마른 것을 감당해야 할 따름이다. 굶주림과 목마름 때문에 분노하고 시기 질투하고 한탄하고 원망하고 남의 탓을 하는 것은 결코 사리에 맞지 않다.

한 해 흉년이 든 것은 나라의 중대한 일인데, 한가하고 여유로우며 어질고 후덕하고 청명하고 태평하니, 아마도 이런 재해를 하찮고 지엽말단적인 일로 여기는 듯하다.

솔잎으로도 허기를 메울 수 있다고 한다. 콩가루를 섞어 먹으면 좋고, 가루를 내서 붉은 대추에 넣으면 더욱 좋단다.

1783년 2월 14일 쌀쌀하게 추웠다. 저녁 무렵 바람이 차고 몹시 쌀쌀했다.

내가 지은 『저경』이 아주 훌륭하다 하며 한번 보자고 하는 이가 있다.

서원현(西原縣: 청주)에서는 양하[2]라는 풀이 나는데 맛이 생강순과 같고, 그 지역 사람들은 대부분 그걸로 김치를 담가 먹는다고 한다.

1784년 8월 29일 흐리고 비가 올 것 같았다.

난동 둘째 집에서 어제의 도목정사를 봤더니 이재협(李在協)이 경기 감사가 되었다.

들으니 윤급(尹汲)이 해남에서 귀양살이할 때에 호남의 어떤 고

2_ 양하(蘘荷): 생강과에 속한 여러해살이풀이다. 보통 '蘘荷'라고 쓰며 '양애'라고도 한다. 봄에 죽순처럼 돋아나는 연한 줄기와 추석 무렵에 나오는 꽃대가 향이 좋아 장아찌를 담가 먹는다.

을 수령이 겨울 김장거리를 한 바리 가득 실어 보냈는데, 도착하고 보니 다만 커다란 무 두 개뿐이었다고 한다. 그걸 깍둑깍둑 썰어 김치를 담으니 한 항아리가 가득 찼다는 것이다. 이런 무는 외국의 특산품보다 못할 게 없다. 그 소중함을 어찌 민촉의 여지나 오월의 양매3- 정도에 비길 수 있겠는가?

1785년 7월 18일 아침에 가끔 흐리고 더웠다.

책주릅 조 씨가 『일하구문』4-을 보여 줬다.

들자니 바닷가의 방언으로 얼룩뱀을 눌무기5-라고 하는데 대체로 이것이 변해서 낙지가 된다고 한다. 바닷가에 갔던 사람들이 그것을 목격한 적이 있으며, 그래서 죽을 때까지 낙지를 먹지도 않고 제사 음식으로도 쓰지 않는다는 것이다. 음식의 품목을 정리할 때 이런 종류의 것은 제외할 계획이다.

들자니 호남의 나주 영산포(靈山浦)에서는 대단히 커다란 무가 나는데, 기호지방에서는 그런 게 없다고 한다. 그 맛은 배와 똑같은데 유자와 배, 생강, 감초 등을 넣어서 김치를 담으면 아주 훌륭한 반찬이 된다고 한다.

1786년 1월 20일 날이 풀려 눈이 녹았다. 가끔 흐렸다. 오후에는 바람이 불고 훈훈했다.

김치가 훌륭하면 밥맛이 난다. 땅이 훌륭하면 곡식이 잘 된다.

3_ 민촉(閩蜀)의~양매(楊梅): 민촉과 오월(吳越)은 모두 중국 남방 지역이고 여지(茘枝)와 양매는 각각의 지역에서 나는 유명한 열대 과일이다.
4_ 『일하구문』(日下舊聞): 청나라 때 주이준(朱彝尊)의 필기류 저술이다.
5_ 눌무기: 녹색 바탕에 검은 얼룩무늬가 있는 뱀이다. 늘메기 혹은 율모기라고도 한다.

장수가 훌륭하면 병졸들이 잘 싸운다.

    유만주의 언급에 따르면 그는 '저경'(菹經)이라는 제목의 책을 엮은 것으로 보인다. '저'(菹)는 김치라는 뜻이다. 당시에는 '연경'(煙經), '녹앵무경'(綠鸚鵡經) 등 특정한 사물을 소재로 하여 쓴 '○○경'이라는 제목의 책들이 적지 않게 보이는데 이런 책들은 담배, 초록 앵무새 등 해당 사물에 대한 모든 것을 담은 일종의 백과사전이었다. 따라서 유만주의 '저경'은 김치에 대한 백과사전이었을 것이다. 이 책은 비록 전하지 않지만 『흠영』의 곳곳에는 지금도 한국인의 식생활에서 중요한 부분을 차지하고 있는 김치에 대해 알려주는 내용이 적지 않아 여기에 모아 보았다.

역사서를 읽는 방법

1780년 10월 20일 아침에 추웠다.

오이 덩굴을 뽑아내는 방식[1]으로 책을 읽으면 관련 서적을 모두 꺼내 보게 되므로, 다 읽은 글이 채 10편이 안 되지만 뽑아 본 책은 수백 권에 이르는 경우도 있다. 내가 예전에 듣기로 성천 부사(成川府使) 민(閔) 아무개가 역사 공부를 할 때 이 방법을 썼다고 한다.

1782년 5월 6일 동풍이 또 일었다. 아침에 가을처럼 선선했다.

책을 읽을 때는 깊이 침잠해야 터득하는 바가 있게 된다. 깊이 침잠할 수 있는 자질은 온갖 일들에 모두 적당하니, 비단 독서에만 해당되는 것은 아니다.

선비가 경전과 역사서를 읽을 때에는 세월을 두고 과정을 밟아 나갈 필요가 있다. 예컨대 올해 『서경』을 읽으면 내년에는 『시경』을 읽고, 내후년에는 『주역』을 읽는다. 그리고 올해 명나라 역사를 읽으면 내년에는 송나라 역사를 읽고 내후년에는 당나라 역사를 읽는다.

『서경』을 읽는 해에는 모든 글을 오로지 『서경』의 문리(文理)에 비추어 이해하고, 명나라 역사를 읽는 해에는 제반 사건을 오로지

1_ 오이 덩굴을 뽑아내는 방식: 원래 명나라의 영락제가 자신에게 반항하는 경청(景淸)의 일족을 주살할 때 사용한 연좌제 처벌 방식을 일컫는 말이다. 경청의 반역이 실패한 후 영락제는 경청을 죽이고 그의 구족을 멸한 다음 경청과 조금이라도 관련이 있는 사람이면 모두 잡아 죽였는데 이것을 두고 '과만초'(瓜蔓抄), 즉 오이를 덩굴째로 뽑아내는 것이라 했다.

명나라 시대에 비추어 이해한다. 이렇게 하면 비로소 빠뜨림 없이 실제적인 공부를 할 수 있다.

　　하나의 중요한 텍스트를 읽을 때, 그 내용을 확실히 이해하고 그것을 벼리 삼아 여타 주변적인 사항들을 포괄적으로 수렴하는 지식의 체계를 만들어 간다는 방식이 흥미롭다.

소설 읽기의 즐거움

1780년 10월 20일 아침에 추웠다.

『등월연』[1](**6책이다.**) 12회를 보았다. 세상을 깨우치는 신기한 볼거리로서 취리연수산인(檇李煙水散人: 서진의 호)이 농담 삼아 지었다고 되어 있다.

비록 조잡하고 얄팍한 소설이라도 역시 좋아할 만한 구절이나 단락이 한두 개 있기는 하다. 이를테면 버려진 별서(別墅)의 풍경을 이야기하면서,

"그저 어수선하고 쓸쓸한 광경뿐이다. 섬돌엔 풀이 잔뜩 나 있다. 창문은 거미줄로 뒤덮여 있고 벽에는 이끼 무늬가 얼룩덜룩하다. 연못엔 물풀만 우거져 금붕어는 보이지 않는다. 길섶 울타리는 부서져 있고 푸른 대나무는 하나도 남아 있지 않다. 서글퍼 탄식하며 한참을 우두커니 서 있었다."

라고 한 구절을 읽으면 쉬이 마음이 서글퍼지며 가슴이 메어 온다. 이것이 서술의 묘(妙)다.

1783년 11월 2일 가끔 흐렸다.

밤에 임제(林悌)의 「수성지」를 읽었다.

구양수는 "진(晉)에는 문장이 없고 오직 도연명의 「귀거래사」

1_ 『등월연』(燈月緣): 명말 청초 통속소설 작가인 서진(徐震)이 쓴 연애소설이다. 주인공 진초옥(眞楚玉)과 여러 여자들의 만남이 정월대보름 등불축제를 배경으로 이루어지고 있어서 이런 제목이 붙었다.

가 있을 따름이다"라 했고, 소식은 "당(唐)에는 문장이 없고 오직 한유의 「반곡서」(盤谷序)가 있을 뿐이다"라 했는데, 나 역시 이렇게 말한다. "우리나라에는 문장이 없고 오직 임제의 「수성지」가 있다."

「수성지」에 이런 구절이 나온다.

"무고문²에 있는 이들 중 고금을 통틀어 가장 큰 한을 지니고 이승과 저승 사이에 분노가 사무쳐 고통과 슬픔을 차마 다 말할 수 없는 이로는 소나무와 잣나무 사이에서 객사한 제나라 왕³과 강물에 빠져 죽은 초나라 왕자⁴를 들 수 있다. 나라를 가져간 것으로도 충분하거늘 어찌 차마 죽음으로 몰아넣었나? 충신의 눈물은 마르지 않고 열사의 한은 끝나지 않는다."

예전에 『매산록』⁵을 보았더니 이 단락에 대해 '작자가 여기서 지적하는 바가 있으니, 「원생몽유록」⁶과 표리를 이루는 것으로 볼 수 있다'고 했다.

이런 구절도 있다.

"지난날 슬펐던 것이 기쁨이 되고, 괴로웠던 것이 즐거움이 되며, 원망스러웠던 것은 잊히고, 한스러웠던 것은 사그라들며, 분은 풀어지고, 성냄은 즐거움이 되며, 우울함은 화락함이 되고, 답답함

2_ 무고문(無辜門): '죄 없는 이들의 문'이라는 뜻인데, 수성(愁城)에 설치한 4대문 중의 하나다.

3_ 소나무와~제(齊)나라 왕: 전국시대 제나라 왕 전건(田建)이 진나라의 꼬임에 빠져 나라를 송두리째 바치고 자신은 연(燕)나라 땅의 소나무와 잣나무 사이에 버려져 굶어 죽었다.

4_ 강물에~초(楚)나라 왕자: 초나라의 장수 항량(項梁)이 초나라 양왕(襄王)의 손자 심(心)을 세워 회왕(懷王)이라 칭했는데, 나중에 항우가 의제(義帝)라고 높였다가 자신이 패권을 차지한 뒤 강물에 빠뜨려 죽였다.

5_ 『매산록』(梅山錄): 『국조고사』(國朝故事)의 다른 이름이다. 영조 시기까지 조선 역대 왕의 인적 사항과 각 왕대에 일어났던 중요 사실을 뽑아 수록한 책이다.

6_ 「원생몽유록」(元生夢遊錄): 역시 임제가 지은 소설로, 주인공 원생이 꿈에서 단종과 사육신을 만난다는 내용이다.

은 흔쾌함이 되며, 신음소리는 노래가 되고, 불끈 쥐었던 주먹은 덩실덩실 춤을 추게 된다."

아하! 이렇게 살펴보니 환백7_의 공(功)이 위대하다.

유만주가 소설을 읽는 주된 이유는, 감정선을 건드리는 섬세한 묘사와 슬픔을 어루만지는 서사 등에 있는 듯하다.

7_ 환백(歡伯): 「수성지」의 등장인물인데 술을 의인화한 존재이다. 술을 마시면 근심을 덜고 즐거워질 수 있다는 뜻에서 붙인 이름이다.

책은 무엇을 할 수 있는가

1781년 윤5월 11일 비바람이 쳤다.

경전은 어떤 일이 일어나기 전에 미리 훈계해 주고, 역사는 이미 일어난 일을 현재에 비추어 보게 한다. 이 때문에 경전과 역사는 인간에게 만금의 가치가 있는 좋은 약이 된다.

비록 만금의 가치가 있는 좋은 약이라 할지라도 한 사람의 마음의 병을 고칠 수 없다면 그것은 아마도 경전이 공허한 말에 그치고, 역사가 진부한 사적에 귀결되기 때문이 아니겠는가.

인심과 풍속은 부지불식간에 날로 경박해지고, 이로운 혜택이나 쓸 수 있는 재화는 날로 줄어든다. 경박한 시대에 살면서 경제적으로 긴축된 때를 당한 것이 어쩌면 다행인지도 모르겠다.

고기잡이는 고기 잡는 꿈을 꾸고, 나무꾼은 나무 하는 꿈을 꾸고, 시험 응시생은 시험보는 꿈을 꾸고, 벼슬아치는 벼슬 하는 꿈을 꾼다. 그러니 궁극의 경지에 이른 사람이 어찌 꿈을 꾸겠는가? '지인(至人)은 꿈꾸지 않는다'는 말은 당연하다.

의롭지 못한 일을 하면 능력 있는 사람이라고 인정해 준다. 그러니 치우치지 않은 올바른 사람에겐 이제 세상물정 모르는 어리숙한 자라고 하겠지.

1783년 1월 15일 흐리고 바람이 세게 불었다. 바람 소리가 물결치는 것 같았다. 한겨울처럼 매우 추웠다. 밤에 또 눈이 휘날렸다.

분명히 책 중에는 풍속을 무너뜨리는 책이 있고, 명교(名敎)를 부지하는 책이 있으며, 마음을 맑게 하고 욕심을 적게 하는 책이 있고, 마음을 방탕하게 하는 책이 있다. 그리고 마음은 책을 따라 옮겨 간다.

1783년 6월 1일 가끔 흐리고 더웠다.

책은 읽는 자에게 답을 해 주는 무엇이지, 애초에 교감을 할 수 있는 대상이 아니다.

1784년 12월 13일 춥다.

책을 보고 글을 읽는 것은 그저 작문을 익혀 과거에 응시하기 위해서가 아니다. 십중팔구는 지식과 사고를 넓히고 품격을 온전하게 지키고 자신의 가능성을 펼쳐 나가기 위한 것일 뿐이다. 만약 그렇게 하지 못하고 그저 읽고 보기만 한다면 대단히 무의미한 행동이 될 테니 아주 그만두어 버려도 괜찮다.

1785년 4월 28일 바람이 종일 세게 불었다.

왕안석의 시에 "등불 하나 고요한데 책을 끼고 잠들었네"라는 구절이 있고, 전겸익의 시에 "창틈으로 바람 드는데 책을 끼고 잠들었네"라는 구절이 있다. 이 두 구절은 몹시 초췌하고 메마른 정취를 보여 준다. 그렇지만 책을 끼고 있다는 데서 무한한 의취(意趣)가 생겨나므로, 가난한 오막살이에서 비탄에 잠긴 촌학구나 삶에 찌든 서생에 비길 바가 아니다.

1785년 6월 18일 가끔씩 조금 흐렸다. 많이 더웠다. 밤에 비가 왔다.

남진(南陳)의 선비가 이런 말을 했다.

"공부는 남을 위한 것이 아니다. 스스로 즐기는 것일 따름이다.

비록 그 가운데 좋은 점이 있어도 눈에 띄게 자취가 드러나는 경우는 드물다."

구름이 많은 자그만 땅에서 남은 남답게 나는 나답게 살아가고자 하는 나의 뜻과도 무관하지 않아서, 이 글을 보니 유쾌해진다.

책은 생명이 있는 것도 아니고, 나와 소통할 수 있는 친구도 아니다. 기껏해야 나의 물음에 답을 주곤 하는 어떤 것이다. 그럼에도 책에는 사람의 마음을 움직이는 이상한 힘이 있다. 마음의 병을 치유하여 외롭고 메마른 삶을 나름대로 버티어 나갈 수 있도록 기운을 주고, 내가 지닌 가능성을 펼쳐 나갈 여지를 마련해 주기도 하는 게 바로 책이다.

서울에는 책이 많다

1778년 9월 22일 바람이 쌀쌀하다. 가끔 흐리더니 오후에는 맑게 개었다. 종일 큰 바람이 불었다.

단풍잎 붉은 동청서옥[1] 뜰에 낙엽 지는 가을이 왔다.

군위현의 유생 성근이 들어와서 만나보았다. 그는 문학에 뜻을 두었으며 나이는 갓 스물이다. 그가 읽을 만한 책이라 언급하는 걸 보니 최근에야 비로소 『장자』(莊子)와 한유의 존재를 알게 된 듯하다. 한편 그는 『서경』을 2년 동안 500번이나 읽었다고 한다. 그가 써 가지고 온 과시(科詩: 과거 응시용 시)를 보니 서울에 사는 내 종형제 유담주(兪聃柱) 같은 부류의 것과는 다르다.

그는 '시골에서 가난하게 사는 통에 책을 널리 읽지 못해 고루하고 천박하다'고 스스로 한탄하며 '예전부터 서울에 올라가 공부할 뜻을 두었지만 그럴 수 없었다'고 했다. 그리고 '『장자』가 좋다는 것을 이제 알았으니 올 겨울엔 장차 천여 번을 읽을 것'이라 했다. 그 뜻이 가상할 뿐이다. 그에게 술과 안주 및 차가운 과일을 대접했다.

영남에서 글을 잘한다고 유명한 사람도 집에 『세설신어』[2]를 갖고 있는 경우는 극히 드물다. 사서삼경과 『십팔사략』[3]과 『통감』[4]

1_ 동청서옥(冬靑書屋): 유만주가 부친의 임지인 군위현에 머물 때 그 서재에 붙인 이름이다.

2_ 『세설신어』(世說新語): 후한(後漢)과 동진(東晉) 시대 사대부들의 일화를 기록한 책이다. 남조 송나라 때 유의경(劉義慶)이 편찬했다. 등장인물들의 강한 개성이라든가 고전적 교양, 해학 등이 잘 드러나 있어 좋은 읽을거리다.

3_ 『십팔사략』(十八史略): 증선지(曾先之)가 편찬한 중국의 역사서인데 태고(太古) 때부터 송나라 말기까지의 사실(史實)을 압축하여 편찬했다. 사료적 가치가 그다지 없는 통속본이지만 우리나라에서는 어린이를 위한 초보적 역사 교과서로 널리 사용되었다.

『고문진보』, 『주서절요』,5_ 『염락풍아』6_ 등을 달달 외도록 익히고 읽는 데서 벗어나지 못하고 있으며, 그 밖에 허다한 총서와 어마어마한 분량의 책들, 훌륭하고 기이한 책들이 있다는 것은 도무지 모른다. 그렇지만 그들은 진실하게 공부한다는 점에서 만 권의 기이한 책을 쌓아 둔 서울 선비보다 훨씬 낫다.

장서가들은 1년이 다 가도록 책들을 시렁에 묶어 두고 좀벌레의 배만 불리느니, 차라리 문학에 뜻을 두고도 책을 구하지 못하는 성근과 같은 시골 사람들에게 나누어 주는 게 어떨까. 만약 내가 훗날 업후(鄴侯)와 같이 거질의 장서를 얻게 된다면 이 소원을 잊지 않고 석가여래의 평등보제심(平等普濟心: 공평하게 널리 구제하려는 마음)을 이루리라 다짐한다.

1784년 8월 13일 화창하게 맑고 바람이 일었다.

서울의 사대부 집안에 소장된 서적을 집집마다 조사해서 모은다면 마땅히 몇 만 권을 밑돌지 않을 테니, 없는 책이 거의 없을 거다.

4_ 『통감』(通鑑): 『통감절요』(通鑑節要)를 가리키는 듯하다. 송나라 때 강지(江贄)가 사마광(司馬光)의 『자치통감』(自治通鑑)을 간추려 엮은 역사서인데 우리나라 어린이에게 많이 읽혔다.
5_ 『주서절요』(朱書節要): 조선의 이황(李滉)이 『주자대전』(朱子大全) 가운데 실린 주희의 서간문을 뽑아 편집한 책으로, 『주자서절요』(朱子書節要)라고도 한다.
6_ 『염락풍아』(濂洛風雅): 원나라의 김이상이 주돈이·정호·정이 등 송나라 성리학자들의 시를 모아 만든 책이다.

18세기 조선에는 없는 책이 없었다. 그러나 그중 대다수는 부유한 서울 사대부가의 책꽂이에서 잠자고 있었다. 서울에는 보고 싶은 책이 있어도 입수하지 못해 안타까워하는 유만주와 같은 이가 더 많았고, 군위 같은 시골에는 그저 판에 박힌 몇 권의 책을 달달 외며 그 외에 무슨 책이 더 있는지 상상조차 못하는 이가 대부분이었다. 유만주는 부친의 임지인 경상도 군위에서 그 지역 청년 성근을 처음으로 만나 이야기를 나눈다. 몇 권 없는 책을 읽고 또 읽으며 알지 못하는 무한한 지식의 세계를 갈구하는 성근의 처지를 십분 이해하고, 그에 대비되는 경화세족(京華世族)의 어마어마한 장서를 떠올려 보며, 유만주는 지식의 평등한 소유를 꿈꾼다.

조선 선비 필독서

『성호사설』

1781년 9월 25일

『성호사설』[1]에서는 "봉건제를 이어받아 지방 수령의 의리를 행한다면 지방행정의 폐단을 구제할 수 있을 것"이라 했다. 또 "봉건국에서는 그 자제를 벼슬아치의 지위에 편입시키고, 봉할 수밖에 없는 자의 경우에는 봉국(封國)을 내려 주되 아버지의 봉토를 그대로 물려받지 않도록 한다"고 했다. 이 말은 '봉건국은 물려받지 않도록 하며, 훌륭한 자식의 경우 별도로 봉국을 내린다'고 한 밀옹(密翁: 김지행)의 언급과 마찬가지로 치우친 데 없이 올바르다.

우리나라의 습속은 역시 별나다. 정주학(程朱學)이 흘러들어 학자들의 구실이 되었고, 한유와 구양수의 문장은 흘러들어 문사(文士)들의 구실이 되었다. 유독 예찬과 심주[2]와 진계유와 원굉도[3] 등의 제가(諸家)가 구현한 일종의 맑고 기이한 기풍이 초림(椒林: 서얼)으로 한 줄기 흘러들었는데, 세상에서는 그걸 두고 날카롭고 경박하다고 많이들 말한다. 날카롭고 경박한 것이라면 본디 날카롭고 경박하다 하겠고, 맑고 기이한 것이라면 진정 맑고 기이하다 하겠으

1_ 『성호사설』(星湖僿說): 유만주가 읽은 것은 안정복이 편집한 『성호사설유선』(星湖僿說類選)이다.

2_ 예찬(倪瓚)과 심주: 중국의 탁월한 문인화가이다. 예찬은 원나라 때, 심주는 명나라 때 활동했다.

3_ 진계유(陳繼儒)와 원굉도(袁宏道): 명나라 말에 주로 활동한 문인들이다. 소품문(小品文)으로 불리는 문예미가 빼어난 산문을 많이 쓴 것으로 알려져 있다.

나, 초림의 문학은 참으로 터무니없는 남자가 자기 그림자를 잡으려고 드는 것과 비슷할 따름이다. 예찬이나 심주같이 되는 것이 어찌 누구나 할 수 있는 일이겠는가?

성호(星湖)의 책을 나 같은 일개 한미한 선비가 봐서 무슨 소용이겠는가? 백성을 어루만지고 다스려야 할 자들이 마땅히 가져다 봐야 하리라.

1781년 9월 27일 바람이 차고 그늘이 많이 졌다. 가끔 싸락눈이 휘날렸다.

김익(金熤)이 강화 유수가 되었다 한다.

송나라의 재상이 이종4_에 대해 '범상치 않다'고 논평했는데, 나 또한 한마디로 이렇게 말한다.

"성호의 책은 범상치 않다."

1781년 9월 29일 때로 흐리다가 밤에 비가 왔다.

벗과 책은 내가 나의 가능성을 펼쳐 나가는 데 바탕이 된다.

성호의 사론(史論)은 그 글 전체가 모두 내가 말하고 싶었으나 아직 써 내지 못한 것들이었다. 그러므로 이 일기에 성호가 일찍이 한 말들을 다 가져다 적은 것이다. 만약 여러 훌륭한 분들이 『성호사설』을 산삭하고 교정한다면 그것은 나의 책이 아니라 그 여러 분들의 책이 될 것이다. 지금 나는 『성호사설』의 내용을 그대로 기록

4_ 이종(理宗): 남송(南宋)의 제5대 황제이다. 주자학에 심취해 유학자를 중용하고 개혁을 도모한 이상주의자로 평가된다. 그러나 그의 이상주의적 개혁은 몽골군의 침공이라는 현실에 부딪쳐 실패로 끝났다.

하고 정신을 쏟아 늘상 주목하고 있는데, 이는 성호의 책이면서 또한 나 흠영의 책이기도 하다. 성호의 말씀이 어찌 나를 속이는 것이겠는가?

1784년 10월 10일

남인의 대가(大家), 이를테면 반계(磻溪) 유형원(柳馨遠)과 성호이익과 같은 분들의 집안에는 조상의 옛일을 기록해 둔 문서로서 볼 만한 것이 틀림없이 있을 것이다. 만약에 그런 집안을 탐방하고 취재한다면 그 역시 해박한 지식을 얻게 되는 하나의 방법일 것이다.

『반계수록』

1776년 12월 23일 가끔 흐렸다.

『문헌통고』 읽기를 멈추고 『반계수록』(磻溪隨錄)을 보았다.

1776년 12월 29일 추웠다.

『반계수록』에는 네 가지 큰 줄기가 있으니 전(田), 학(學), 관(官), 병(兵)이 그것이다.

전제(田制)는 균전(均田)과 정부(正賦)로서, 밭 전(田) 자의 생김새대로 밭을 넷으로 구획하되 한 구역은 모두 100묘[5]로 하여 네 사람의 농민에게 각각 부여하고 법에 따라 세금을 받는다. 그리고

5_ 묘(畝): '이랑'이라는 뜻으로 논밭의 면적을 세는 단위이다. 고대 중국에서 1묘는 대략 243㎡였고, 조선 시대의 1묘는 259.46㎡였다.

대군과 왕자, 옹주, 향대부, 생도 및 학교와 진영(鎭營)과 군대와 역 (驛) 등에도 모두 차등을 두어 밭을 지급하되, 해당 신분이 소멸되면 환수한다. (대략 이렇다는 거다. 그 법의 세부 사항은 다 적지 않는다. 이하 같다.)

학제(學制)는 선비를 양성하고 현명한 자를 뽑는 것이다. 향약을 시행하고 학교의 규정을 명확히 하며 학관(學官)을 뽑고 공거(貢擧: 지방 인재를 뽑아 서울로 보냄)를 실시한다.

관제(官制)는 쓸모없는 자리를 줄이고 과도하게 많은 관료를 도태시키며, 오래 근무한 자의 봉급을 인상해 주는 것이다.

병제(兵制)는 오위군(五衛軍)을 정비하여 훈련도감의 군대와 표리를 이루게 하는 것이다.

대체로 수량의 계산이나 절차와 항목에 대한 고려가 꼼꼼하면서도 투철하고 엄밀하니, 비록 실행되지는 못했어도 사리가 명확한 점에 있어서는 결단코 학자들의 공리공담에 비할 바가 아니다.

반계는 공전법(公田法)이 다만 신분이 높은 사람은 부유하게 하고, 신분이 낮은 사람은 가난하게 하며, 현명한 사람은 신분이 높게 하고, 어리석은 사람은 신분이 낮게 하려는 것일 뿐이라고 했고, 또 성인(聖人)이 만든 정전법(井田法)은 땅을 사람에게 균등하게 나누어 주는 것과, 멈춰 있는 것으로 움직이는 것을 제어함을 주된 근본으로 삼는다고 했다.『반계수록』의 근본은 여기에 있다.

1780년 11월 24일

대부분의 동인(東人)들이 석담(石潭: 율곡 이이)에 대해 틀렸다고 하며 털어서 먼지 안 나는 사람은 없다는 태도로 흠을 잡고 일심단결하여 공격했음에도,6- 석담이 훌륭하다는 것을 혼자서 진정으로 알아주고, 흠집을 찾으려는 자들의 논의에 구차히 영합하는 말을 한마디도 하지 않았다. 그러니 반계의 마음은 더없이 공정하다.

허목(許穆, 1595~1682)이 남당(南黨)의 영수(領袖)가 되었을 때, 그의 문장을 아껴 손수 기록하면서도 끝까지 스승으로 허여하는 칭호를 붙이지 않았으니, 반계의 식견은 누구보다 깊다.

윤휴(尹鑴, 1617~1680)가 성대한 명성을 누리고 여러 현명한 사람들까지도 모두 그를 따를 때에도 "출사한 것은 그에게 복이 못된다. 세상에 조금 쓰이면 자기 몸을 조금 망칠 것이요, 세상에 크게 쓰이면 자기 몸을 크게 망칠 것이다"라 했는데, 나중에는 모두 그 말처럼 되어 한 치도 어긋나지 않았다. 그러니 반계는 누구보다 먼저 앞을 내다본 것이다.

아아! 반계와 같은 이는 진정 대영웅인 것이다.

용렬한 벼슬아치, 혹은 그저 그런 은자나 유자의 부류도 모두 시호(諡號)를 얻었는데 반계 같은 분은 되레 시호를 얻지 못했다. 대저 시호의 유무가 이분에게 무슨 상관이 있겠는가마는 만약 옛날의 시법(諡法)을 기준으로 삼는다면 이런 분이 시호를 얻지 못한 것이 옳은 일이겠는가.

6_ 대부분의~공격했음에도: 이이(李珥)는 서인(西人) 계열에 속하는 정치인으로서 반대파인 동인(東人) 측의 공격을 여러 차례 받았고, 정쟁을 조절하고자 노력했으나 실효를 거두지 못했다. 동인들은 그가 불교에 귀의하여 승려가 되었던 것과, 승려가 되는 과정에서 서모(庶母) 권 씨와 싸웠던 점 등을 들어 거의 인신공격에 가까운 공세를 편 바 있다. 한편 유형원(1622~1673)은 남인 계열에 속하는 학자이다. 남인은 동인으로부터 갈라져 나왔으므로 그 정치적 입장을 계승할 것으로 기대됨에도, 유형원이 이이에 대한 평가에서 공정함을 보였다는 견지에서 위와 같은 말을 하고 있는 것이다.

『우서』

1776년 11월 11일 오늘은 동지다. 절기 시각은 미초 초각(未初初刻: 오후 1시 15분)이다.

『동서』7를 읽었다.

1777년 11월 23일 바람이 불었다.

『동서』에 푸른 먹으로 평점을 찍었다.

1780년 11월 30일 춥고 써늘했다.

『동서』는 『반계수록』과 서로 표리를 이룬다. 『동서』에서 우리나라의 폐단에 대해 논한 것은 조리에 맞고 정곡을 찌른다.

전제(田制)가 문란하니 농부가 농부가 될 수 없고, 병제(兵制)가 문란하니 군대가 군대가 될 수 없으며, 직임(職任) 제도가 문란하니 관리가 관리가 될 수 없고, 군현(郡縣) 제도가 문란하니 이속(吏屬)이 이속이 될 수 없으며, 학교 제도가 문란하니 선비가 선비가 될 수 없고, 교역 제도가 문란하니 상인이 상인이 될 수 없다. 대저 이와 같기 때문에 사람들이 모두 사람이 될 수 없고, 나라가 마침내 나라가 될 수 없는 것이다.

1787년 1월 4일 흐림

『우서』는 위대한 경륜이 담긴 책이다. 유형원 공의 『반계수록』

7_ 『동서』(東書): 『우서』(迂書)의 다른 이름이다.

과 비교한다면 비록 공리적(功利的) 성격이 과다한 감이 있지만 실행에 편의하다는 측면에 있어서는 되레 이쪽이 더 나은 것 같다.

들자니 또 예전에 『우서익』(迂書翼)이라는 책의 초고가 몇 상자 있었는데 애석하게도 그 집에서 불태워 버렸다고 한다.

『성호사설』을 쓴 이익과 『반계수록』을 쓴 유형원은 남인 계열의 학자이고 『우서』를 쓴 유수원(柳壽垣, 1694~1755)은 소론 계열의 학자로서 각각 조선 사회의 폐단을 개혁할 위대한 경륜을 제시한 바 있다. 유만주와 같이 노론 계열에 속한 청년이 그 세 저서를 진지하게 읽고 찬탄하며 수용한 것을 볼 때 당시 조선의 지식인 사회에서 세 학자들의 사회개혁론이 당파를 초월하여 어느 정도 보편적인 동의를 얻고 있었을 것이라 짐작된다.

조선의 장서가들

1780년 8월 2일 퍽 덥고 가끔 흐렸다. 정오 무렵 비가 갑자기 몹시 쏟아지다가 금세 맑게 개었다. 밤이 되자 또 비가 왔다.

듣기로 최석정(崔錫鼎)은 장서가 몹시 풍부했으나 장서인은 한 번도 찍은 적이 없다고 한다. 남에게 책을 빌려주면 돌려받으려고 찾는 법이 없었으며, 언제나 자식과 아우들에게 이렇게 주의를 주었다 한다.

"서적은 공공의 물건이니 개인이 사사롭게 차지하고 있어서는 안 된다. 내가 마침 책을 모을 만한 힘이 있었기 때문에 책이 나에게 모인 것이지만 남들이라고 하여 그러지 말라는 법이 있겠느냐?"

그는 『예기』(禮記)나 『춘추좌씨전』 등의 책들을 분류하여 선집을 만들면서, 자기 책과 남의 책을 막론하고, 판목(版木)에서 해당 구절을 잘라내어 배열해서 맞추는 것과 등사(謄寫)하는 작업을 아울러 번갈아가며 하도록 했다 한다.

1786년 1월 16일 혹독한 추위다. 오후쯤 되어 눈이 조금 내렸다.

달이 떴다. 몹시 밝기까지 했다. 혼자 수각교[1]로 나왔다가 발길을 돌려 민경속에게로 향했다. 등불 하나가 희미하게 밝았다. 그에게서 이런 이야기를 들었다.

상서(尙書)를 지낸 숙민공(肅敏公) 민성휘(1582~1647)는 소싯

1_ 수각교(水閣橋): 청계천의 지류인 창동천에 있던 다리이다. 서울 중구 남대문로4가 1번지 근처에 있었다.

적에 곤궁하여 책을 읽고 싶어도 언제나 책을 빌리기가 어려웠다. 그래서 과거에 급제하고 현달하게 되자 책을 모으기로 마음을 먹었다. 그는 바닷길로 명나라에 사행을 갔다가 돌아올 적에 배 한 척을 채울 만큼의 책을 사서 돌아왔으니 그 양이 얼마나 많았는지 짐작할 수 있다.

그는 그 책들을 시골집과 서울집에 나누어 두었고, 또 별도로 해주의 산방²-에도 보관해 두었다. 그리고 책을 읽을 수 있는 사람이라면 누구든지 가져가 보게 했다. 그래서 해주의 산방에 있던 책은 하나도 남아 있지 않고 시골집과 서울집에 쌓아 둔 것도 반 이상 잃어버리게 되었다. 지금 자손이 지키고 있는 것 가운데는 중첩되는 책도 많고, 목록에만 있지 실제로는 없는 책도 많으며, 한 질이 통째로 없어진 것도 있고, 전집 중에 고작 한두 권만 남아 있는 것도 있다. 그 장서의 목록 4책이 아직 남아 있는데 그 가운데 기이한 책의 이름이 많이 있다고 한다.

이야기를 조금 오래 하다가 일어나서 다시 수각교에 이르니 시끄러운 소리가 아직 나고 있었고 달빛은 더욱 밝았다.

1786년 1월 18일 아침에 추웠다.

민경속이 『흠영』의 초본 셋째 권을 돌려주고 숙민공의 장서 목록 한 책을 보여 주었다.

밤이 되어서야 민경속이 준 장서 목록을 읽어 보았다. 금(金), 석(石), 산(山), 해(海), 정(靜), 원(遠), 유(留), 통(通) 등의 글자를 이름

2_ 해주(海州)의 산방(山房): 다음의 각주에 언급된 묘음사를 가리키는 듯하다. 산방에는 사찰이라는 의미도 있다.

270

으로 삼아 18개의 책궤(冊樻)로 분류했는데 모두 2,874권으로 장연 묘음사³에 보관된 것이다. 그 가운데 『소자전서』(邵子全書, 15책), 『여씨춘추』(呂氏春秋, 4책), 『태현』(太玄, 2책), 『사서인물고』(四書人 物考, 6책)와 같은 책에는 모두 우암(尤菴: 송시열)이 빌려갔다는 작은 글씨가 덧붙어 있다.

유만주는 민성휘와 최석정이 어마어마한 양의 진귀한 책을 가지고 있다고 하여 그들을 장서가로서 높이 평가한 것이 아니다. 그들이 책을 자신의 소유물로 여기지 않고 여러 사람이 함께 볼 수 있도록 나누었기 때문에 훌륭한 장서가로 본 것이다.

3_ 장연(長淵) 묘음사(妙陰寺): 장연은 황해도의 지명이다. 묘음사는 황해도 재령군의 장수산에 있던 절이다.

연꽃 같은 아이야

스무 살 아버지

1775년 6월 7일 아침에 흐리고 안개 끼더니 곧 개었다.

어젯밤부터 아픈 것 같았다. 아침에 억지로 세수를 했다.

저녁에 다른 방으로 옮겨 가서 자고, 누워서 조섭을 했다.

1775년 6월 8일 맑고 더웠다.

아픈 증세가 훨씬 더 심하다.

1775년 6월 9일 맑고 더웠다. 저녁에 흐렸다.

이 증세가 요즘 유행하는 홍역이라는 걸 비로소 알았다. 저녁에 가미승갈탕(加味升葛湯: 열이 높고 두드러기가 날 때 먹는 약)을 먹었다.

1775년 6월 10일 오늘은 소서(小暑)이다. 절기 시각은 술초 초각(戌初初刻: 오후 7시 15분)이다.

아침에 열꽃1_이 조금 나타났다.

저녁 먹기 전에 또 가미승갈탕을 먹었다.

오후부터 체해서 구역질이 났다. 밤에 구토와 설사가 심했다.

1_ 열꽃: 고열 때문에 붉은 반점이 생기는 것인데 원문에는 '발반'(發斑)이라 되어 있다. 홍역에 걸리면 처음에는 감기 비슷한 증세를 보이다가 고열이 나고 기침이 나며 눈도 충혈된다. 며칠 후에 살갗에 붉은 반점이 좁쌀처럼 내돋는데 이것을 '꽃'이라 한다. 처음 귀 뒤나 이마에 나다가 볼로 퍼지고 나중에는 몸 아래로 퍼진다. 이삼일 후에 꽃이 스러지면 일단 위기를 넘긴 것으로 간주된다(유종호, 『시와 말과 사회사』, 서정시학, 2009. 23면).

1775년 6월 11일 맑음

오후에 열꽃이 약간 사그라들었다.

밤에 땅이 흔들렸다.

아픈 증세가 약간 줄었다.

1775년 6월 12일 맑음. 저녁에 흐리고 밤에 비가 내렸다.

열꽃이 사그라들었다.

1775년 6월 15일 비바람이 크게 불더니 저녁에 조금 그쳤다.

차례상에 참외를 올리고, 참석은 하지 않았다.

1775년 6월 19일 맑고 더웠다.

더위 때문에 설사가 나서 향유산(香薷散: 더위 먹은 것을 치료하는 약)을 먹었다.

1775년 6월 20일 장맛비가 내렸다. 간혹 해가 나고 더웠다.

저녁에 향유산을 먹었다. 설사가 그쳤다.

1775년 6월 23일 흐리다가 오후에 개었다.

첫아이²⁻가 아침에 설사를 했다. 저녁에는 몸에 열이 나고 아파했다. 홍역의 조짐이다.

2_ 첫아이: 유만주의 맏아들 구환(久煥)을 말한다. 1773년 5월 생으로 당시 세 살이었다.

1775년 6월 25일 맑음

첫아이가 아픈 게 더욱 심해졌다.

1775년 6월 26일 흐리고 더웠다. 오늘은 대서인데 절기 시각은 오정 일각(午正一刻: 낮 12시 15분)이다.

첫아이에게 열꽃이 약간 나타났으며 몹시 아파했다.

1775년 6월 27일 개었다 흐렸다 했고 바람이 불었다.

첫아이의 얼굴에 열꽃이 나타났으며 설사를 많이 하고 밥을 안 먹었다.

1775년 6월 28일 흐리고 몹시 더웠다. 저물녘부터 비가 오더니 밤까지 계속되었다.

첫아이의 온몸에 열꽃이 돋았으며 더욱 더 많이 아파했다. 낙동에서 여종을 빌려 데려와서 젖을 먹이도록 했다.

1775년 6월 29일 아침에 흐리고 오후 늦게 개었다.

첫아이의 열꽃이 더 많아졌다.

홍역이 지금 대단히 극성이라 위독하다는 소식이 연이어 들려온다.

1775년 7월 1일 흐리고 서늘했다.

첫아이의 홍역 때문에 초하룻날 지내는 제사를 지내지 않았다.

첫아이의 열꽃이 사그라들고 조금 덜 아파했다.

처음으로 청열제(清熱劑: 해열제)를 먹었다.

277

홍역으로 죽은 사람이 계속 나와 만 명에 이른다고 한다.

1775년 7월 3일 맑고 바람이 불었다.

눈이 아파서 괴롭다.

1775년 7월 4일 맑음. 오후 늦게 흐려졌다.

첫아이가 이제야 움직이고 논다.

다시 청열제를 먹었다.

1775년 7월 5일 맑고 몹시 더웠다. 오늘은 중복이다.

저문 뒤에야 세수하고 양치를 했다.

1775년 7월 6일 맑고 더웠다.

세 번째로 청열제를 먹었다.

첫아이에게 향유산을 먹였는데, 설사 때문이다.

젖을 먹여 주던 여종을 저녁에 돌려보냈다.

어둑할 때 세수를 했다. 오늘의 더위는 올여름 들어 최고였다.

1775년 7월 7일 맑고 몹시 더웠다.

칠석날 지내는 제사를 지냈다.

홍역으로 죽어 나가는 이가 한시도 끊이지 않는데, 모두가 열꽃이 다 사그라들고 한 식경(食頃: 밥 한 끼 먹을 정도의 시간)쯤 지나서 죽었다고 한다.

1775년 7월 9일 맑고 더웠다.

아침에 세수를 하고 처음으로 밖에 나가 봤다.

밤에 굿을 하느라 소란스러웠다.

1775년 7월 10일 맑고 몹시 더웠다. 묘시(卯時: 아침 5~7시)에 해가 떴다.

밤에, 꿈속에서 수양 오씨(首陽吳氏: 유만주의 전처이자 구환의 생모)를 봤다. 사당에 모여 제사를 지내는 것 같았다.

1775년 여름, 서울에 홍역이 유행하여 유만주와 그의 세 살배기 아들 구환이 연달아 전염되었다. 자신도 아직 온전치 못해 약을 먹어 가며 아픈 아이를 돌보고, 부자가 무사히 홍역을 치르고 나자 '아이가 이제야 움직이고 논다'며 얼굴을 펴는 만 스무 살 젊은 아버지의 모습이 안쓰럽다. 아이가 한 고비를 넘긴 후, 이승에 없는 아이 엄마를 꿈에서 본 일도 마음을 아프게 한다. 아내는 출산 후유증으로 아이가 태어난 지 한 달도 되지 않아 세상을 떠났고, 유만주는 총명하지만 병약한 구환을 기르는 내내 아내의 부재를 확인했다.

연꽃 같은 아이야

1776년 7월 12일 가끔 비가 왔다.

밤에 남루(南樓: 남대문 근방의 누각)에서 노니는 꿈을 꾸었다.

꿈속에 올라간 돌계단은 거의 30~40개나 되었는데 갓 만든 것처럼 깨끗하고 희었다. 누각에 오르고 보니 그 뒤에는 커다란 연못물이 있었다. 그 물은 곧바로 누각의 계단에까지 닿았으며 아스라이 물결치고 있었다. 연못 바깥에는 흰모래언덕이 한 줄기 오르락내리락 에워싸고 있었다. 모래언덕 옆에는 연못에 이어진 강물과 같은 것이 있었는데, 푸르게 일렁이는 물결은 먼눈으로 보아도 끝이 없었다. 누각 앞에도 모래언덕이 있었는데 흰하고 아득한 데다 높다란 나무 수백 그루가 늘어서 있어 경치가 아주 뛰어났다. 오래 앉아 완상(玩賞)하며 정말 멋지다고 계속해서 찬탄했다.

그때 갑자기 함박눈이 펑펑 쏟아졌다. 잠시 후 모래언덕에 늘어선 나무를 바라보니 마치 옥으로 된 밭에 구슬로 된 꽃이 핀 듯했다. 계속 누각 가장자리에 앉아서 손으로 물장난을 하고 있는데, 연꽃이 아주 많이 떠 내려왔다. 나는 손을 뻗어 그것을 주워 소매 속에 넣고는 첫아이에게 주어야지 하다가 어느새 잠이 깨었다.

나는 꿈속에 노니는 일이 많지만 이번처럼 마음에 꼭 드는 꿈을 꾼 적은 이제껏 없었다. 게다가 이렇게 자세히 기억이 나므로 빠짐없이 적어 두고, 또 누각에 올라 꽃을 줍는 꿈이 좋은 징조가 될지 기다려 보려 한다.

새로 만든 하얀 돌계단, 하얀 모래언덕, 하얗게 눈 덮여 보석처럼 빛나는 숲이며, 아득하게 넓고 맑은 연못물과 그 위를 흘러 떠오는 연꽃송이들. 정결하고 아름다운 세계에 대한 유만주의 내적 지향을 가감 없이 보여 주는 꿈이다. 이 모든 아름다운 것들의 정점에 놓인 연꽃송이 하나를 주워 들어 아들에게 주려고 했다는 데서, 아들이 그에게 어떤 존재였는지 알 수 있다.

아들의 이름

1782년 5월 15일 가끔 흐리고 더웠다.

구환의 자[1]를 장천(長倩)이라 하기로 했다. 허신(許愼)의 『설문해자』(說文解字)를 살펴보면 '천'(倩)은 남자의 미칭(美稱)으로, 초목이 푸르고 무성하게 자란 모습을 말하는 것이기도 하다. 소망지(蕭望之: 한나라 때의 학자)의 자가 장천(長倩)이고 동방삭(東方朔)의 자가 만천(曼倩)인데 모두 아름답다는 뜻을 가져온 것이다. 평진후(平津侯: 한나라 때의 승상 공손홍)의 벗 중에 추장천(鄒長倩)이라는 이가 있었고, 송나라 원찬(袁粲)의 자는 경천(景倩)이다. 우리나라에서는 신만(申曼)의 자가 만천(曼倩)이다.

1784년 윤3월 9일 하늘이 흐리고 비가 올 것 같았다. 오후가 되자 간혹 갰다.

구환의 자를 원시(元視)로 바꾸었다. 『노자』에 나오는 '오래 살고 오래 본다'는 말에서 따온 것이다.

1787년 1월 26일 볕이 포근하고 따스했다.

아침에 신생아[2]를 보았다.

1_ 구환의 자(字): 자는 일정한 나이가 된 청소년에게 이제 성인으로 존중한다는 뜻에서 붙여 주는 이름이다. 처음 자를 지어 받았을 때 구환의 나이는 열 살이었다.

2_ 신생아: 유만주의 둘째아들이다. 사흘 전인 『흠영』 1787년 1월 24일 조에, 새벽같이 나가서 시험을 보고 돌아와 아내가 아들을 낳았다는 소식을 들었다는 내용이 보인다. 이 아기는 유만주가 골라 놓은 네 개의 이름 가운데 첫째 것인 '돈환'(敦煥)이라 불리게 된다.

구환의 이름자 가운데 '구'(久)를 '교'(敎)로 바꿀 의논을 하고 자전을 찾아보았다. 이어서 돈(敦), 경(敬), 민(敏), 정(政) 등 여러 이름자를 골라 두었다.

유만주는 자신의 맏아들을 애초에는 '첫아이'(初兒)라 부르다가 아이가 예닐곱 살이 지나면서부터 구환이라고 불렀다. 번역문의 '구환'은 원문에는 '구아'(久兒)로 되어 있는데 이는 이름에서 항렬자인 '환'을 제외한 것으로 예전에 아버지가 자식을 가리킬 때 일반적으로 사용하던 호칭법이다. 한편 유만주는 병에서 회복되지 못하는 아들을 보다 못해 1787년 1월에 구환의 이름을 '교환'(敎煥)으로 바꾸는데, 이는 사람의 운명이 이름과도 연관되어 있다는 사고방식의 소산이다. 애초에 '아름다운 사람으로 자라나라'는 뜻을 담아 열 살 난 아들에게 '장천'이라는 자를 지어 주었다가, 2년 뒤 '오래 살아서 많은 것들을 보고 경험하라'는 뜻의 '원시'로 바꾼 데서도 병약한 아들에 대한 아버지의 근심을 읽어 낼 수 있다.

아이를 기른다는 것

1778년 10월 6일 때로 흐렸다.

내가 첫아이를 생각하니, 그냥 방치해 두고 가르치지도 않은 채 이렇게 멀리 헤어져 있다는 것이 문득 못 견디게 괴롭다.[1]

1779년 1월 12일 흐리다 가끔 개었다. 저녁 무렵에 가랑비가 약간 뿌렸다.

아침에 경저(京邸)에서 종이 와서 지난 1월 7일에 어머니가 보내신 편지를 받고, 첫아이가 마마에 걸렸다는 소식을 이제야 알게 되었다. 편지를 보낸 날 반점이 생겨나고 있었다고 하니 날짜를 계산해 보면 오늘은 고름이 잡히는 첫날이 된다. 채비를 하여 내일 아침에 출발해야겠다.

1779년 1월 13일 아침에 흐리고 오후 늦게 개었다. 낮에는 또 흐리고 비가 올 것 같았다.

사당에 절을 하고 아침 먹고 출발했다. 계산해 보니 군위 관아에 130일을 머무른 것이다. 당천(唐川)에서 점심을 먹고 심천(深川)에서 잤다. 오늘은 80리를 갔다.

1_ 내가~괴롭다: 이 일기를 쓸 무렵 유만주는 군위 현감으로 부임한 아버지를 모시고 지내느라 여섯 살 난 구환과 헤어져 있었다.

1779년 1월 18일 맑음

새벽에 출발했다. 맑은 달빛 비치고 별 하나가 떠 있었다. 서리가 눈 쌓인 듯 두텁게 내려 있어 아침 기운이 조금 싸늘했다. 직곡(直谷)을 지나 어증개(魚鰌介)에 이르렀을 때 서울에서 군위로 돌아가는 관아의 종을 우연히 마주쳤다. 어제 보낸 편지를 전해주어서 보니 아이의 마마가 다 나았다는 소식이다. 가던 걸 멈추고 군위 관아의 아버지께 올리는 편지를 썼다. 그리고 40리를 가서 하마비(下馬碑)에서 점심을 먹고 판교(板橋)를 지나고 현천(懸川: 달래내)을 건넜으니 모두 50리를 갔다. 신원(新原)에서 잤다.

1779년 1월 19일

조금 늦게 출발했다. 말이 다리를 절룩거려 간신히 집에 돌아왔다. 바깥채에서 조금 지체하다가 들어가서 첫아이를 보니 막 마마 딱지가 떨어지려 하고 있었다.

밤에 고종사촌형에게서 송신하는 풍속[2]에 대해 들었다. 오래 이야기를 나누다 새벽종이 칠 무렵에야 잤다.

1779년 9월 22일 맑고 환했다.

오늘은 대전(大殿: 임금. 여기서는 정조)의 탄신일이라 주상께서 경복궁에 가 작헌례(酌獻禮)를 하신다.

아버지를 모시고 남산에 올랐다. 첫아이도 따라갔다. 저녁에 내려왔다.

2_ 송신(送神)하는 풍속: 마마가 나은 지 열이틀 만에 짚으로 말 모양의 두신(痘神)을 만들어 강남으로 보내는 풍속을 말한다.

시 한 편을 써 보았다.

붉은 잎새 질 적에 가 보기 좋고
푸른 산 멀지 않아 괴로움 잊네.

1780년 6월 22일 크게 더웠다.

아침에 첫아이가 『몽훈』을 떼었다.[3] 우리나라 풍속 중에, 어린이가 읽기로 한 책을 다 읽은 날이면 칭찬을 해 주며 떡이며 약밥, 과일 등속을 주어 격려하는 것이 있다. 우리 집은 가난하고 검소한지라 그런 풍속을 따를 수 없기에 황명정옥[4] 한 개, 『삼국지독법수상』[5] 한 권, 관동 지방에서 만든 종이 한 장, 큰 비단 종이 한 폭, 남경(南京)에서 만든 다고[6] 세 알, 그림을 새긴 데다 붉은 안료를 채워 넣어 무늬를 만든 조그만 상자 하나, 황양목을 깎아 만든 문진(文鎭) 하나를 주었다.

1782년 5월 13일 바람이 시끄럽게 불고 가끔 개었다.

어린이가 훌륭하게 자라나는 것은 오직 생활환경과 양육 방식에 달려 있다. 애초에 일관된 원칙도 없이 그냥 꾸짖기만 해서 무슨

3_ 『몽훈』(蒙訓)을 떼었다: 『몽훈』은 유만주가 아들의 공부를 위해 손수 만든 책이다. 유만주는 아들이 세 살이던 1775년 4월 24에 이 책을 엮어 두었다가 1780년 2월 7일에 필사하여 아들에게 주었다. 구환은 4개월 만에 그 책을 다 읽었다.

4_ 황명정옥(皇明政玉): 옥돌을 다듬어 만든 도장의 일종으로 보이나 자세한 것은 알 수 없다.

5_ 『삼국지독법수상』(三國志讀法繡像): 청나라 때 모종강(毛宗崗)이 『삼국지연의』에 대해 쓴 비평문인 「삼국지독법」에다 『삼국지연의』의 등장인물을 그린 그림을 첨부해 엮은 책이다.

6_ 다고(茶膏): 차의 일종. 찻잎을 솥에 넣고 달인 후 걸러 낸 액체를 다시 장시간 졸여서 만든 검고 끈적끈적적한 고체이다.

소용이겠는가?

예닐곱 살 난 아들과 오래 헤어져 있게 된 데 대해 걱정하고 괴로워하는 유만주에게서 고금에 변함없는 아버지의 책임감과 사랑이 느껴진다. 아들이 천연두에 걸렸다는 소식에 부리나케 출발하여 일주일 꼬박 걸리는 먼 길을 쉬지 않고 달려가, 절룩거리는 말을 타고 간신히 서울 집에 도착하는 모습 역시 평범하지만 뭉클하다. 1779년 9월 22일의 일기는, 그저 할아버지와 아버지와 손자가 집 근방의 남산에 올라갔다가 저녁에 내려왔다는 짤막한 기록이지만 서로 사랑하는 사람들이 맑고 환한 가을의 하루를 함께 보냈다는 행복감이 행간에 스며 있어 오래 기억에 남는다.

아들의 글공부

1784년 1월 19일 몹시 춥고 바람이 불었다.

염소 수염으로 만든 것과 돼지 털로 만든 것 등 큰 붓 두 개를 가지고 온 이가 있기에 30푼에 사서 구환에게 주었다.

1784년 10월 22일 아침에 또 안개가 흐릿하게 끼어 싸늘하고 어둑했다. 비가 올 모양이었다.

아이에게 『맹자』를 과제로 내주었다. 사흘에 한 번 암송하기로 했다. 대체로 요즘 어린이들은 글공부를 할 때 많이 하려 욕심을 내고 빨리 읽으려 노력하는데, 이는 일반적인 폐해다.

1785년 11월 2일 쌀쌀했다. 아침에 보니 간밤에 내린 눈이 땅에 얇게 쌓여 있었다.

구환은, 서당을 정하여 『논어』를 읽게 하기로 했다.

그러려고 하지 않았는데 그렇게 되고, 그럴 기약을 하지 않았는데 그렇게 되는 것이라면 천도(天道)이고 천리(天理)일 것이다. 그런데 세상 사람들은 알지 못하고 억지로 좇아가기도 하고 억지로 피하기도 하고 억지로 다투기도 한다. 어허!

1786년 1월 10일 때로 흐렸다.

교동(校洞)에서 「사충서원묘정비」¹⁾의 초고를 보고, 장모님께 새해 인사를 드렸다. 연(淵: 오연상. 유만주의 처남)은 커다란 용문먹이 필요하다 했다. 구환은 봄에 날이 풀리기를 기다려 희(熙: 오희상. 오연상의 형)의 거처에 보내기로 이야기했다.

1786년 9월 12일 가끔 흐렸다.

희(熙)에게 편지를 썼다.

"요사이 어떻게 지내는지요. 『천파집』[2]을 보여 주시면 좋겠습니다. 저희 아이는 공부한 것이 거칠어, 그대에게 맡겨 대략이나마 글을 읽도록 하는 게 가장 좋을 듯합니다. 그래서 내일 아침에 보내려고 하고 있습니다. 그렇지만 그대가 그 아이의 글을 이미 읽으시고 자질이 허약하다는 것을 알고 계실 터이니, 차후에는 너무 다그치지 마시고 그저 느긋이 점점 마음을 어루만져 바깥으로 치달리지 않도록 하시면 깨닫지 못하는 사이에 절로 도움이 되는 바가 있지 않을까 싶습니다."

희가 『천파집』을 보여 주며, 이렇게 편지를 썼다.

"아이는 바탕이 아름다워, 저 스스로도 아끼고 사랑하거늘, 구두(句讀)를 떼어 주며 글을 가르치는 일이야 어찌 감히 사양하겠습니까? 다만 어른을 모시고 있는지라 틈이 잘 나지 않아서 저 혼자 글을 읽는 것도 뜻대로 못한다고 걱정하고 있는 중입니다. 어린이를 가르치는 일은 틈나는 대로 해서 될 일이 더욱 아닌데, 근실히 부탁하신 마음을 저버리지나 않을까 걱정입니다. 지금은 또 걱정스러운 일이 있어서 마음을 안정시키지를 못하니 훗날을 기다려야겠습니다."

1_ 「사충서원묘정비」(四忠書院廟庭碑): 사충서원 앞에 세운 비석에 쓴 글이다. 오희상의 아버지인 오재순(吳載純)이 썼다. 사충서원은 신임사화 때 희생된 김창집·이이명·이건명·조태채 4대신을 제향하기 위해 1725년 노량진에 설립되었다.

2_ 『천파집』(天坡集): 오숙(吳䎘, 1592~1634)의 문집이다. 오숙은 조선 중기의 문신으로, 위에 언급된 오희상과 오연상의 5대조이다.

그가 빌려 준 『천파집』을 곧장 늠(凜: 민경속)에게 보여 주었다.

1786년 9월 24일 쌀쌀하고 추웠다.

희(熙)에게 편지를 써서 구환을 도로 데리고 오겠다고 했다. 마마 때문에 시끄럽다는 소식이 전해졌기 때문이다. 희는 이런 답장을 보내 왔다.

"아드님이 여기 와서 지켜보고 있노라니 가르치는 대로 잘 따라 주어 몹시 위안이 됩니다. 이제 막 『소학』을 가르쳐 주었고 앞으로 곧 『사략』(史略)을 보게 할 생각입니다. 그런데 날씨가 점점 추워져서 떠나기가 어렵지나 않을까 걱정입니다. 이달 말이나 다음 달 초에 뵙고 오도록 보내겠습니다. 마마 걱정이 있다는 이야기는 잘못 전해진 듯싶습니다."

1786년 9월 25일

희(熙)는 구환을 가르칠 때 조리가 있어, 허겁지겁 얼버무리는 그런 선생에 비할 바가 아니다. 반드시 보람이 있고 도움이 될 것이니, 다시 보내지 않으면 안 된다. 그의 집은 어린 학생을 두기에 아주 마땅하고 좋다. 부잡하지도 않고, 조리가 있고 행실도 좋다는 점에서 그러하다. 그냥 글 읽는 것 때문만은 아니다.

큰어머니께서는 사실 구환이가 허약하다고 하여 보내기를 어려워하신다. 왜 또 고생하며 명예와 행실을 닦아야 하는가. 그냥 아픈 데 없이 바위처럼 튼튼할 수 있으면 좋지 않은가. 어디 있든 간에 잘 지내면 그걸로 된 것 아닌가.

구환은 계환³⁻의 나귀를 빌려 타고 교동에서 집으로 돌아왔다. 희의 편지를 보았다.

"아드님은, 오늘 아버지를 곁에서 모시라고 돌려보냈고, 내일은 다시 말씀드리고 오도록 했습니다. 공부한 보람은 얻기가 쉽지 않은데 괜히 오가느라 고생만 하는 것은 아닌지 걱정입니다."

1786년 11월 28일 흐리고 눈발이 조금 날리다가 곧 그쳤다. 춥지 않아서 마치 봄의 훈훈한 날씨 같았다.

아침에 석원에 편지를 쓰고 격수묵(隔水墨: 먹의 일종) 하나를 보내 주었다. 그리고 허준의 『동의보감』 「외형편」(外形篇)을 가져왔다.

구환이 자신에게 부과된 공부를 다 했다.

간밤에는, 내년 봄에 구환의 관례(冠禮)를 치러 주기로 의논을 했다.

원래 자식 공부에는 아버지가 직접 나서는 법이 아니라서 젊은 처남인 오희상(吳熙常)에게 구환의 학업을 도와 달라 부탁한 것이다. 그런데 구환이 어릴 적부터 엄마 대신 돌봐 주셨던 유만주의 큰어머니 청주 한씨는 병약한 아이를 다른 집에 보내 놓는 것을 못내 걱정스러워하고 결국 구환은 얼마 있지 않아 집으로 돌아오게 된다. 엄마 얼굴도 모르고 자란 아이가 어느새 열네 살, 내년이면 관례를 치를 나이이다.

3_ 계환(繼煥): 유준주의 아들로서, 유만주에게는 7촌 조카이다.

아들의 병록을 적다

1783년 8월 29일

구환이 아침에 갑자기 횟배앓이로 몹시 괴로워했다. 안회산(安
蛔散: 회충약)을 먹게 했다. 멀구슬나무 뿌리와 산사열매, 오매(烏
梅), 사군자(使君子) 열매, 말린 생강, 귤껍질, 모과, 후추 등을 넣어
만든 약이다.

어떤 사람이 말하길, 가공하지 않은 꿀에 뽕나무버섯을 넣어
서 푹 달인 것을 공복에 예닐곱 홉 복용하고 따뜻한 구들에서 땀을
내고 점심으로 메밀숭늉 한 그릇을 먹으면 횟배앓이가 뚝 그친다고
한다.

1784년 11월 1일 눈이 녹았다. 많이 흐렸다.

어린이가 횟배를 앓을 때에 그 어머니의 소변을 먹이면 효과가
몹시 빠르고 신통하다 한다. 검은 자줏빛의 게장을 꿀과 섞어 연주
창¹⁻ 난 데 붙이면 곧 낫는다고 한다. 이는 모두 『경험방』(經驗方)과
『속방』(俗方)에 나오는 처방이다. 게장과 꿀은 상극이라서 섞어 먹
으면 반드시 중독되어 목숨을 해친다고 하니 잘 살펴보고 조심해야
한다.

1_ 연주창(連珠瘡): 목에 구슬 같은 단단한 멍울이 연달아 생겨 계속 아프다가 터져 진물이 흐르는
피부병.

1784년 11월 5일 가끔 흐리고 쌀쌀하게 추웠다.

서쪽 동네에서 의원 조 씨를 보고 어머니 병환에 통순산[2]을 써야 할지 묻고, 구환의 횟배앓이 증세에 대해 의논했다.

1786년 7월 19일 몹시 덥고 가끔 흐렸다. 오늘은 말복이다.

구환이 요사이 코피 흘리는 증세가 심해서, 석원에서 『동의보감』을 다시 빌려와서 살펴보고 있다. 의원 조 씨에게 서각지황탕(犀角地黃湯: 열을 내리고 어혈을 푸는 약)을 쓰는 게 좋을지 의논했다.

1786년 7월 20일 아주 더웠다. 아침에는 비가 조금 뿌리더니 곧 그치고 흐려졌다. 밤에는 비가 왔다.

구환은 더위를 먹어 설사 증세가 있었다. 아침저녁으로 청서육화탕(淸暑六和湯: 더위 먹은 데 쓰는 약)을 나누어 먹였다.

구환이 사흘 연이어 코피가 났다. 구미청심원(九味淸心元: 심장과 가슴에 독과 열이 오른 것을 치료하는 약) 한 알을 먹게 했다.

구환이 다시 큰어머니 방에 내려가서 잤다.

1787년 1월 12일 또 바람이 어지러이 불며 몹시 시끄럽게 포효했다. 흐리고 쌀쌀하게 추웠다. 오후가 되자 개었다.

아침에 의원 조 씨를 불러 구환을 진찰하게 했다. 감기를 동반한 체증이라 진단하고 신해산(神解散: 땀을 내는 약의 일종)을 처방했다. 나의 치통을 물어봤더니 신마차(辛麻茶: 족두리풀 뿌리와 마

2_ 통순산(通順散): 종기와 림프계 농종양 등 담종(痰腫)을 치료하는 약의 이름.

황 줄기로 끓인 차)를 처방해 주었다.

구환에게 인삼잎 달인 물을 먹여 보았다.

1787년 4월 23일 하루 종일 단비가 좍좍 내렸다.

나는 무엇 하나도 없는 자이다. 아무것도 없는데 누(累: 타인으로 인한 부담과 근심)는 있으니 이 때문에 고통을 견뎌야 한다.

교환(敎煥: 구환의 바꾼 이름)이 아프다. 오후에 회충 두 마리가 거슬러서 나왔다.

저물녘에 들으니 고종사촌형의 장례 일시를 단옷날 오시(午時: 낮 12시 경)로 잡았다 한다. 수양 오씨(구환의 생모)의 묘를 이장해야 마땅하다는 이야기가 처음으로 나왔다. 대체로 깊은 생각 없이 문득 나온 말로 여겼으니, 풍수설(風水說)에 현혹되어서는 안 된다.

1787년 4월 24일 흐리고 더웠다. 오후 늦게 개었다.

아침에 명동 약국에서 회충약의 재료를 가져왔다.

교환은 저물녘에 또 코피가 나서 청심환 3분의 2알을 먹게 했다. 의원에게 이미 달여 둔 약을 그만 먹여야 하는지 물었다.

1787년 4월 25일 더웠다.

아침에 의원 김 씨를 불러 교환을 다시 진찰하게 했더니 코피는 해로울 것이 없다고 하며 감기가 심하니 속을 다스리는 약은 그만 먹여야 한다고 했다.

1787년 4월 28일 더웠다.

의원 김 씨에게 교환을 진찰하게 하니 담(痰)이 뭉친 것과 식체

(食滯)가 겹쳤다고 하며 가감양위탕(加減養胃湯: 위장약의 일종) 처방을 내렸다.

1787년 5월 2일 오후에 덥고 가끔 흐렸다. 흐렸다가 또 환하게 개었다.

치질이 심하다. 아침에 따뜻한 소금물로 씻어 보았다.

민경속에게 편지를 써서 『삼재도회』[3] 중에서 초목(草木)과 충어(蟲魚)에 해당하는 권을 빌려 달라고 했다.

고종사촌형의 빈소에 가서 곡하고 그의 둘째딸을 위로했다.

의원 김 씨가 교환을 진찰했다. 끼니마다 먹는 밥의 양을 줄이고 더 자주 먹도록 해야 몸을 보(補)할 수 있으며 체하지 않게 된다고 했다. 옛날 처방에서는 사람이 5리를 걸을 때마다 한 번씩 먹게끔 했는데, 지금은 해가 길어서 110리를 갈 수 있으니까 이것으로 헤아려 보면 병자는 스물두 번 먹으면 된다고 한다. 강희제(康熙帝) 때 나온 『본초강목』이 우리나라에 새로 들어왔다고 한다.

고종사촌형의 경우를 들어 이런 말을 했다.

"사람이 이 세상에 태어나서 크고 작고를 막론하고 마음속에 있는 것을 한번 토해 내고 펼치는 것 역시 드물고도 얻기 힘든 복분이다."

3_ 『삼재도회』(三才圖會): 명나라 왕기(王圻)가 저술한 일종의 백과사전. 사물을 천·지·인 삼재(三才)로 분류한 후 각각의 사물에 해당되는 그림을 여러 서적에서 찾아 실었으므로 삽화가 대단히 많다. 유만주는 앓고 있는 아들을 위한 파적거리로 이 책을 빌리고자 한 듯하다. 다른 날의 일기에도 이 책을 빌리면서 아픈 아이가 심심할까봐 그런다는 말을 한 적이 있다.

1787년 5월 4일 더웠다.

아침에 다시 의논하여 교환을 위채에 딸린 서재로 옮겨 가 있게 하기로 했다.

민경속에게 편지를 보내 『삼재도회』를 빌려 달라고 다시 말했다.

갑자기 협판(夾板: 곁에 세운 판자)을 허문다는 의논이 있어 바깥쪽을 정리하기로 했다. 교환의 거처를 어서 옮겨 두어야 하겠기에 위채에 딸린 서재에 있게 했다.

교환이 불환금산(不換金散: 몸이 허하고 한기가 들었을 때 먹는 약)을 다시 복용했다.

희가 들러 위채에 딸린 서재에서 교환을 만나 보았다.

밤에 교환이 잠을 잘 못 잤다. 병실을 옮겼기에 당연히 그럴 것이다. 잠이 들려고 할 때 몇 차례 조금씩 대변을 지렸다.

1787년 5월 6일 흐렸다.

옷을 갈아입었다.

의원 김 씨가 교환을 진찰하더니 그제야 음식이 체한 것과 상한증(傷寒症)이 겹친 것이 이제 담이 뭉친 것으로 악화되었다고 하며, 가미불환금산(加味不換金散)을 쓰되 하루에 두 번 복용하게 하고 동정을 지켜보자고 했다.

수서(水西)의 둘째 숙부가 와서 교환을 보시고는 감기가 더치어 잘못된 것이니 약을 이것저것 쓰지 말고 안정을 취하며 조섭하는 것이 좋겠다고 했다.

교환은 가슴이 답답하고 꽉 막힌 증상이 더욱 심해졌다.

6촌 형수가 교환을 보러 위채에 딸린 서재로 갔다.

수서의 종형(從兄)이 교환의 증세를 보고는 상한음증(傷寒陰

症)이라고 진단하며, 약을 그만 먹이는 게 좋겠고 동변에 생강을 넣은 것4-을 따뜻하게 해서 먹여야 한다고 했다. 맞는 말인지 뭘 모르는 소리인지 알 수가 없다.

나는 참되게 아는 이를 한번 보고 싶다. 참되게 아는 자는 과연 드문가?

오늘은 돈환의 백일이다. 날이 환하게 맑아져 백일잔치를 하기에 참으로 좋은 날이건만 이렇게 근심스러우니 경황이 없다.

1787년 5월 7일 아주 덥고 흐렸다.

위채에 딸린 서재에 돌아와서 병록(病錄)을 써 내려갔다. 교환의 이야기도 참작하여 썼다.

"아프기 전부터, 세수를 하려고 움직이거나 하면 오랜 시간 피곤했다. 지난달 2일에는 밤마다 자리에 누워 있으면 머리가 아프고 뼈마디에 통증이 있어서 반드시 몸을 주물러 주어야 잠이 들었다.

7일부터 아파서 사나흘 간 누워 있었다. 어떤 사람은 '조금 아프다고 이 더운 계절에 드러누워 있기만 하면 되레 병이 더친다'고 하기에 다시 억지로 머리를 빗고 세수를 하고 나다녔으나 통증과 식욕부진 증세는 여전했다.

20일이 되어 제사에 참석한 뒤에는 감기 때문에 몸에 열이 나고 통증이 있었다.

22일에 다시 누워서 조섭했다.

4_ 동변(童便)에 생강을 넣은 것: 동변은 12세 이하 남자아이의 소변으로 지혈과 해독 등의 효능이 있는 약재이다. 『일기를 쓰다 2』 「친절한 의원 임태후」에 동변과 생강을 섞는 처방이 보인다.

23일에 갑자기 배가 아팠고 밥을 먹다가 회충 한 마리를 토했고 얼마 있지 않아 또 한 마리를 토했다. 목구멍에 언제나 이물감이 있었는데 마치 회충이 목구멍에 부딪쳐 올라오는 것 같았다. 다시 토하려던 참에 갑자기 코피가 나왔는데 거의 한 사발이나 되었다. 안신환(安神丸: 수면제)을 복용해 보았다. 의원은 처음으로 안회이중탕(安蛔理中湯: 횟배앓이를 치료하고 속을 다스리는 약)을 써야 한다고 했고, 코피에 대해 듣고는 다시 원기가 너무나 허하니 음식으로 보충하지 않으면 안 된다고 했다. 그래서 미음과 양곱창 고은 것 등을 계속 먹었는데 체한 증세는 별로 없었다. 또 왼쪽 옆구리 사이로 담핵(痰核: 담이 멍울진 것) 같은 것이 생겼는데 오른쪽 옆구리로 곧 흘러들어 갔다. 의원은 또 담체(痰滯: 담이 뭉친 것)라 했다. 가미양위탕(加味養胃湯) 세 첩을 썼다.

이번 달 4일에는 이피(移避: 병을 낫게 하려고 거처를 바꾸는 것)하느라 거처를 옮겼는데 그날 밤 잠을 못 이루었다.

이튿날부터 가슴이 꽉 막혀 거의 견디지 못할 정도였는데 마치 목구멍 사이에 무엇이 한 덩어리 오랫동안 붙어 있는 것 같았다.

밥을 먹고 나면 반드시 반나절은 주물러 주어야 했고 그래도 끝내 시원하게 내려가지 않았다. 앉아 있어도 누워 있어도 모두 편치 않았다. 어제오늘 이래로 더욱 심하게 괴로워했는데 필시 감기와 복통 등의 증세는 부수적인 것이고, 격체(膈滯: 명치가 꽉 막힌 것)가 주된 증상이다. 아마도 격체이기 때문에 설사가 곱절로 심하고 입이 마르는 것일 터이다.

설사는 계속 있지만 역시 물찌똥은 아니었다. 병실을 옮긴 뒤에는 밤낮으로 네다섯 번 설사를 하는데 밤에는 전부 물찌똥이다. 더러는 잠이 들 때 간혹 변을 보는데 땀은 종내 나지 않고 콧물도 없다."

아버지께서 병록을 보시고는 몸 안에 종기 같은 게 생긴 것이라 진단하시고 아마도 기혈이 가슴 쪽에 뭉친 것 같다 하셨다.

저녁에 교환이 아래로 시뻘건 피를 쏟았다.

저녁 무렵 태리(苔里)의 장인어른이 오셨다.

1787년 5월 8일 아침에 흐렸다.

의원 김 씨가 아침에 진찰을 했다. 위장에서 피가 나는 것이라고 또 진단을 바꾸어 안신환을 여러 알 써 봐야 한다고 했다.

교환은 가슴이 답답한 증세가 몹시 심해졌다. 오후에는 설사를 하다가 갑자기 혈변을 쏟았다.

밤에는 고열에 시달리며 헛소리를 했다.

수서의 종숙부께 편지를 써서 여쭈니 헛소리를 하는 것은 분명히 열이 많이 오른 징후라고 했다. 의원은 기가 몹시 허한 것 같다고 했다.

1787년 5월 9일 흐리고 아주 뜨거웠다. 오후에 비가 뿌리더니 밤까지 이어졌다.

교환이 어젯밤은 물론 그제 밤에도 다름없이 헛소리를 했다는 것을 아침에야 알았다. 아침에도 여전히 헛소리하는 증세가 남아 있었다. 자기 입으로, 정신이 깜빡깜빡한다고 말했다.

의원 김 씨가 교환을 진찰하고는 어젯밤에 안신환을 먹이지 않은 것을 탓했고, 오늘 저녁이나 밤에는 꼭 먹여 보라고 했다.

1787년 5월 11일 더웠다. 오후에 또 흐리고 비가 오더니 밤까지 이어졌다.

초경(初更: 저녁 7~9시)에 여러 증세를 급히 기록하여 의원 홍씨에게 다음과 같은 편지를 썼다.

"낮부터 초저녁까지 설사를 했는데 오후부터는 조금 그쳤고, 헛소리하던 것도 조금 그쳤는데 헛손질은 때때로 합니다. 미음은 10여 차례 먹였고 약은 두 차례 먹였는데 연달아 먹이면 뱃속이 꽉 차는 것 같습니다. 자는 것도 아니고 깨어 있는 것도 아니니 필시 혼수상태에 빠진 것입니다. 가슴 윗부분으로는 윤기가 있고 얼굴과 등에는 땀이 약간 나며 배부터 발까지는 보송보송하게 말라 있습니다. 기침은 간간이 합니다. 초경 이후로는 낮에 비해 몸에 열이 더 많이 나며 항상 입을 벌리고 숨을 쉬는데 어제보다 더 숨이 가쁘며 약간 흐느끼는 것 같은 모습을 한 적이 두 번 있습니다. 헛소리는 웅얼거리는데 소리가 잘 들리지 않을 정도로 작고 손을 떠는 증세는 전에 비해 유독 심합니다. 이 종이 뒷면에 답장을 써 주고, 통금 시간이 풀리자마자 곧바로 탈 것을 보낼 테니 자세히 진단하고 약을 의논해 주십시오."

병실에 들어가지 않고 밤새도록 소식만 들으면서 밖에서 배회했다. 이미 어쩔 수 없다는 것을 안다. 할 수 있는 것이라곤 병록을 적는 일밖에 없는가? 병록이라고 또 요긴한 것을 파악해 쓰기가 쉽겠는가? 참된 사실을 말하고, 진실을 인정하는 자가 결국은 바보인가? 일마다 그르친 끝에 오늘에 이른 것인가? 사람의 마음이 이다지도 신령하지 못한 것인가?

횟배앓이는 회충 때문에 배가 뒤틀리게 아픈 것으로 구충제가 상용되지 않은 과거에
는 드물지 않던 질병이다. 열두 살 난 아들의 횟배앓이가 좀처럼 낫지 않자 '이 병에는 엄마
의 소변이 즉효라던데'라고 하릴없는 생각에 잠기며 아내의 부재를 또 한 번 확인하기도 한
다.

구환은 열네 살이 되던 해부터 눈에 띄게 건강이 악화되었고 열다섯 살의 봄에는 위독한
지경에 이르게 되었는데, 그 증상 가운데 하나는 회충을 입으로 토해 내는 것이었다. 이 일
이 있고 얼마 있지 않아 구환은 자리에서 일어나지 못하고 혼수상태에 빠진다. 유만주는
고통스러운 중에도 이 모든 과정을 기록하고 있는데, 그것은 주로 의원에게 보여 신속하고
정확한 처방을 얻는 데 필요한 병록(病錄)을 만들기 위해서였다.

운명

1787년 5월 12일 가랑비가 뿌린 끝에 흐려졌다.

교환의 병 때문에 새벽 제사에 참여하지 않았다.

정말 차마 보고 들을 수가 없다. 아침에는 윗사랑채에 가 있었다. 들어 아는 데서 멀리 벗어나 있고 싶다.

정말로 이단(異端: 여기서는 불교)에서 말하는 것처럼 전생의 원한을 이번 생에 갚는 것일까? 아니면 그렇지 않은가? 스스로 따져 보면 자하(子夏)는 공자의 제자 가운데 이치에 달관한 자임에도 자식을 잃고 나서 눈이 멀었다. 그러니 이런 일이 참으로 견딜 수 없는 것임을 비로소 알게 된다. 자하처럼 훌륭한 사람도 벗어나지 못하는 것이다. 돌아와서 연(淵: 오연상)의 편지와 장모님의 한글 편지를 봤는데 우황고(牛黃膏)를 써 보라고 강력히 권했다. 의원 정 씨의 말이라는 것이다.

동정(東亭: 임노의 집)에 나갔다가 부슬비를 맞으며 총총히 돌아왔다. 동네의 호(浩)를 급히 만나 온회양(溫回陽)의 처방을 알려 달라고 했다. 그는 "인삼을 써서 되겠는가? 그저 욱(旭)에게 얼른 가서 물어보게"라고 말했다. 돌아와서 아버지께 말씀드리고 욱에게 갔으나 만나지 못했다.

큰어머니가 나와 보셨을 때에는 이미 목숨을 건질 수 없는 상태[1]에 있었다. 지켜본다는 자들이 모두 나무인형이나 마찬가지니

1_ 목숨을 건질 수 없는 상태: 원문에는 '불구'(不救)라 되어 있는데 '사망했다'는 말의 완곡한 표현이다.

아이가 정확히 언제 떠났는지도 모른다.

초저녁에 머리 풀고 곡을 하여 초상이 난 것을 알렸다.

아이가 죽던 날 아버지는 절망적인 상황을 직면하기가 두려워 부질없이 바깥으로 떠돌았고 결국 아이의 임종을 지키지 못했다. '나무인형'이라는 지목은 죄책감과 무력감에 잠긴 자신을 향한 것이리라.

심장에 못 박힌 채로

1787년 5월 15일

너는 위채로 옮겨간 뒤로도 그전과 다름없이 정신이 또렷했다. 병세도 낮에는 그다지 심하지 않았다. 나는 네가 하루 종일 심심할 거라 생각해서 너의 곁에서 이것저것 긴치 않은 이야기를 하곤 했다. 너는 본디 지나치게 조용하고 말이 없어 쓸데없는 소리는 한 마디도 한 적이 없는데 병을 앓고 나서부터는 활발하게 이야기를 잘하게 되었다. 나는 그게 이상하여 너에게 이런 말을 해 본 적이 있다.

"너는 어딘가에 구속된 것이 심한 편인데, 누군가는 일찍 어른스러워져서 그런 거라 하고 누군가는 기(氣)가 없어서 그런 거라 했다. 나는 그게 바로 너의 병이라는 생각이 든다. 네가 어딘가에 구속된 데에는 이유가 있다. 대부분의 집안에서 어린 소년은 친구들과 즐겁게 만나고, 때로는 모여서 신나게 얘기도 하고 때로는 서로 오가면서 공부도 함께 하면서 자유롭게 지내고 마음 편히 농담도 지껄이지. 그렇게 해서 몸의 기운도 펼치고 혈맥(血脈)도 잘 소통하게 되는 거다. 그런데 너는 이런 일이 없이 그저 메마르고 적적한 채로 언제나 어른 앞에 있으면서 공경하는 마음과 조심스러운 몸가짐으로 일관해야 하지 않았니. 이랬기 때문에 몹시 구속되어 병이 된 거란다."

너는 이 말을 듣더니 참으로 그렇다고 하였다.

나는 말한다.

운명이다. 운명이기에 참으로 이러한 것이다. 아아! 내가 너의 처지를 일찍 알았던들 무슨 일인들 못했겠는가마는 전혀 깨닫지 못하고 일체 내버려둔 탓에, 네가 하고 싶은 대로 펼쳐 내고 하기 싫은 일에선 물러나며 기운과 혈맥이 잘 통하도록 하지 못했다. 그러니 이것이 또한 내 심장에 못 박힌 통한이다.

구환은 모범적이고 어른스러운 소년으로 살아오며 갑갑함을 느꼈던 듯하다. 아버지는 아들의 이런 마음을 너무 늦게 알았다고 애통해하지만, 죽기 전에 아버지와 이런 얘기를 터놓고 나눌 수 있었고, 자신을 이해해 주는 아버지가 있다는 걸 알고 떠날 수 있었던 아들은 아버지를 원망하지만은 않았을 것이다.

하얀 연꽃의 기억

1787년 5월 15일

나는 10여 년 전 꿈속에서 거대한 연못가를 노닌 적이 있다. 물결은 아득한데, 그 앞에는 누대(樓臺)가 하나 있어 그 난간이 수면에 나란히 이어져 있었다. 내가 난간에 기대어 물을 보고 있던 바로 그때 갑자기 커다란 연꽃이 떠내려 오는데 눈처럼 새하앴다. 나는 그걸 집어다가 소매에 넣고 '돌아가거든 너에게 줘야지' 하고 생각했다. 꿈에서 깨어나 '상서로운 연꽃의 징조가 정녕 내 아이에게 있는 것이리라!' 하고 혼잣말을 했다.

나는 그 징조가 이뤄지지 않은 것을 한스러워하는 게 아니다.

네가 조금 자라나자 사람들은 모두 네가 장차 크게 될 것이라고 기대했다. 비록 나 또한 그럴 거라 생각했지만, 이렇게 제대로 지켜 주지도 길러 주지도 못하고 좋은 약도 먹이지 못했다. 내가 아비 된 책임을 다하지 못해 결국 오늘에 이르러 너를 죽게 만들었고, 이렇게 '수재'(秀才: 특정한 지위가 없는 학생) 두 글자로 네 일생을 마치게 했다. 너한테 무슨 잘못이 있어 이처럼 일찍 세상을 뜬 것이겠느냐. 실은 나의 기박한 운명이 너에게 짐이 된 것이겠지. 이 또한 내 심장에 못 박힌 통한이다.

유만주는 구환이 네 살 나던 해에 연꽃 꿈을 꾼 적이 있다. 다만 그때는 흘러오는 여러 송이의 연꽃 가운데 하나를 건져 구환에게 주려고 했다. 그런데 11년 후의 기억에서는 커다란 연꽃 한 송이가 있었다고 했다. 이와 같은 기억의 왜곡은 어디에서 기인한 것일까? 갓 스물을 넘긴 젊은 유만주에게 세계는 다채롭고 아름다웠다. 그러나 그 이후의 11년은 아름다운 세계에 대한 희망을 하나씩 버려 가는 과정이었고, 말년의 유만주에게 남은 희망은 아들 말고는 별로 없었다. 가장 소중한 꽃송이인 아들을 잃은 절망감이 과거의 꿈으로 거슬러 올라가 다른 꽃들을 모두 지워 버린 것은 아닐까.

그래도 글을 쓰는 이유

1787년 5월 15일

나는 이 일기를 네가 세 살 되던 해에 처음 쓰기 시작했다. 그리고 이제 13년이 되도록 한 번도 건너뛴 적이 없다. 약을 달이는 일을 돌보고, 정해진 공부를 하고 일상생활을 하고 집 안팎을 오고가는 그런 것들을 적는 가운데, 너에 대한 일들은 그 얼마나 되었을까? 일이 있을 때마다 기록하면서도 나는 그렇게 적은 것들을 그냥 숨겨 두었다. 너 또한 내 뜻을 알고 그다지 보려 들지 않았다.

아아! 내가 이 일기를 쓴 것이 어찌 나의 습벽(習癖)으로 그저 자기 좋아하는 바를 따른 행동일 뿐이겠느냐? 앞으로 너에게 보여 주고 너에게 전해 주어, 네가 널리 보고 듣고 아는 게 많은 사람이 되도록 하는 데 도움이 되려 했던 것일 뿐이다. 이젠 끝났으니 이걸 써서 무엇 하겠느냐? 그래서 네가 죽은 날부터 마침내 그만두고 다시는 쓰지 않기로 했다. '사람과 거문고가 함께 죽은 것'이라는 옛사람의 탄식이 있는데, 똑같다고 빗댈 수는 없겠지만 그 경우와 가까울 것이다. 눈앞에 가득한 옛 흔적들의 열에 아홉이 책과 글의 사이에 남아 있는데 내가 이제 무슨 수로 이런 지경을 견뎌 낼 수 있겠느냐? 이제 붓과 벼루를 태워 버리고 책들은 내다 버리고 다시는 손도 대지 않고 마음도 쓰지 않아야지, 그렇게 하고 나야지 조금이나마 잊을 수 있지 않겠느냐?

그렇지만 네가 남긴 흔적은 벌써 아무데서도 찾을 수 없다. 그저 네가 남긴 얼마 안 되는 자잘한 글들을 모아 정리하여 한 책으로 만들고, 또 내 일기 중에서 너에 대한 일이 있을 때마다 적어 둔 것을 합하여 한 질로 만들어서, 그 책을 언제까지나 내 곁에 둘 것이다. 이는 내가 정말로 차마 할 수 없는 바임에도 차마 그렇게 하려는 것이니, 이런 나의 마음이 더욱 슬프지 않겠느냐?

네가 살아 있을 때, 나는 목석처럼 아둔한 나머지, 너와 함께 이 일기를 읽고 의논하고 다듬어서 흠을 바로잡을 생각을 하지 못했으니 이 또한 나의 심장에 못 박힌 통한이다.

죽은 너를 떠올리는 것이 고통스러우므로 너의 흔적이 스며 있는 이 일기를 펼치고 쓰는 일을 나는 할 수가 없다. 그러나 망각으로 너와 단절되는 것은 더더구나 견딜 수 없는 일이다. 그래서 나는 너에 대해 아직도 이렇게 글을 쓰고 있다. 고통스럽지만 너를 기억하며 너와 이어져 있고 싶기 때문이다.

장지로 가는 길

1787년 6월 24일 새벽 아침부터 또 비가 왔다.

축시(丑時: 오전 1시부터 오전 3시 사이)에 빈소(殯所)를 열어 발인하고, 새벽종이 칠 무렵 동대문으로 나갔다.

왕십리에 이르렀을 때 아버지께서 복통이 또 심하시어 집에 돌아가 조섭하시라고 말씀드렸다. 이내 이홍(履弘) 형과 함께 출발하여 살곶이[1]에서 배를 타고 보니 강물이 아득하여 바다와 같았다. 마장[2]에 늘어선 나무들도 그저 우듬지만 드러나 있었다. 그리고 또 먹구름이 몰려오고 사방이 어두워지더니 소나기가 뱃전을 때렸다. 겨우 광나루[3]에 이르러 배를 타니 또 비가 어두컴컴하게 쏟아져, 아득하기가 마치 거대한 바닷물에 떠 있는 것 같았다.

물을 건너고 나니 길이 또 극히 나빴다. 상여가 뜻대로 나아가지 못해 또 고생을 했다. 수(晬: 유만주의 외종 가운데 한 사람)가 일처리를 잘할 줄 모르는지라 길가에 상여를 멈추어 두고 조심 좀 하라고 주의를 주었다. 겨우 게내[4]에 이르러서 점심을 먹고 저물 무렵에야 산 아래로 다가갔는데, 콸콸 흐르는 계곡물을 몇 번이나 건넜는지 모른다.

산 아래에 도착하니 벌써 캄캄해져서 길도 보이지 않았고 계곡

1_ 살곶이: 서울 성동구 사근동 근방이다. 청계천과 중랑천이 만나 한강으로 흘러드는 곳에 살곶이 다리가 있었다.

2_ 마장(馬場): 과거 서울 성동구 마장동에 말을 기르는 목장이 있었는데 그곳을 가리킨다.

3_ 광나루: 서울 광진구 광장동에 있던 나루터이다.

4_ 게내: 고덕천. 서울 강동구 고덕동과 경기 하남시 인근의 하천이다.

물도 앞을 가로막은 데다 여기저기 바위가 울쑥불쑥 솟아 있어 상여꾼들이 불평을 하며 나아가려 들지 않았다. 그래서 상여를 산기슭의 풀섶에다 세워 두고 상여꾼들에게 술을 대접하는 한편 횃불을 켜라고 재촉했다. 이윽고 횃불을 켜고 모여서 마침내 위에 덮은 것을 벗기고 횃불을 비추어 상여를 인도하기로 했다. 이윽고 길을 찾아 나아갔다. 나는 걸어서 뒤따라갔다. 겨우 산 위에 올라 상여를 내려 놓고 제를 올리고 곡을 했다. 이윽고 이홍 형과 함께 밤을 샜다.

장마철, 사방이 컴컴한데 굵은 빗줄기 속에 아들의 상여를 따라 물길과 산길을 가는 유만주의 휘청이는 걸음과 출렁이는 마음이 손에 잡힐 듯하다.

착한 아이

1787년 7월 22일

바깥채로 거처를 옮기고 책상과 문방구를 대략 정리하다가 우연히 세 권의 책력을 하나로 묶어 둔 것을 들춰 봤더니 모두 교환이 쓰던 것이다. 을사년(1785) 봄과 여름에는 이따금 일기를 써 두었고 마지막 장에는 대나무를 그려 두었는데 이 역시 교환의 필치다. 정미년(1787) 시헌력(時憲曆) 5월 6일자 위에는 엷은 먹으로 '백일'이라는 두 글자를 써 두었다. 이날이 바로 돈환의 백일이었다. 교환이 기뻐하며 그 글씨를 쓰는 모습을 떠올려 봤다. 죽기 엿새 전에도 정신이 이처럼 또렷했는데, 그 애가 금년에 죽을 거라고 누가 생각이나 했겠는가? 나도 모르게 아픈 눈물이 오래도록 흘렀다.

1787년 8월 21일

우연히 임노의 아우를 만났다.

초저녁에 큰어머니께 들으니 아이가 죽은 지 내일이면 백일이라신다. 이런 말씀을 하셨다.

"예전에 다듬잇방망이를 든 채로, 여종이 잘못한 걸 꾸짖고 있었지. 그런데 구환이가 어딘가에서 신나게 놀다가 갑자기 쪼르르 달려와서는 등 뒤에서 방망이를 쏙 빼서 돌아보지도 않고 가 버리더구나. 이게 아주 어렸을 적 일이야. 또 여종이 아프다고 하며 들어가 버리기에 꾀병이나 부려서 할 일을 피한다고 꾸지람을 했더니 그 여종이 도로 나왔거든. 그런데 구환이가 와서 이러더라구. '여종이 아프다 하고 들어가자마자 곧장 심하게 꾸짖으시니 어떻게 야속한 맘이 들지 않겠어요?'"

별도로 이런 말씀을 드렸다.

"부처님 앞에서 죽은 이의 명복을 비는 것은 아무 소용이 없어요. 대체로 살아 있을 때 못되고 사납게 굴면서, 사람이나 미물을 해치려는 마음을 먹고 누구를 해치는 일을 저지르는 자는 비록 그를 위해 몇 천만의 돈을 쓰며 명복을 빌어 준들 반드시 지옥에 빠질 거예요. 우리 구환이 같으면, 순수하게 어질고 너무나도 착하여 그 마음과 본성에 사람이나 미물을 해치려는 마음이 털끝만큼도 생겨나지 않았어요. 그러니 만약 이단의 설(說)에서 말한 것처럼 천당이라는 게 있다면 비록 명복을 빌어 주지 않아도 반드시 거기로 올라갈 거예요. 명복을 빌어 무엇 하겠어요?"

큰어머니네 부엌에서, 죽은 아이가 남긴 글씨들을 살펴보고 불태웠다.

저녁에 나가서 각수(刻手)에게 비석 새길 돌을 건네주었다.

아픈 중에도 배다른 아우의 백일을 달력에 표시하며 그 탄생을 축복하고, 함부로 매를 맞고 궂은 말을 듣던 노비를 연민하여 그 고통을 덜어 주려 했던 소년의 마음이 그야말로 착하다.

다시 아들의 무덤에서

1787년 8월 14일

광주(廣州) 선산으로 가는 길을 나섰다. 아침에 출발하여 저녁에 도착했다.

나는 네가 보고 싶은데 어째서 다시는 볼 수 없나? 문득 이렇게 황폐한 산의 풀섶 이슬 사이로, 말을 타고 종을 부리며 구불구불 길을 가고 물을 건너 찾아와야 하는 건 어째서냐? 나에게 보이는 네가, 얼굴 모습이며 말소리가 아니라, 황폐하고 싸늘하고 메마르고 적막한 무덤으로 문득 변해 버린 건 그 또한 어째서냐?

올해 너에게 관례를 치러 주고 너를 혼인시켜 아내를 두게 하고 너에게 『시경』을 공부하게 하고, 너를 네 외가에 보내 『대학』이며 『중용』을 배우도록 할 생각이었다. 예전에 생각했던 것 가운데 하나도 이뤄지지 않았지만 몽상에 잠겨 있으면 예전에 생각했던 것이 눈앞에 나란히 늘어서니 이 과연 무슨 일이냐?

아마도 너의 병은 처음부터 꼭 죽어야 하는 병은 아니었을 것이다. 애초에 꼭 죽을병이 아니었는데 결국 너를 죽게 했으니 어질지도 못하고 자애롭지도 못한 나의 잘못은 참으로 저 밝은 하늘과 저 두터운 땅속까지 사무친다. 내가 이제 무슨 말을 스스로 할 수 있을까? 네가 죽은 후 달이 지나고 계절이 바뀌었는데 너의 혼령을 내 꿈에서 만나 볼 수 없으니 아마도 사람이 한 번 죽고 나면 아득히 텅 비워져 다시 흔적을 남기지 않으며 혼령이 서로 이어지고 이끌어 주는 일 따위는 애초부터 없는 것이기 때문일까?

어떤 사람은 나의 인생관이 황로술(黃老術)과 비슷하고 성격은 신불해나 한비자와 가깝다고 하는데, 그 탓에 내가 다시 생각하고 그리워하지 않기에 유독 너의 영혼에 감응하여 닿을 수 없는 것일까? 아니면 살아 있는 동안 엄마 얼굴을 알지 못했던 네가 죽고 나서 엄마를 보아 즐겁고 기쁜 나머지, 죽지 않은 나 같은 건 생각할 겨를도 없게 된 걸까?

나는 위로는 정자, 주자와 같은 학문이나 한유, 구양수와 같은 문장이 없기에, 너의 뜻을 환히 드러내고 너의 행위를 현창하여 후세에 전하고 사람들이 애석한 마음을 갖게 하지도 못한다. 그리고 아래로는 자하처럼 눈물로 넘쳐나는 정이 없기에 밑바닥까지 슬퍼하고 속 시원히 통곡하지도 못하면서 두려움에 잠긴 채 어물어물 세월을 보낸다. 천고를 돌아보아도 겨우 오계자¹⁻ 한 사람을 찾아서 배울 수 있을 것 같으니 내가 몹시도 아둔하다 하겠다.

아아! 만약에 네가 하늘로부터 받은 목숨이 정말 열다섯 해밖에 안 되고, 네 병이 꼭 죽어야 하는 병이었다면 비록 화타와 완과 편작과 창공²⁻이 번갈아 진찰하고 의논을 해도 정말 어쩔 수 없었을 것이다. 그렇다면 내가 비록 지극한 정으로 서러워하거나 또한 그런 정을 갖지 않거나 무슨 상관이겠느냐? 다만 내가 밤낮으로 슬퍼하고 한스러워하는 것은, 참으로 내가 남을 위해 한 행동들이 착하지 못했기 때문에 너의 천수(天壽)를 깎아먹도록 했다는 점이다. 너 또한 장차 숨이 끊어지게 될 때 그 점이 반드시 애통하고 한스러웠을 것이다. 그런가? 어찌 그렇지 않겠는가.

1_ 오계자(吳季子): 계찰(季札). 춘추시대 오(吳)나라 사람인데 아들이 요절하자 예를 갖추어 안장했고, 공자는 그에 대해 예를 잘 아는 이라고 칭송했다.
2_ 화타(華陀)와 완(緩)과 편작(扁鵲)과 창공(倉公): 모두 전설적인 명의의 이름이다.

아아! 나는 끝내 알 수가 없다. 내가 비록 게으르고 소홀하며 네가 비록 아득한 저승에 있지만, 어째서 꿈속에 나와 한 번 알려주지 않아, 나로 하여금 누구에게도 물어보지 못할 서러움을 영영 안고 살아가며 삶을 해칠 지경에 이르도록 하는 거냐?

슬프고 슬프구나. 너는 뜻이 정대하여 사특한 일은 범한 적이 없었고, 너는 행실이 반듯하여 어긋난 일이라곤 한 적이 없다. 너는 배움에 집중했기에 점차 향상되었고, 너는 재주가 도타웠기에 경망스럽고 부박한 자들과는 같지 않았다. 나는 늘 네가 자라면 무언가 해낼 거라 생각했으니 그건 바로 너에게 이 네 가지 훌륭한 점이 있기 때문이었다. 어찌 이 네 가지가 너의 앞길을 막는 게 되고, 나는 진정 허망한 생각을 하고 있었던 거라 믿었겠느냐?

아아! 세상의 운수가 점점 쇠퇴하고 풍속과 기운이 점차 흐려지고 있는 중에, 너는 이런 아름다운 것들을 가지고 한번 세상에 나타난 것이니, 너는 참으로 죽어야 할 이유가 있었다 하겠으며, 너는 결국 죽지 않을 수 없었을 것이다. 정말로 이러하다면 네가 비록 나처럼 박복한 인간의 자식으로 태어나지 않고 고명하고 번창한 가문에 태어났다 하더라도 너의 삶을 온전히 지켜 낼 길이 없었을 것이니 약을 제대로 먹이거나 잘못 먹이거나 하는 구구한 일들은 너를 살리고 죽이는 것과 별 상관이 없었을 것이다. 그렇다면 너는 무엇하러 한 번 나타나 잠깐 머물다가 돌아가서, 나로 하여금 누구에게 묻지도 못할 서러움만 영영 안고 살아가며 삶을 해칠 지경에 이르도록 한 거냐? 아아! 내가 이제 너를 어찌해야 하느냐? 나는 이제 너를 어찌해야 하느냐?

누가 이 비통한 질문에 대답해 줄 수 있을까. 가슴이 먹먹해질 따름이다.

꿈에서 나오지 못하고

1787년 5월 25일

밤에 꿈을 꾸었다. 교환은 성 아래의 옛집에 있었는데 역시 막 아플 때였다. 나는 곁에서 병구완을 하다가, 유모를 시켜 가까이 있던 화롯불을 치우게 했다. 그러다 어느덧 깨어났다.

1787년 5월 26일

아침에 일어나서 어젯밤 꿈을 「삼성일록서」(三省日錄敍: 임노의 일기에 유만주가 써 준 서문) 초고를 쓴 종이 뒷면에 적었다. 오늘의 아내 제사는 교환이 죽었기에 지내지 않는다. 간밤의 꿈은 아마도 영혼이 감응해 촉발된 것이 아닐까.

1787년 9월 29일

아침에 적는다.

아아! 밤에 나는 꿈을 꾸었다. 뜰을 거닐고 있었는데, 역시 예전에 살던 곳은 아니었다. 마루 끝에 앉아 있는데 갑자기 네가 보였다. 내 앞에 와 앉은 그 모습에는 아픈 기색이 역력했다. 평상복을 입고 꿇어앉아 있는데 손이 몹시 앙상하여, 나는 나도 모르게 네 손을 잡았다. 너는 문득 잠은 잘 주무시는지 여쭈었고, 나는 나도 모르게 다가가 너를 안고서 엉엉 울음을 터뜨렸다. 막 울면서도, 비록 꿈속이긴 하나 네가 이미 죽었다는 걸 알고 있었기에, 다시 너를 보게 되어 놀랍고 기뻤다. 그렇지만 또 네가 살아 있을 때처럼 너를 오래 볼 수 없다는 것도 알았다. 이런 탓에 정말 나도 모르게 엉엉 울음을 터뜨렸고 밭은 소리로 울다가 깨어났다. 깨어나니 이미 눈자위에 그렁그렁한 눈물이 베개를 적시고 있었다. 놀랍고도 뼈에 사무친 나머지, 일어나 앉아 흐느끼는데 파루 소리가 막 끝나고 이제 날이 밝으려 하고 있었다.

아아! 네가 죽고 난 후 너를 꿈에 본 것은 고작 한두 번이었다. 오늘 꿈에서처럼 네 모습이 또렷하고 생생하며 처음의 기쁨과 나중의 슬픔이 이토록 절실했던 적은 이전에는 없었다. 아마도 세월이 점점 더 오래 지날수록 내가 너를 잊어버려 이 마음을 쓸 데가 없게 되었기에 네가 어쩔 수 없이 꿈으로 이어 준 것이 아닐까.

아아! 서럽구나. 나는 네가 이제부터 오래오래 내 꿈에 들어왔으면 한다. 간단없이 나타나고 희미하지 않게 나타나서 무슨 말이든 다 하고 매일매일 오너라. 때로는 죽은 걸 잊고 살아 있는 것처럼 여기며 즐거워하고 기뻐해도 좋고, 이미 죽은 줄 알고 있으며 슬퍼하고 아파하고 통곡해도 괜찮다. 내가 비록 어질지 못하지만 네가 어찌 저승에서 탓하겠으며, 내가 비록 자애롭지 못하지만 네가 어찌 저승에서 한스러워하겠느냐? 내 마음이 비록 목석처럼 아둔하지만 너는 빼어나고 영특한 아이이니 우리가 서로 감응하여 이어질수 있다는 걸 생각할 수 있겠지.

아아! 아침저녁으로 상식(上食: 제상에 밥을 올림)하는 것은 시속(時俗)의 예법인데 그나마 미성년의 죽음에 대해서는 하지 않는다 한다. 그러나 나는 그것을 차마 하지 않을 수가 없고, 지금껏 나는 차마 그만두자고 청할 수도 없으며, 차마 참례(參禮)할 수도 없어서, 그저 삭망(朔望: 초하루와 보름에 지내는 제사)에 곡만 했을 뿐이다. 오늘 새벽에는 이제껏 얻지 못한 꿈을 꾸었기에 밥을 차려 놓고 곡을 하여 나의 아픔을 조금 풀었다만, 어버이의 마음에 슬픔을 끼쳤으니 또한 내 불효의 죄가 늘어났을 뿐이다. 아아! 아프구나.

밤에 또 꿈에 들었다.

1787년 10월 13일

밤에 큰채에서 잤다. 꿈에 죽은 아이를 보았는데 역시 편의(便衣: 평상복) 차림이었다. 나는 아이를 안고 뜰과 대문 사이를 오갔다. 그 애가 죽은 줄도 깨닫지 못하고.

아버지께서 임지인 계양(桂陽: 부평)으로 떠나셨다.

1787년 11월 17일

밤에 꿈을 꾸었다. 죽은 아이의 손을 잡고 아침에 남쪽 성문을 나서려는데 가시나무에 막혀 가지 못했다. 다시 빙 돌아서 샛길로 가려는데 너무 비좁았다. 이윽고 잠에서 깼다.

아들아, 나의 꿈으로 찾아와 주렴. 그리고 나의 슬픔이 되어 내 곁에 영영 머물러 다오.

찾아보기

찾아보기